고슴도치
딜레마

고슴도치 딜레마

초판 1쇄 찍은 날 | 2015년 4월 1일
초판 1쇄 펴낸 날 | 2015년 4월 9일

지은이 | 크로키
펴낸이 | 예경원

편집 | 유경화

펴낸곳 | 예원북스
등록번호 | 제396-2012-000132호
등록일자 | 2012. 7. 25
YRN | 제1-0100호

주소 | 경기도 고양시 일산동구 무궁화로 8-28 삼성메르헨하우스 712호 (우) 410-837
전화 | 031-819-9431 팩스 | 031-817-9432
http://cafe.naver.com/yewonromance
E-mail | yewonbooks@naver.com

© 크로키, 2015

ISBN 979-11-5630-372-5 03810

크로기 장편 소설

YEWONBOOKS ROMANCE STORY

고슴도치
딜레마

knock

knock

YE
WON
BOOKS
예원북스

CONTENTS

프롤로그

1992년 여름.

여섯 살 난 인정은 일요일이 싫었다. 일요일만 되면 엄마 손을 잡고 목욕탕을 가야 했기 때문이다. 뜨거운 물도 싫고 숨 막히는 수증기와 웅웅 울려대는 소음도 싫었다. 아프게 피부를 밀어대는 때수건도 최악이었지만 그 와중에 작은 즐거움이 하나 있다면 바로 이거였다.

"자. 하나씩 사이좋게 먹어."

인정의 엄마는 발가벗은 두 아이의 피부를 빨갛게 만들어놓고는 차가운 요구르트에 빨대를 꽂아주었다.

인정은 이 시간이 좋았다. 달달하고 시원한 요구르트를 쪽쪽 빠는 동안은 숨 막히는 목욕탕에서 옹달샘을 발견한 기분이었다. 그리고 함께 요구르트를 마시는 친구가 있는 것도 즐거웠다.

씨익.

두 아이는 마주 보고 키득거렸다. 어쩌면 같은 생각을 하고 있는 건지도 몰랐다.

"달다."

"응. 우리 하나 더 사달라고 할까?"

"그러자."

인정이 먼저 걸터앉은 자리에서 폴짝 뛰어내렸다. 그런데 남은 아이는 포동포동한 인정의 엉덩이를 빤히 바라보며 그 자리에 가만히 있었다.

"세왕아, 뭐 해. 너가 가야지 엄마가 사준단 말야."

세왕이. 세왕이는 인정이와 똑같은 여섯 살 남자아이였다. 그러나 또래보다 작았고 여자아이보다 더 하얗고 예뻐서 여탕을 통과하는데 큰 문제가 없었다. 목욕탕에 안 가는 세왕의 엄마는 목욕탕 신봉자인 인정의 엄마에게 종종 아이를 부탁했다. 사실 세왕의 엄마는 목욕탕을 썩 보내고 싶어하지 않았지만 세왕이 따라가겠다고 심하게 떼를 썼고 인정의 엄마가 세왕을 심하게 예뻐했기 때문에 가능했다. 인정도 혼자 목욕탕에 가는 것보단 세왕이랑 같이 가서 물장난을 치고 노는 게 재밌었다. 그 재미라도 없으면 목욕탕은 진짜 지옥 같았으니까.

"안 가? 요구르트 안 먹을 거야?"

"인정아."

"왜?"

"근데 넌 왜 고추가 없어?"

인정은 눈을 깜빡거리며 자신의 다리 사이와 세왕의 다리 사이를 바라보았다. 그리고 갑자기 세왕이 자신의 다리 사이를 뚫어지게 쳐다보는 것이 부끄럽기 시작했다. 어린아이의 부끄러움은 얼굴을 붉히고 도망치고 얼어버리는 것 외에 또 다른 양태로 나타나기도 했다.

"난 여자고! 넌 남자잖아!"

인정이 허리에 양손을 턱 얹고 목욕탕이 떠나가라 외친 그날 이후로 세왕은 두 번 다시 여탕에 갈 수 없었다. 녀석이 아무리 울고불고 떼를 써도, 고추가 없음을 눈이 아닌 머리로 인식한 그날 이후로 세왕은 여탕을 따라갈 수 없게 되었다. 목욕탕 아주머니가 허락해도 고추가 없는 다리 사이가 부끄러웠던 인정이 절대 허락하지 않았던 것이다.

고슴도치 딜레마

"야. 옆에 있는 애는 누구야?"

"아…… 그냥…… 뭐, 아는 애."

그냥 아는 애가 된 그날. 나는 녀석으로부터 확실히 떨어지기로 결심했다.

더 아프지 않도록.

그때 나는 한 가지를 간과하고 있었다.

고슴도치도 사랑을 나눌 수 있다는 것을.

서로에게 상처를 주지 않는 방법을, 또는 사랑이 상처를 치유하는 방법을 아직은 모를

때였으니까.

고슴도치 딜레마. 우리는 가까워질수록 아프기만 한 못난이들이었다.

1. 왕과 나인

"야. 나인정!"

인정은 순간 귀를 의심했다. 분명 녀석의 목소리가 들렸는데, 그럴 리가 없었다. 녀석이 인정을 부를 때는 항상 '나인'이라고 불렀다. 거기에 한술 더 떠 남의 성까지 바꿔 부르는 극악무도한 녀석이었다. '김나인'이라고. 그리고 그건 초등학교부터 현재, 고등학교까지 인정을 괴롭혀 온, 모두가 부르기 좋은 치욕스러운 별명이 되고 말았다.

단지 나인이라고 불린다고 해서 치욕스러운 게 아니었다. 그 별명은 전교생에게 마치 빵셔틀처럼 편안하게 부려먹기 좋은 이미지로 낙인찍혀 갔다. 그리고 그것 역시 녀석이 저를 끌고 다니며

못살게 군 것이 원인이었기 때문이다. 집에 갈 때는 온갖 약은 수와 말발로 책가방을 들게 했고, 틀림없이 그가 이길 게 뻔한 내기로 벌칙을 주곤 했다. 그야말로 저는 아이들의 웃음거리와 하찮은 존재가 되어버린 것이다.

중학교 때 담임선생님의 성함이 '나순정'이었는데, 그때 인정은 한창 예민한 사춘기라 이름 때문에 선생님 앞에서 울면서 상담한 적이 있었다. 아이들이 나인이라고 부르며 무수리 부르듯이 깔보는 게 너무 싫어서, 차라리 한 글자 차이인 촌스러운 선생님 이름이 낫다며.

'인정아, 네 이름이 얼마나 예쁜데 그래. 난 이름 때문에 사람들이 다들 착한 줄 안다니까. 그것도 스트레스다.'

'적어도 선생님은 착한 이미지라도 얻으셨잖아요. 제 이미지는 후궁도 아니고 나인이라고요!'

선생님은 '푸하하' 소리를 내며 크게 웃으셨다. 그리고는 예리한 지적으로 인정에게 깨달음을 안겨주셨다.

'인정아, 그러는 넌 아주 인정 많아 보이는 이름이잖아? 아마그 별명은 네 이름 때문이 아니라, 왕이랑 붙어 다니니까 그런 게아닐까?'

아! 그거였다. 돌로 머리를 내려치는 듯한 충격과 함께 찾아온 깨달음! 이세왕. 이름부터 시작해서, 안하무인 성격에, 안하무인에 걸맞은 우수한 성적과 수많은 재능, 재력, 그리고 잘난 비주얼.

모두가 왕으로 인정한 녀석과 하필이면 소꿉친구, 그것도 목줄 맨 강아지처럼 끌려 다니는 게 호구 같은 별명의 시작이었던 것이다.

"야! 사람이 부르면 돌아봐야 할 거 아냐!"

긴가민가하고 돌아보지 않았던 인정 앞에 그가 불쑥 앞질러서 길을 가로막았다.

"못 들었어."

인정은 못 들은 척했다. 이름을 불러줬더니 못 알아듣고, 나인이라고 불러줘야 알아듣냐는 소리를 들을까 봐, 아예 소리 자체를 못 들은 척했다.

"왜 넌 갈수록 멍청해지냐? 그렇게 크게 불러도 못 들을 정도로 멍 때리고 있고."

"나 원래 멍청했어. 갈수록 멍청해지는 게 아니라. 넌 멍청한 날 또 왜 찾아?"

퉁명스럽고 싸늘한 인정의 대답에 세왕은 말하기를 주저했다.

"저기…… 오늘 시간 있냐?"

이상했다. 그답지 않았다. 그는 인정의 이런 말투에 주눅 들 인간이 아니었다. 오히려 시빗거리를 찾아서 물고 늘어지는 게 세왕이다웠다. 물론 그건 나인정을 상대할 경우에서만이다. 모든 사람들에게 부드러운 카리스마를 뿜어내면서 오직 인정에게만 까칠한 카리스마를 들이대기 때문에 친구들과 다툰 적도 많았다.

'왜 내 말을 안 믿어! 그 자식이 진짜 나한테 그랬다니까!'

'웃기지 마. 너 세왕이 질투해서 욕하는 거야? 아니면 우리가 혹시 세왕이 좋아할까 봐 이간질이라도 하려고?'

'야! 아니라니까! 그 자식이 그동안 나한테 어떻게 했는데!'

'됐어! 넌 꼭 세왕이 얘기만 나오면 흥분하더라! 니 친구가 잘난 게 배 아픈 거지? 아님 잘난 친구 뺏길까 봐 그러거나. 뻔해.'

그 친구와 머리를 뜯고 싸운 뒤에 절교했지만, 아예 틀린 말은 아니었다.

인정은 늘 세왕이를 질투했다. 하지만 그건 비단 그가 잘살아서, 비싼 장난감과 많은 동화책을 가지고 있어서는 아니었다. 그의 대궐 같은 집을 들락거리던 어린 시절에도 그의 장난감은 그녀의 장난감이나 다름없었고 그의 책장에 꽂힌 책은 그녀도 전부 읽을 수 있었다.

하지만 가지고 싶어도 가질 수 없는 게 있었다. 많은 걸 공유했지만 타고난 두뇌와 재능만큼은 공유할 수 없는 법.

그는 늘 그녀보다 뛰어났다. 가장 먼저 눈에 띈 건 벌어지는 성적의 격차였다. 운동신경이야 자신이 여자니까 그럴 수도 있다고 생각했다. 그런데 인정이 먼저 뭔가를 시작하면 꼭 뒤따라서 시작한 세왕이 더 잘했다. 그러면 금세 흥미를 잃고 좌절감에 빠지게 됐다. 일부러 그러는 게 아니라면 제가 하는 것마다 따라와 보란 듯이 잘해내며 잘난 척하는 걸 어떻게 설명해야 할까. 저보다 피아노를 잘 쳐서 녀석보다 먼저 시작한 피아노를 그만뒀고, 바둑,

속셈, 논술, 기타, 등등 뭐 하나 녀석에게 이겨본 적이 없었던 것이다.

어디에서나 특출하고 빛나는 아이. 그런데 그 잘난 이세왕이 지금은 어쩐지 자신에게 쩔쩔매고 있었다.

"없어."

무슨 일인지 궁금했다. 시간을 내달라니, 괜히 가슴이 두근거리기도 했다. 천하의 이세왕이 여자한테 시간을 내달라고 말한 것만으로도 자신이 세왕에게 특별한 사람이 된 것 같은 느낌이었다. 마치 운전기사가 딸린 세왕이네 차를 타고 세왕이의 손을 잡고 초등학교 1학년 등교를 시작했을 때와 같은 우월감 말이다.

사실 세왕을 질투하고 그와 자주 다투는 것과는 별개로 인정은 그 유명한 이세왕이 제 친구라는 사실이 자랑스럽기도 했다. 그러니 그런 취급을 당하면서도 줄곧 함께해 올 수 있었던 것이다. 어린 시절 그는 인정의 자랑이었다. 그와 함께하고 싶고 그를 좋아했기에 끌려다니면서도 헤실거렸다. 세왕이만의 나인. 저한테 함부로 할 수 있는 앤 세왕이밖에 없었고, 세왕이 집을 제집처럼 드나들 수 있는 사람도 저밖에 없다고. 지금 생각하면 멍청한 게 자존심도 없었구나 싶을 만큼 굴욕적이지만.

그리고 지금도 그가 싫은 건 아니었다. 어릴 적부터 한동네 살면서 늘 얼굴을 부딪쳐 온 사이이자 다른 친구들은 모르는 둘만의 추억이 있는 특별한 사이로. 서로에 대해 모르는 게 없는 단짝. 여전히 그 관계를 깨트리고 싶지는 않았다.

다만 그냥 아이였던 두 사람은, 여자아이와 남자아이 그리고 여학생과 남학생으로 자라면서 예전처럼 싸우는 것조차 드물게 되었다. 함께 있는 시간이 점점 줄어들고 자신들의 또래집단이 겹쳐지는 범위도 좁아 들어가자 초조해졌다. 이러다가 어느 날은 제가 세왕이의 소꿉친구였다고 말하고 다닐 수조차 없을 만큼 멀어질 것 같았다. 그래서 늘 제가 먼저 세왕이에게 멀어질 준비를 했다. 자신의 이런 부끄러운 마음이 들킬까 봐 세왕이에게 관심 없는 척, 정말 싫은 척했다. 제발 저한테서 떨어지라고.

바로 지금처럼.

"왜 없어? 약속 있냐?"

"학원 가야 돼."

"공부도 못하는 게 학원은 가서 뭐 하냐?"

공부를 못한다는 평은 순전히 그의 기준이다. 하긴, 전국에서 노는 녀석과 반에서 10등 안에 겨우 드는 인정의 레벨은 감히 비교할 수 없는 수준이겠지. 인정의 대꾸가 더 싸늘해졌다.

"공부도 못하는 게 대학 나와서 사람 구실 하려면 다른 거라도 배워야 되지 않겠냐? 미술학원 간다."

"뭐? 너 미대 가려고?"

"어."

"야. 언제부터! 왜 나한테 말 안 했어?"

"그걸 너한테 왜 말해?"

"제대로 아는 것도 없으면서 나한테 물어는 봐야 할 거 아냐. 신중하게 생각해. 고2 여름방학 앞두고 갑자기 무슨 미대야? 방학 때 취미 삼아 하는 거랑 같은 줄 알아? 미술은 아무나 하냐."

인정은 초등학교 때부터 해마다 방학 때면 미술을 꾸준히 했었다. 사실 그림을 그리게 된 것도 녀석이 유일하게 관심을 보이지 않아서였다. 이세왕이 유일하게 저보다 못하는 것. 처음엔 그에게 우쭐거릴 수 있어서 좋았고, 나중엔 상을 받는 게 좋았다. 그리고 지금은 진지하게 공부보다 미술이 저한테 맞는 길 같아서 결정한 일이었다.

하나라도 잘하는 게 있다는 건 기쁜 일이었다. 바로 옆에 뭐든 잘하는 아이와 비교당하다 보면 좌절감에서 헤어 나오는 게 쉬운 일이 아니었다. 인정에게 미술은 누군가에게 자신을 전시할 수 있는 자신감을 얻는 유일한 수단이었다. 그러니 지금 그 단 하나의 자신감을 무시하는 세왕이의 충고가 무진장 거슬렸다.

"그럼 난 뭐 해야 되는데!"

부끄럽게도 자격지심이 폭발한 자신의 외침에 본인도 놀라고 있었다. 그렇게까지 화낼 일은 아닌데.

"왜 화를 내! 진지하게 걱정돼서 충고해 주는데."

"대학 가서 뭐 할까? 어중간한 성적으로 어중간한 대학 가서 어중간한 회사라도 들어간다 치면, 내 주제에는 그나마 성공한 거야?"

"누가 그렇게 말했어? 너 그거 자격지심이야."

세왕은 꼭 그렇게 그녀도 잘 알고 있는 걸 꼬집어서 더 아프게 만들었다.

"됐다. 그만하자. 학원 가야 돼. 너랑 싸울 시간도 없어. 네 말대로 고2 여름방학 앞두고 실기 시험 준비하느라 바빠."

"잠깐! 잠깐도 안 돼?"

"왜?"

"너, 너 생일날 뭐 갖고 싶은데!"

"뭐?"

"생일이잖아. 토요일 날……."

"……."

인정은 꿀 먹은 벙어리처럼 입을 다물고 눈만 깜빡거렸다. 서로의 생일을 마지막으로 챙겨줬던 게 언제인가를 떠올리며.

선물을 주지 않기 시작한 건 자신이 먼저였다. 그건 확실히 기억하고 있었다. 그가 여자애들 틈에 둘러싸여 그녀가 직접 손으로 뜬 목도리랑 비교도 안 되는 비싸고 좋은 선물을 받는 걸 봤을 때부터였을 것이다. 그는 그날 그녀가 왔다 갔던 것도 모르고 정신없이 즐거워하고 있었다.

"뭐…… 갖고 싶은 거 없어?"

"뭐야? 아까부터 수상해. 너. 내 이름 부를 때부터 수상했다고.

나한테 뭐 잘못한 거 있어? 아니면, 나한테 부탁할 거 있지?"

"이름 부른 거 들었네!"

"아무튼! 뭐냐고! 빨리 말해!"

"눈치만 빨라가지고!"

"뭔데!"

"한승희. 너희 반에 있지?"

"승희? 걔는 왜?"

"걔 소개 좀 시켜줘."

"뭐?"

"소개시켜 주면 내가 너 갖고 싶은 걸로 선물해 줄게. 아무거나."

인정은 어쩐지 가슴이 싸해졌다. 말할 수 없는 허무함. 서운함. 마침내 올 것이 왔구나 싶었다. 그런데 고작 승희라고? 남의 말 하기를 좋아하고 얼굴 좀 예쁘다고 다른 여자들은 깔보면서 남자들 앞에서는 꼬리 살랑살랑 흔드는 그 재수 없는 년을? 여자 보는 눈이 그것밖에 안 된다고?

이세왕 너도 어쩔 수 없는 남자구나. 한심하기까지 했다. 그리고 한편으로는 제가 승희보다 못났다는 걸 알게 된 비참함.

"선물이라……."

아무것도 생각나지 않았다. 아니, 갖고 싶은 건 너무 많았지만 그 모두를 준다 해도 내키지가 않았다. 아마도 진짜 갖고 싶은 건

따로 있기에. 더 이상 친구로도 가질 수 없게 된…….

하지만 지금의 인정은 그런 마음을 들키지 않기 위해서라도 뭐든 말해야 했다.

"갖고 싶은 건 없는데, 바라는 건 있어."

"뭔데?"

"나인이라고 부르지 마."

"……."

"너도 부르지 말고, 네 잘난 친구들도 그렇게 부르지 말라고 해."

"진짜 그게 다야?"

"어. 진짜 그거면 충분하거든?"

그는 잠시 이맛살을 찌푸리더니 이내 툭 하고 말을 내뱉었다.

"싫어."

"뭐? 왜!"

인정은 도무지 이해할 수 없었다. 그가 손해 볼 게 하나도 없는데, 왜?

"네가 잘 모르는 게 있는데, 나는 나인이 꼭 필요해."

"그러니까 왜!"

세왕은 빙글빙글 웃으면서 머리 하나 작은 인정의 머리꼭지를 손바닥으로 꾹 누르며 말했다.

"그래야 내가 왕 노릇을 할 수 있으니까."

"뭐? 야, 이거 안 놔!"

인정이 바동거리며 그의 손을 쳐냈지만 그는 아랑곳하지 않고 여전히 빙글거리며 말했다.

"나를 왕으로 만들어주는 건 나인이 옆에 있을 때거든."

"야! 너 진짜 미쳤지! 철 좀 들어! 네가 아직 어린앤 줄 알아?"

중전은 있으면 좋고, 나인은 당연히 있어야 하고. 이건 뭐 자기가 진짜로 왕이라도 된 것처럼 굴다니 제대로 미친놈이었다! 사람들이 자꾸 떠받들어 주니까 이렇게 병이 드는 것이다.

"미치다니, 나는 성군이 되고 싶다."

인정은 온 힘으로 그의 손을 머리에서 치우고 씩씩대며 물었다.

"야! 헛소리하지 말고! 애도 아니고 자꾸 이럴래?"

"뭐 어때? 여기 우리 둘밖에 없는데. 애들처럼 좀 굴면 어떠냐? 옛날 생각나고 좋지."

"옛날처럼 내가 무수리처럼 예, 예. 하면 너야 좋겠지! 난 생각하기도 싫으니까, 하지 마! 앞으로 김나인이라고 부르지 말라고!"

"싫어. 이게 내 마음대로 되는 게 아니거든. 입에 착착 붙잖아. 김나인."

"승희 소개시켜 달라며! 이까짓 것 때문에 걔 포기할 거야!"

"포기? 아, 그거? 뭐 내가 포기할 이유는 없지?"

"그래. 잘났다. 아주!"

이세왕이 여자친구를 얻는데 굳이 나인의 도움까지 받을 필요 없다는 뜻이겠지. 그 말을 증명하듯 피식피식 웃던 세왕이 덧붙였다.

"옛날엔 말이라도 잘 듣더니, 요샌 말도 안 듣지, 중요할 때 도움도 안 되네. 쯧. 학원이나 가라."

인정은 그러고서 성큼 돌아서 버리는 세왕의 등을 노려보았다. 바쁘다는 사람 불러 세워놓고, 기껏 이런 소리로 시간 잡아먹으며, 볼일 끝났다는 듯이 가버리니 말이다.

"아까는 내 이름 잘만 부르더니! 왜 안 된다는 건데!"

그 소리에 멈칫한 세왕이 돌아보며 머리를 긁적였다.

"한번 불러봤더니, 영 어색해서 못하겠다. 간다. 내일 보자. 김나인."

그와 계속 같은 학교를 다닌 게 실수였다. 공부도 잘하는 녀석이, 집도 잘사는 녀석이, 굳이 걸어서 학교 다니겠다는 이유 하나로 초, 중, 고를 저와 같은 학교에 진학했다. 하지만 초등학교 첫 등교일 외에 녀석이 운전기사를 대동하고 차를 타고 온 일은 없었다. 아마 그때 그렇게 좋은 차를 타고 학교에 오는 사람이 저밖에 없다는 사실을 눈치챈 것 같았다. 대신에 그는 늘 대문 앞에서 '인정아, 학교 가자!'라고 정확한 이름을 불러댔다.

그때가 좋았다. 둘이 손 꼭 붙들고 등교하던 그때가.

참 사이좋은 한 쌍이었다. 그때만 해도 세왕이는 제 뒤를 졸졸 따라다니기에 바빴다. 매일 학교 끝나면 같이 속셈학원도 가고,

피아노 학원도 갔다. 세왕이가 더 잘했지만 제 친구가 잘하는 건 제 자랑이기도 했다. 사이가 나빠져서 싸우기 시작한 건 전 국민이 즐겨 보던 사극드라마에서 나인이라는 존재를 알았을 때부터였다. 녀석이 '나인 주제에'라는 말로 도발하기 시작하면서 그녀의 별명은 이세왕의 전속 '나인'이 되고 말았다. 심지어 뭐든 잘하는 잘나신 '왕' 이세왕 때문에 그녀는 늘 패배감에 시달려야 했다.

'잠깐. 내가 승희를 소개시켜 주지 않을 이유는 또 뭐야?'

곰곰 생각하던 인정이 울컥하며 눈을 치떴다. 그래. 나도 너 따위에게 티끌만큼의 관심도 없다. 진절머리 나게 싫어. 보란 듯이 알려주고 싶을 지경이다. 그럼 저를 나인이라 부르며 무시하는 일도 없을 테니까. 그래. 그동안 애매모호한 태도로 세왕에게 끌려다닌 것이 잘못이었다.

'좋아. 이쯤에서 확실히 하자. 이세왕. 그놈은 내 인생에서 쓸모없고 짜증나는 존재일 뿐이라고!'

그렇게 옛일을 되뇌며 다짐하는 사이 어느새 버스 정류장이 눈앞이었다.

"나인정!"

오늘따라 여러 번 듣는 이름이 낯설다. 그리고 그 이름만큼이나 이 목소리도 낯설었다. 흠칫하며 돌아보는 그녀의 뒤에 얼굴만 낯익은 교복이 다른 남학생이 서 있었다.

"……?"

"어……. 나 몰라?"

"누…… 구?"

"우리 같은 학원 다니잖아. 강명철. 몰라?"

"아……! 명태!"

남학생들이 유치하게 갖다 붙인 별명이 생각나 무심코 외치던 인정이 서둘러 제 입을 틀어막았다. 민망해하는 그녀의 앞에서 명철이 짧게 웃었다.

"괜찮아. 어릴 때부터 애들이 쭉 그렇게 불러서 아무렇지 않아. 그냥 명태가 내 이름 같다."

"아…… 미안."

저야말로 이름 때문에 생긴 별명을 싫어하면서 남의 별명을 무심코 부르다니, 인정은 큰 죄라도 지은 표정으로 연신 사과했다.

"괜찮다니까. 겨울에는 동태라고도 불러. 애들 참. 유치하지?"

"어. 그러네."

저는 명철이의 별명을 불렀지만 명철이는 인정이라고 불러줬다. 명철뿐만 아니다. 아무도 저를 나인이라고 부르지 않는 미술 학원이 마음에 들었다. 아직 친한 친구는 없지만 원래 인정은 우르르 몰려다니거나 하는 성격이 아니고, 특별히 친구를 사귀려고 애쓰는 스타일도 아니라서 학교보다 학원에 있는 게 더 편했다.

잠시 어색하게 말이 끊어진 사이, 버스가 왔다. 적당히 눈인사를 전한 인정이 빠르게 버스에 올랐다. 오늘따라 버스에 자리가 많아 기쁘게 자리에 앉은 인정이 가방을 껴안았을 때였다. 누군가 제 옆으로 다가오더니 손잡이를 잡고 섰다. 아까 본 교복 소매에 고개를 돌렸더니, 역시나 명철이었다.

"어? 자리 많은데 왜?"

"금방 가잖아. 앉았다 일어나기가 더 귀찮아."

뭔가 납득한 듯 인정이 고개를 끄덕였다. 이럴 땐 남자들이 부러웠다. 체력이 좋아서 그런지, 남학생들은 대체로 버스 자리에 그렇게 연연해하지 않는 듯했다. 여자들은 서 있으면 다리가 너무 아프고 버스가 흔들릴 때마다 손잡이 잡고 있느라 힘든데.

"너 근데 물감이랑 붓이랑 계속 그거 쓸 거야?"

"아. 좀 그렇지?"

오늘 처음 이야기를 나눈 명철이가 어째서 제 미술 재료에 대해 알고 있는지, 인정은 깊이 생각하지 않았다. 낯선 남학생의 관심에 가슴이 설렌 추억이 단 한 차례도 없었기 때문인지도 모른다. 늘 그녀의 옆에는 세왕이가 있었고, 그래서인지 그녀에게 이성의 호기심으로 먼저 다가오는 남학생은 없었다.

"계속 써도 되긴 하지만, 이왕이면 실기 대비해서 홀베인으로 바꾸는 게 좋지 않을까?"

"그렇긴 한데, 너무 비싸서. 알아보니까 브라운이랑 레드, 옐로 계열만 홀베인 쓰면 된다고 하더라고. 근데 a, b, c로 나눠져 있고 물감 종류도 너무 많아서 뭘 사야 할지 모르겠어."

"나 토요일에 물감 떨어져서 사러 갈 건데, 같이 가볼래?"

"그래? 그럼 그럴까?"

"두 시쯤 시간 돼?"

"흠……. 될 것 같아."

"그럼 버스 정류장에서 보자."

"그래. 알았어."

재료 사는 걸 도와주겠다니, 급한 마음에 덜컥 약속을 잡았는데, 뭔가 찜찜했다.

'토요일? 아! 내 생일이잖아.'

약속을 바꿀까 하다가 그만뒀다. 어차피 생일이라고 특별한 일이 없었기 때문이다. 친구들과 영화 보러 가기로 한 건 토요일 저녁이었다.

'생일이잖아. 토요일 날…….'

그런데 녀석의 목소리가 떠올랐다. 괜한 기대감에 쓸데없이 가슴이 두근거렸다. 새삼 생일이 뭐라고.

'근데 그 자식. 내 생일을 기억하고 있었어?'

인정은 저도 모르게 아주 작은 한숨을 내쉬었다.

'그러는 나는 왜 기억하고 있니? 10월 30일. 이세왕 생일을.'

❖

"승희야."

"응?"

승희는 평소 마주칠 일 없는 인정의 부름에 웬일인가 하는 표정이었다.

"나랑 얘기 좀 해."

"왜?"

그냥 친분이 없는 게 아니라, 승희와 인정은 섞이기가 힘든 타입이었다. 두 사람은 너무 다르고 은근히 서로를 무시하는 그런 사이였다.

"여기서 얘기하기 좀 그래서."

두 사람을 보는 다른 아이들의 눈빛이 인정은 부담스러웠다. 어차피 승희에게만 말한다 해도 채 10분도 안 돼서 전교에 소문이 파다하게 퍼질 테지만, 그래도 제 입으로 떠벌리긴 싫었다.

"뭔데 그래?"

복도 끝으로 따라나온 승희는 팔짱을 끼고 퉁명스럽게 물었다.

"이세왕이 너 소개시켜 달래."

인정은 망설이지 않고 본론을 꺼냈다.

"뭐? 진짜? 나를?"

예상대로 승희의 얼굴에 반신반의하면서도 좋아 죽겠다는 표정이 떠올랐다.

"응."

"진짜 나를? 진짜야? 너 거짓말 아니지?"

"어제 나한테 그랬어. 전화번호 좀 줘."

"웬일이야!"

승희는 온갖 호들갑을 떨며 인정의 폰에 전화번호를 입력했다. 겨우 몇 초밖에 걸리지 않았다.

"세왕이한테 연락하라고 할게."

"그래. 나 숨넘어가니까 빨리하라고 해."

"알았어."

그렇게 다시 교실로 돌아오는 길에도 승희는 연신 얼굴에 홍조를 띠고 기뻐하다가 그만 해선 안 되는 소리를 지껄였다.

"근데 너, 이러니까 진짜 세왕이 나인 같긴 하다. 왕의 간택령을 전하러 온 나인?"

이성의 끈이 툭 끊어져 버린 인정은 우뚝 멈춰 서 승희를 차갑게 노려보며 말했다.

"너 나한테 잘 보이는 게 좋을걸? 내가 세왕이한테 무슨 말을 할 줄 알고?"

처음 보는 인정의 정색한 표정에 승희는 움찔해서 주절주절 변명했다.

"얘, 얘는! 야, 농담도 못하냐? 난 그냥, 너네 둘이 친하니까 부러워서 그렇지. 그리고 야. 앞으로 우리 친하게 지낼지도 모르잖아. 세왕이랑 나랑 잘되면……."

"그럴 일 없어. 나 세왕이랑 안 친해."

"에이. 그건 아니지. 세왕이가 여자애들 중에는 너랑 젤 가깝게 지내는 거 다 아는데."

승희의 눈웃음은 부러움이 아니라 비웃음이었다. 아무리 가까워 봐야 세왕이 심부름이나 하는 김나인일 뿐이라고. 인정은 스스로에게조차 아니라고 반박할 수가 없었다. 이 더러운 기분은 중3 졸업 여행에서 그녀가 느꼈던 서러움과 배신감을 다시 떠오르게 했다.

설악산 등산은 자유라서 굳이 산을 타지 않아도 됐었다. 다른 친구들처럼 점심때까지 숙소에서 자고 싶었는데, 세왕이의 성화에 새벽부터 끌려 나왔다.

처음엔 그녀도 좋았다. 새벽 공기는 마음까지 씻어줄 만큼 맑았고, 그 맑은 마음속에 세왕이의 환한 얼굴이 들어왔다. 여드름 하나 없이 깨끗한 피부는 남녀를 통틀어 독보적이었다. 그리고 이렇게 많은 사람들이 오고 가는 여행지에도 녀석은 지나가는 사람들이 한 번쯤 쳐다볼 만한 미소년이었다. 학업과 각자의 생활에 치우쳐 예전처럼 단짝 행세를 할 수 없었는데, 그 잘난 녀석이 저만 데리고 산에 갔다는 것에 조금 우쭐해져 있었다.

"야. 물 가져왔지?"

"응. 여기."

"왜 안 얼려 왔어? 내가 어제 얼려놓으라고 했지!"

"깜빡했어. 그리고 얼면 무겁잖아!"

"요새 김나인이 꾀를 부리네."

비록 녀석이 저를 종 부리듯이 했지만, 그건 당시에는 그냥 저도 짓궂은 장난으로만 여겼던 일상적인 일이었다.

"힘들어 죽겠어. 왜 날 꼭 끌고 와야 해? 그냥 다른 친구들 데리고 오면 되잖아. 사람 귀찮게."

좋았지만 아닌 척 투덜거리며 다리가 아프다고 주저앉자, 세왕은 그녀의 손에서 물통과 수건을 뺏어 들었다.

"하여간 도움이 안 돼! 이것도 하나 못 드냐?"

"이런 건 남자가 들어야지. 왜 나한테 시키냐고!"

"당연히 김나인이 들어야지."

그렇게 유치하게 티격태격하면서도 웃는 얼굴로 산을 오르고 있을 때였다.

"어? 이세왕."

"어? 형!"

길이 합쳐지는 갈림길에서 세왕이를 아는 얼굴을 만나기 전까지는 설레는 가슴을 즐길 수 있었다. 나중에 안 일이지만 그는 세왕이의 동갑내기 사촌 형이라고 했다.

"뭐야? 우리도 수학여행 왔는데, 이렇게 만나냐!"

"그러게. 형네 학교도 경주로 안 가고 이리로 왔구나."

"야, 근데 옆에 있는 애는 누구야?"

"아……. 그냥…… 뭐, 아는 애."

언제 소개를 해줄까 멀뚱멀뚱 바라보던 인정은 거울처럼 맑아진 가슴이 와장창 깨지는 기분을 느껴야 했다.

"잘됐다. 세왕아, 나 힘들어서 더 못 가겠어. 아는 사람 있으니까 난 그냥 내려갈래."

힘들다는 핑계로 도망치듯 그 자리에서 벗어났고 산을 내려오면서 괜히 눈물이 났다. 그것은 유년시절에 대한 작별이라기보다, 어설픈 짝사랑이 끝난 것에 대한 서글픔이었다.

인정해야 한다. 세왕은 인정의 첫사랑이고, 짝사랑으로 끝이 났다는 것을.

두 번 다시 기억하고 싶지 않은 그때를 떠올리며 인정은 그때처럼 자신의 감정에서 도망쳤다.

'그래! 세왕이하고 나는 아무것도 아닌 사이야!'

인정은 그 자리에서 보란 듯이 세왕이에게 문자를 보냈다.

「한승희 번호야. 연락해 줘. 기다리겠대.」

그리고 그걸 승희 앞에 내밀었다.

"됐지? 이제 너네 둘이서 알아서 해. 나한테 중간 다리 시키지 말고."

"어……. 그래. 땡큐."

승희의 억지웃음 뒤에 재수 없다는 표정이 역력했다.

그러거나 말거나.

어차피 고등학교 2학년. 친구 관계로 고민하기에는 너무 바쁘고, 너무 성장한 청소년들이었다.

이세왕이 한승희에게 먼저 대시했다! 그 소식은 남학생 교실은 물론, 점심시간이 될 무렵에는 교무실까지 퍼져 나갔다.

여자들의 반응은 한승희 정도면 나도 괜찮지 않나, 라던가, 이세왕이 생각보다 눈이 낮다, 그런 질시가 대부분이었다. 반면에 남자들의 반응은 한결같았다. 세왕이 취향은 적당히 예쁜 놀기 좋은 애였구나.

아무튼 수많은 이야기가 전교를 돌고 도는데도, 정작 세왕이는 이렇다 할 반응을 보이지 않고 있었다. 처음에는 세왕이도 부끄럼을 타는구나, 했던 아이들이 한승희의 자작극이 아니냐는 의심을 품기 시작했다. 당연히 승희는 매우 초조해 보였다.

"야, 김나인! 너 나 놀린 거 아니지!"

화구통을 메는 인정의 앞에 참을성 없는 승희가 찾아와 소리를 빽 질렀다.

"나인이라고 부르지 말랬지? 그리고 내가 왜 그런 쓸데없는 짓을 하는데? 집에 가서 연락하겠지!"

"너 혹시 세왕이한테 내 얘기 이상하게 전하거나 한 거 아니야?"

"다시 한 번 말하지만 나는 너네 둘 사이에 끼고 싶지 않거든? 그런 얘기 귀찮으니까 나한테 이러지 말아줄래?"

"인정아."

때마침 중학교 때부터 친구였던 예빈이가 복도에서 인정을 불렀다. 덕분에 인정은 승희를 뿌리치고 나올 수 있었다.

"야, 이세왕 진심이래? 진짜 저 한승희를?"

반도 다른데다가 탁 터놓고 얘기하고 싶어서 방과 후를 기다렸던 예빈은 인정의 손목을 잡아끌고 빠른 걸음으로 걸으며 물었다.

"몰라. 진심인지 아닌지, 내가 어떻게 아냐? 소개시켜 달라니까 시켜준 거지. 근데 내일 우리 몇 시에 보기로 했지?"

"영화가 네 시 반이니까 네 시에는 모여야 하지 않을까?"

"예매했지?"

"했지, 그럼! 야, 그게 중요한 게 아니라, 세왕이는 갑자기 왜 그런데? 걔가 언제 여자한테 관심 준 적이 있었어야 말이지."

예빈은 신발을 신으면서도 누가 들을까 봐 목소리를 낮추며 말했지만, 인정은 무심하고 퉁명스럽게 대답했다.

"남자들 다 똑같지. 지라고 별수 있냐? 그동안엔 지가 맘에 드는 애가 안 보였나 보지."

"아무리 그래도 한승희는 아니지 않냐? 세왕이 눈에 뭐가 쓰이지 않고서야…… 헉!"

"……!"

예빈이가 헛바람을 들이켜며 놀란 만큼 인정도 화들짝 놀라 걸음을 멈췄다.

불쑥 나타난 세왕은 어쩐지 화난 것처럼 보였다. 처음 보는 세왕의 굳은 표정에 놀랐는지 예빈은 손을 내저으며 둘러댔다.

"세, 세왕아! 우리 너 욕한 거 아니다!"

"박예빈. 너 오늘 혼자 가라."

"어? 어. 그, 그래. 그러지 뭐."

낮게 깔린 세왕의 음성에 눌려 예빈은 재빨리 고개를 끄덕였다. 신발을 신던 주변 아이들의 눈빛도 세왕이와 인정에게 집중됐다.

"어딜 가? 같이 가야지! 세왕이 네가 뭔데 예빈이를 가라 마라 그래?"

"나랑 얘기 좀 하자."

"해. 예빈이가 있건 말건 무슨 상관이야."

"야, 야. 니들 또 왜 그래……. 인정아, 나 괜찮아."

두 사람이 다투는 건 자주 봤지만 오늘따라 분위기가 심각해 보였다. 지켜보던 예빈이 조마조마해서 끼어들자, 인정은 화를 꾹 참고 걸어나갔다. 그 뒤를 세왕이 성큼성큼 따라갔다.

"나 학원 가야 하니까 할 얘기 있으면 가면서 해."

"학원 타령 좀 그만하지! 언제부터 그렇게 열심이었다고!"

"네가 어떻게 알아! 나 그림 그리는 거 보긴 했어! 네가 못하는 건 나도 못할 것 같니?"

"얘들아……. 싸우지 말고, 아무래도 안 되겠다. 나 먼저 갈게. 내일 봐!"

둘 사이의 날카로운 분위기에 끼어들고 싶지 않았던 예빈이 도망치듯 떠나 버리자, 두 사람은 잠시 말이 없어졌다.

교문 밖. 교복을 입은 학생들이 여기저기 흩어져 가는 큰길에 나오고 나서야 세왕은 입을 열었다.

"너 왜 그랬어?"

"뭘?"

"소개 안 해준다며?"

"생각해 보니까 안 해줄 이유가 없어서. 그래도 우리가 소꿉친군데 그 정도는 해줄 수 있잖아?"

"아, 그래? 그래서 나한테 말도 없이 멋대로 그랬단 말이지!"

"왜? 아깐 중요할 때 도움도 안 된다고 뭐라고 하더니. 뭐가 불만인데? 바라던 일이잖아! 공짜로 해줬는데 왜 그러냐고!"

"너 때문에 내 입장이 어떤 줄 알아? 말이라도 했어야지! 소개시켜 주겠다고 말은 했어야지!"

"학교에 소문나서 그래? 그건 미안한데, 내가 소문을 내려고 한 게 아니라, 한승희 그……."

순간 승희가 입이 싼 걸 어쩌라고 나한테 와서 따지냐고 하려다가, 한승희 험담이나 늘어놓는 것 같아 관둔 인정이 말을 돌렸다.

"아니다. 승희한테 소문내지 말라고 먼저 말했어야 했는데 그건 미안해."

"김나인 주제에 왜 시키지도 않은 짓을 열심히 하는데! 시키는 일도 제대로 못하면서!"

"네가 부탁했잖아! 뭐 마려운 강아지마냥 와서 부탁했잖아! 내가 왜 이런 소리를 들어야 하는데!"

"내가 언제 그렇게 절박했는데? 날 그렇게 몰라?"

"내가 너에 대해서 뭘 알아야 하는 건데? 별로 알고 싶지도 않거든?"

"……."

드디어 세왕이 입을 다물었다. 이렇게 그를 이겨먹으면 통쾌하고 속이 시원할 줄 알았다. 그런데 나한테 너란 존재는 아무것도 아니라는 식으로 막말을 하고 보니, 이것으로 관계가 끝이 나면 어쩌나 하는 두려움이 몰려왔다. 지금 세왕의 화난 표정은 꼭 큰 충격을 받은 사람 같았기 때문이다.

'아니야. 세왕이가 그런 걸로 충격받을 일은 없지. 그냥 아는 애라고 한 게 누군데…….'

인정은 세왕이의 얼굴에서 금방 사라진 그 표정은 자신이 잘못 본 것이라고 생각했다. 저 역시 그에게 아무것도 아닌 건 마찬가지였으니까.

"괜히 나한테 따지지 말고, 너희들 일은 너희 둘이 해결해. 좋아하면 좋아한다고 솔직하게 말하면 되지, 뭘 그렇게 부끄러워하고 그러냐. 너답지 않게. 그깟 소문 좀 나면 어떻다고……."

한결 누그러진 목소리였지만 세왕은 굳은 표정을 풀지 않았다.

"나에 대해서 모른다며? 근데 나답지 않다는 건 무슨 뜻인데?"

"왜 말꼬리를 잡고 늘어져? 진짜 이럴 거야? 나 바빠. 학원 늦었다고!"

"지금 학원이 중요해! 이번 일, 네가 책임져!"

"무슨 책임? 아까부터 말했지만, 나는 널 위해서, 특별히, 귀찮음에도 불구하고, 한승희랑 말 섞고 싶지 않았지만, 네가 좋다니까, 소개시켜 줬다고!"

"나인정이라고 부르기 전에는 안 한다고 했잖아! 난 그래서 그냥 돌아간 거라고!"

"그래도 해줬으면 고맙다고 할 일이지, 왜 따지는 건데!"

"오지랖은! 네가 언제부터 그렇게 시키는 대로 말 잘 듣는 나인이었냐고! 왜 이럴 때만 노예근성이…… 악!"

딱딱한 단화에 정강이를 걷어차인 세왕이 외마디 비명을 지르며 주저앉았다. 인정은 그 앞에서 허리에 손을 얹고 씩씩거렸다.

"뭐? 노예근성? 내가 진짜 네 몸종인 줄 알아! 그리고 나 말 잘 들었어! 중학교 때까지 쭉! 네가 시키는 일 다 했다고! 멍청하게 너 쫓아다니면서! 이제 그렇게 안 살겠다는데 왜 자꾸 괴롭히냐고! 한 번만 더 나인이라고 불러봐! 내가 너……."

인정은 뒷말을 잇지 못했다. 뭐로 협박을 해야 할지 알 수가 없었다. 이럴 땐 뭐 하나 녀석보다 나은 건 없고 자존심만 센 게 서글펐다.

"너…… 저, 절교야! 다신 얼굴도 안 봐!"

겨우 한다는 말이 절교. 인정은 어디론가 숨고 싶어졌다. 그러나 벌떡 일어난 세왕은 그녀가 사라지는 것조차 못하게 했다.

"까분다. 너."

"뭐?"

무거운 목소리였다. 서서히 몸을 일으킨 세왕은 평소와 다른 얼굴을 하고 있었다. 정말 화가 많이 났는지, 얼굴은 새빨개져서 콧김에서 뜨거운 바람을 뿜고 있었다. 누구에게도 맞아본 적이 없는 그의 귀한 몸에 발자국을 남긴 것이 큰 죄였을까? 인정은 슬금슬금 뒷걸음질 쳤다.

"하극상이야. 김나인 주제에 날 발로 까? 미친 거야? 절교? 어디서 절교를 입에 담아? 절교 선언을 해도 내가 해! 학원 다니더니 거긴 내가 안 보여서 버릇이 없어졌지?"

"뭐, 뭐라는 거야! 미친놈은 너지! 정신 차리게 한 대 더 때려줘?"

"해봐. 내가 어떻게 나오나 보여줄게. 쳐봐. 쳐."

"이게 진짜!"

따악.

인정은 정말로 인정사정도 없이 화구통을 휘둘렀다. 그리고 불행하게도 화구통이 그의 잘난 안면을 정확하게 강타하고 튕겨 나온 순간, 섬뜩해졌다. 자존심이고 뭐고 그녀는 냅다 뛰었다. 잠든 사자의 코털을 뽑아버린 것 같은 불길함이 등 뒤에서 스멀거렸다.

'에이 씨! 그러게 왜 자꾸 긁냐고!'

당장 내일부터 녀석을 어떻게 봐야 하나, 아니, 그것보다 무슨 보복이라도 당하는 게 아닐까 오만 가지 상상이 머리를 어지럽혔다. 사소한 것 하나라도 저를 이겨먹고 싶어서 꼭 복수하고 마는 녀석이 아닌가.

퍽.

정신없이 달리던 인정은 누군가와 부딪쳤다.

"앗! 아……. 죄, 죄송합니다."

"인정아, 나야."

"어?"

부딪친 사람이 명철인 걸 확인한 인정이 황급히 뒤를 돌아보았다. 잔뜩 화가 난 세왕이 다가오는 게 보인다.

"뭐가 그렇게 급해서 앞도 안 보고 뛰어가냐?"

"버스 온다! 우리 저거 타자!"

"응?"

무작정 명철의 손목을 잡아끌고 바로 도착한 버스에 오른 인정이 간신히 숨을 돌렸다. 이미 출발한 버스의 창밖으로 분해하는 세왕의 모습이 스쳐 갔다.

'아. 몰라. 일단 내일 일은 내일 생각하는 거야.'

영문도 모른 채 버스까지 올라탄 명철은 숨을 헐떡이는 인정을 묘한 눈길로 바라보고 있었다. 버스가 출발하고 창문에서 눈길을 돌린 인정이 그런 명철과 눈이 마주쳤다.

"왜, 왜 그렇게 봐?"

"이세왕하고 싸웠어?"

그의 입에서 세왕이 이름이 나오자 인정은 화들짝 놀라 눈이 휘둥그레졌다.

"너 다 본 거야? 그럼……. 너 세왕이 알아?"

"유명하잖아."

"너 혹시 우리랑 같은 중학교 나왔어? 아님 초등학교?"

"아니. 그냥 이세왕과 김나인. 이 일대에서는 유명하잖아."

"유, 유명?"

인정은 당황했다. 저는 잘 알지도 못하는 같은 학원 남자애가 어째서 저를 잘 기억할 수 있었는지 알아차린 것이다. 그런데도 저를 인정이라고 꼬박꼬박 불러준 걸 고맙다고 여겨야 하나?

"몰랐어?"

"유명하다는데 하나도 안 기쁘네!"

속으로 쌍욕을 퍼붓고 손잡이를 꽉 쥐었더니, 흔들리는 버스에서 중심 잡기는 수월했다. 인정은 흘러내리는 화구통을 연신 끌어

올리며 부글부글 끓어오르는 속을 한숨으로 달랬다.

"줘봐. 내가 들어줄게."

"어? 아, 아니. 괜찮아."

괜찮다는데도 명철은 그녀의 화구통을 기어이 가져갔다. 언제 이성으로부터 이런 친절을 받아본 적이 있던가? 인정은 속으로는 어색해서 어쩔 줄 몰라 했지만 겉으로는 태연한 척하느라 힘들었다.

"내일 약속 안 잊었지?"

"어, 어."

"잘됐다. 나도 혼자 화방 가기 싫었는데."

잘생겼다기보다 조용조용한 도련님 같은 분위기를 풍기는 명철이 화구통을 메고 있는 모습은 꽤 그럴싸했다.

"나야말로 고맙지."

"그럼 다행이고. 난 네가 싫어할 줄 알고 걱정했는데."

"도와준다는데 왜 싫어해?"

"너무 나서면 부담스러울까 봐."

그러면서 씩 웃는 미소가 참 따뜻하고 부드러웠다. 누구와는 다르게 사람을 참 편안하게 해줘서 좋은 친구가 될 수 있을 것 같았다. 인정은 쑥스러운 듯이 귓등으로 머리카락을 넘기면서 말했다.

"나 막상 미대 갈 준비하려니까 좀 걱정됐었거든. 네가 도와준다고 해서 한결 맘이 편해졌어."

예빈이 정도로 친한 친구가 아니면 이렇게 솔직하게 말한 적이 별로 없었다. 희한하게도 만난 지 얼마 안 된 명철은 예빈이만큼 친하지 않아도 이런 말이 술술 나왔다. 같은 길을 간다는 동료 의식 때문일까.

"집에서는 반대 안 했어?"

"조금. 근데 뭐 어차피 공부로 성공 못할 것 같으니까, 취업이라도 잘하라고 결국 허락해 줬어. 너는?"

"나는 지금도 반대하고 계셔."

"응? 진짜?"

"미대도 서울대 아니면 허락 안 하신대. 한번에 안 붙으면 꼼짝없이 재수해서 아버지 원하시는 의대로 가야 해."

"와. 너도 힘들겠다."

"응. 근데 갈 거야. 서울대. 난 거기 꼭 가야 될 이유가 두 가지나 있거든."

"하나는 알겠는데, 하나는 뭔데?"

명철은 한쪽 눈을 찡그리며 곤란하다는 듯이 미소 지었다.

"말 안 해줘도 돼."

사람마다 다 비밀은 있는 법이니까, 인정은 그다지 서운하지 않았다. 대신에 이제 저도 이세왕과 한승희처럼 다른 이성 친구를 만나는 게 좋지 않을까 하는 생각이 들었다. 명철이처럼 저를 무시하지도 않고 말이 통하는 그런 친구를.

다음날 이른 아침. 인정은 엄마가 끓여준 미역국을 꾸역꾸역 입에 넣고 있었다. 조금 더 잘 수 있었는데, 생일 밥이라고 억지로 깨워서 먹여주는 엄마가 별로 고맙지 않은 평범한 고등학생일 뿐이었다.

"이모, 저 왔어요."

그런데 먹던 미역국을 뿜어낼 뻔한 목소리가 들렸다.

"어서 와. 세왕이 오랜만이다."

엄마는 녀석을 참으로 반갑게, 정말 친조카처럼 맞이했다.

"왜, 왜 왔어?"

"미역국 얻어먹으러."

"왜? 너네 집 밥 먹어!"

버럭 소리를 지르며 쫓으려는 그녀의 태도에 인상을 써 보이던 엄마는 생일이라 차마 때리지는 못하겠지 억지로 웃으며 부드럽게 나무랐다.

"넌 또 아침부터 왜 그러니? 너네는 참. 어릴 때는 그렇게 사이가 좋더니."

"엄마, 나 늦었어."

"뭐가 늦어? 밥 다 먹고 가! 세왕이도 있는데!"

"오늘 빨리 가봐야 돼. 주번이야!"

그런데 일어서려는 인정을 세왕의 목소리가 붙잡았다.

"밖에 아저씨 기다리고 있으니까 다 먹고 같이 나가자."

"아저씨? 무슨 아저씨?"

"기사 아저씨."

"에? 너 차 안 타고 다니잖아."

"누가 어제 내 다리에 무차별 린치를 가하고 튀는 바람에 걷기가 힘들어서 말이지."

말문이 막혀 버린 인정 대신 그녀의 엄마가 호들갑을 떨며 안쓰러워했다.

"어머! 누가 그랬어? 아니, 우리 세왕이한테 왜 그랬대? 많이 다쳤니? 신고했어?"

"아닙니다. 그 정도로 심각한 건 아니고요. 그냥 걸을 때 좀 아파서요."

"세상에나! 누가 그랬니? 학생이야?"

인정은 세왕의 입에서 제 이름이 나올까 봐 침을 꿀꺽 삼키고 얌전히 앉았다. 그 모습을 확인하고 나서야 세왕은 씨익 웃으며 고자질을 멈췄다.

"예. 뭐 저한테 평소에 불만이 좀 많았나 봐요."

"그럼 말로 하면 될걸. 뭐 그런 애가 다 있니?"

"무식한 거죠 뭐. 아 참. 이거 엄마가 너 갖다 주래."

"뭐, 뭔데?"

"생일인데 어떻게 빈손으로 가냐고, 상품권 같던데?"

뜻밖의 선물에 인정은 쭈뼛거리며 선물을 받았다.

"아. 진짜? 너무 감사하다고 꼭 전해 드려."

"엄마가 한번 오래. 와서 직접 얘기해. 너 요새 우리 집 놀러 안 온다고 엄마 좀 삐지신 것 같더라."

"그래! 너. 너 요새 너무 세왕이 집 발길 끊었더라. 사람이 그러면 못 써. 어릴 때 그렇게 신세를 지고, 좀 컸다고 발길을 뚝 끊어?"

예전부터 딸이 갖고 싶었던 세왕의 어머니는 어릴 때는 꽤 애교 많고 똑 부러지게 말 잘했던 인정을 많이 예뻐해 주셨다. 어머니들끼리 서로 고등학교 동창이기도 해서 인정도 이모라고 부르며 많이 따랐다. 인형, 옷, 책, 등등 선물 받은 건 다 헤아리지도 못할 정도였으니, 진짜 딸처럼 예뻐해 주신 것이다.

"그런 게 아니라……. 공부하고 바쁘다 보니까."

"얼씨구. 네가 무슨 공부를 그렇게 했어?"

"난 안 했지! 세왕이 공부하는데 내가 들락거리면 방해될 거 아냐!"

"자랑이다. 자랑이야! 으이그. 세왕이 반만 따라가면 좀 좋아!"

사실 세왕이 밉다고 그 집에 자주 안 간 것도 있지만 이제 컸으니까 이모가 저를 견제할 수도 있겠단 생각에 가지 않았던 것이다. 잘난 아들이 저랑 사귄다는 소문이라도 돌면 기분 나쁠지도 모를 것 같아서.

"왜 내 생일날 아침에 이런 소리를 들어야 해!"

"그러게 말이다! 으휴! 내가 왜 딸년 생일상 차려주고 화가 나는지 나도 모르겠다."

"와! 이모. 미역국 진짜 맛있어요. 대박. 우리 엄마는 왜 이렇게 못 끓일까요?"

입시생 자녀와 부모의 평범하고 아슬아슬한 대화 속에서 세왕은 맛있게 밥을 먹고 있었다.

그렇게 세왕이 미역국에 밥 한 그릇을 뚝딱 말아 먹고 난 후에야 그녀는 얹힌 듯 답답해진 위장을 부여잡고 자리에서 일어날 수 있었다.

오랜만에 타보는 세왕이네 차에 앉자마자 인정은 따지듯이 물었다.

"나 협박하려고 아침부터 우리 집 찾아온 거야?"

"겸사겸사. 엄마가 전해주란 것도 있고."

"하! 부지런하기도 하지! 그거 좀 맞았다고 엄살은! 너 아픈 거 거짓말이잖아!"

"어. 안 아파. 근데 내가 어제 한 말 기억해? 해봐. 내가 어떻게 나오나 보여줄게. 라고 했지?"

"뭐, 뭐 어쩔 건데! 내가 절교하겠다고 했지? 어차피 안 볼 사인데 뭐!"

"옛날엔 안 그랬는데, 너 요새 많이 까칠하다? 아무리 그래도 그렇지, 입시 스트레스를 폭력으로 풀어서야 되겠냐?"

"너한테만 까칠한 거야. 네가 자꾸 짜증나게 구니까."

"이모한테도 까칠하던데?"

"그건 원래 그랬고!"

"미술 할 만해?"

바로 반격이 들어올 줄 알았는데 세왕은 뜻밖의 질문을 했다.

"응?"

"재밌어? 잘해?"

"뭐……. 공부보다는?"

"받아."

"응?"

갑자기 세왕이 뜬금없이 선물 상자를 내밀었다.

"받으라니까."

"뭐, 뭐야? 승희 주라고?"

"야!"

"아, 왜! 묻지도 못해?"

"네 생일날 왜 승희 선물을 주냐고! 내가 그렇게 개념이 없어 보여?"

"우리가 뭐 생일 선물 주고받는 사이였냐? 새삼스러우니까 그렇지!"

"네가 쓸데없는 짓을 했으니까, 나도 뭘 줘야 할 거 아냐!"

"무슨 쓸데없는 짓? 아! 승희 소개시켜 준 거?"

"그래!"

세왕이 신경질적으로 선물을 툭 던져 놓자 인정도 못 이기는 척 선물을 받았다. 길고 네모난 상자에 뭐가 들어 있을지 짐작도 가지 않았다. 그에게 마지막으로 받은 선물은 중1 때 받은 알람시계였다. 아직도 저를 깨워주는 부지런한 꿀벌 시계. '안녕. 좋은 아침이야. 일어나야지. 때르르릉.' 하고 끔찍하도록 시끄럽게 울어대는. 그 소리를 들을 때마다 아침부터 이세왕을 떠올리며 이를 갈고 일어나곤 했다.

이번 선물은 뭘까, 설마 손목시계?

내용이 궁금해서 손이 근질거렸지만 인정은 별 관심 없는 척 가방에 쑤셔 넣어 버렸다.

"고맙다고도 안 하냐?"

"너도 고맙다고 안 했잖아. 기껏 소개해 줬더니, 화만 냈지. 그러게 그냥 나인이라고 안 부르면 이런 거 안 줘도 되잖아."

"하. 내가 진짜 기가 막히고, 어이없어서 참는다. 그래. 뭐 내가 잘못한 것도 있으니까 이번엔 이렇게 넘어가자."

"뭐라는 거야. 너 이거 이상한 거 줘서 나 놀리는 거면 가만 안 둘 줄 알아."

"너야말로 후회할걸?"

"어쩔 건데?"

"나 학원 다니려고."

"가라. 누가 뭐래?"

"미술학원."

"뭐?"

"너 다니는 곳으로."

"야!"

"왜? 너 항상 내가 다니면 그만두더라."

인정은 입을 뻐끔거리며 할 말을 잃었다. 그도 알고 있었던 모양이다.

"내가 그렇게 싫어?"

다행히 왜 그만둔 건지는 눈치채지 못한 것 같았다.

"나 괴롭히려고 이 중요한 시기에 미술학원을 다니시겠다고? 너 공부 포기했어?"

"왜 공부를 포기해야 해? 취미생활이 적당한 자극과 휴식을 줄 수 있지."

"잘난 척하지 마. 그리고 너. 입시 미술이 장난인 줄 알아? 괜히 와서 분위기 흐리지 말고 공부나 해!"

"무슨 분위기? 연애 분위기?"

"너 진짜! 자꾸 이렇게 미술 한다고 무시할 거야?"

"내가 언제 무시했어? 네 태도를 잘 생각해 봐. 내가 의심 안 하겠는지. 요즘 부쩍 달라진 태도. 갑작스러운 입시 미술. 그리고 어제…… . 그. 아니다. 됐다. 아무튼 난 무시하는 게 아니라 의심하는 거야."

"뭐가 다른데!"

그렇게 티격태격하는 동안 채 오 분도 안 돼서 학교 앞에 도착했다. 당연히 집중될 시선을 의식한 인정이 도망치듯 걸음을 옮겼다. 최대한 세왕이에게서 멀어질 생각이었다. 어차피 남학생들 교실은 여학생들과 반대편이라 운동장은 모세의 기적처럼 남녀가 갈라지는 곳이기도 했다.

그런데!

턱.

"……!"

어느새 다가온 세왕이 그녀의 어깨에 팔을 툭 하니 걸쳤다.

"내려. 이게 뭐 하는 짓이야?"

"아무래도 안 되겠다. 내가 억울해."

"뭐?"

"이따가 네가 영화 쏴라."

"뭐!"

"애들하고 영화 보러 가기로 했다며? 내 표도 사. 상품권도 받았겠다."

"내가 왜 그래야 하는데?"

"김나인. 자꾸 이러지 마라. 너 자꾸 반항하면 내가 괴롭히고 싶어지잖아?"

"새디냐!"

"너한테만."

"이거 안 놔? 애들이 보잖아! 승희가 오해하면 어쩔 건데?"

"안 할걸. 근데 학주가 노려본다. 이따 보자."

상큼하게 웃으며 대꾸한 세왕이 휙 몸을 돌렸다. 그렇게 그가 저만치 멀어지고 난 후에야 온몸으로 닥쳐 오는 묘한 시선을 의식한 인정이 한숨을 내쉬었다.

'왜 이러는 거야. 도대체!'

몇 년 전까지만 해도 스킨십이 자연스러웠다지만, 지금은 절대로 아니었다. 그런데 대놓고 새삼 내외하자니 그건 또 녀석을 의식하는 것 같고…….

게다가.

'너한테만.'

그 목소리를 떠올린 순간 느닷없이 심장이 덜컥 내려앉았다. 애써 쿨한 척, 촌스럽지 않게 넘겨보려는데 뺨은 붉어지고 가슴은 주책없이 두근거렸다.

"나쁜 놈! 순 자기 멋대로야!"

입으로 욕을 지껄여도 그렇게 싫지 않은 훈훈함이 아직 어깨에 머물러 있었다.

그러나 그 좋은 기분도 잠시.

교실로 들어선 인정을 향해 실내화 한 짝이 맹렬하게 날아들었다.

❖

"야! 이세왕!"

첫 교시 수업이 끝나자마자 달려온 그녀의 목소리에 널브러져 있던 사내놈들이 벌침에 쏘인 듯 놀라서 일어났다. 하지만 세왕은 그녀가 오길 기다렸다는 듯이 느긋했다. 물론 주름 잡힌 교복 블라우스나 어딘가 헝클어진 머리카락을 하고 온 건 예상 밖이었다. 어쩌다 그렇게 된 건지는 알 것 같았지만 말이다. 한승희랑 머리채까지 잡고 싸운 게 분명했다.

"왜 아침부터 남의 반에서 소리 지르고 난리야? 교양 없이."

그러나 세왕은 아무것도 모른단 태도로 태연히 물었다. 그 순간 김나인이 눈을 크게 부릅떴다.

"미쳤냐! 미쳤어! 너 나 엿 먹으라고 일부러 그런 거지!"

"뭐가?"

"야! 네가 분명히 한승희 소개시켜 달라고 했잖아!"

"사람 말을 끝까지 들었어야지. 난 소개시켜 달라고 했지, 내가 좋아한단 말은 안 했다? 그건 순전히 네가 맘대로 생각한 거지."

"그럼 확실히 말을 했어야지!"

"말하기도 전에 네가 소개시켜 주기 싫다고 했잖아. 그래서 내가 확실하게 됐다고 했어, 안 했어?"

"하! 기가 막혀! 내가 언제 싫다고 했어! 조건을 걸었지! 그럼 그때 사실은 내가 아니라 내 친구 소개해 주는 거다! 그러니까 그냥 부탁하자! 이렇게 말했으면 됐잖아. 너 땜에 지금 내 입장이 얼마나 곤란한지 알아?"

"내 입장도 상당히 곤란하게 됐거든. 야, 최동훈. 너 지금 나 때문에 화 많이 났잖아. 애한테 설명 좀 해줘."

세왕은 아직 잠이 덜 깬 동훈이의 옆구리를 팔꿈치로 쿡쿡 찔러 댔다. 남자들끼리 있을 때는 한 어깨를 자랑하며 거들먹거리지만, 그는 유독 여자들 앞에 서면 소심해지는 숙맥이었다. 어쩌다가 한승희를 좋아하게 됐는데, 차마 앞에서는 말을 못하겠다며 전화번호라도 알 수 없겠냐고, 김나인을 통해 소개 좀 해달라고 부탁했던 것이 사건의 시작이었다.

"어? 어. 어! 나, 나, 나 화, 화났어. 어, 엄청."

문제는 눈앞의 김나인도 여자라는 점이었다. 동훈이는 예외 없이 얼굴이 빨개진 채 말을 더듬거렸고, 그것이 결과적으로 나인을 더 화나게 만들어 버렸다.

"내가 그렇게 우습게 보여?"

찢어질 듯한 김나인의 목소리에 사내 녀석들이 다시 봤다는 듯이 휘파람을 불어대며 싸움을 부추겼다.

"야. 김나인! 좀 하는데?"

"휘익. 그렇지. 언제까지 나인 노릇만 할 순 없지!"

졸지에 나인은 모두의 웃음거리가 되고 말았다.

"다들 입 안 닥칠래!"

교실을 쩌렁쩌렁하게 울린 나인의 목소리에 일순 정적이 흘렀다. 동시에 세왕은 그녀의 눈에 물기가 촉촉하게 차오르는 것을 보고 말았다. 순간 당황한 세왕은 아무 말도 할 수 없었다. 이렇게까지 곤경에 빠트릴 생각은 아니었는데.

갈수록 김나인이 저에게 짜증이 많아지고 저를 싫다고 밀어내는 통에 세왕은 요즘 많이 반성하고 있었다.

'내가 그동안 너무 심했나?'

이제 어린애들도 아니고 김나인을 여자로 존중하고 잘 대해줘야 한다는 걸 저도 알고 있다. 하지만 이상하게 나인만 보면 저도 모르게 편하게 행동하고 말았다. 거기에 대한 미안함. 그리고 다시 예전처럼 잘 지내고 싶어서 오랜만에 김나인의 생일을 챙겨주고 싶었다. 그런데 또 안 하던 짓을 하려니 쑥스럽고 어색해서 고민하던 참에, 동훈이의 부탁을 핑계로 선물할 셈이었던 것이다.

그런데 일이 이렇게 되고 말았다.

나인의 눈물을 보기 전에는 아무렇지 않게 저를 한승희에게 소개해 준 그녀에게 잔뜩 화가 나 있는 상태였다. 저한테 여자친구가 생겨도 넌 정말 아무렇지 않다는 뜻이냐, 따지고 싶었지만 잘난 자존심에 그 말이 차마 입으로 튀어나오지 않았던 것이다. 어제도 그렇게 쓸데없이 다투느라 정작 중요한 말을 못하고 더 열받는 광경을 보고 말았다.

'누구야? 저 교복은!'

김나인이 처음 보는 곱상한 놈의 손목을 잡고 함께 버스에 오르는 걸 보는 순간 세왕은 피가 거꾸로 솟았다.

'김나인이 내 손을 잡은 게 언제였더라?'

기억도 나지 않는 시점을 떠올리자니 더 열이 받았다. 저 자식도 화구통을 멘 걸 보면 같은 학원에 다니는 모양이었다.

'학원 핑계로 연애하는 거 아냐?'

김나인의 친구라면 이름, 전화번호, 사는 집까지 다 알고 있다. 그런데 그중에 남자는 한 명도 없었다. 자신이 모르는 남자친구라니, 언제 그렇게 멀리 간 걸까? 나인이라고 부르지 말라고 정색한 것도, 아무렇지 않게 저를 한승희 따위에게 넘긴 것도, 설마 저놈 때문인가?

애초에 세왕은 나인이 미술학원에 다닌다는 것부터 맘에 들지 않았다. 어릴 때는 나인이 하는 건 뭐든 같이했었다. 옆집 중학생 형이 얼마나 대단한 사람인지 칭찬을 늘어놓으며, '그래서 나는 그 오빠가 좋다.' 라는 말을 들은 후에, 녀석 앞에서 뭐든 잘해보려고 안간힘을 썼다. 그 오빠보다 자신이 더 잘난 놈이라는 걸 보여주기 위해 남들 두 배로 노력하며 천재인 척했다. 그런데도 나인은 대단하다는 칭찬 한번 해주지 않고 금세 다른 것에 관심을 보였다. 나인이 미술을 시작했을 때도 꼭 따라가서 잘하는 모습을 보여주고 싶었지만 미술 선생님의 한마디를 들은 그의 부모님은 당장에 미술을 그만두게 하셨다.

'얘 진지하게 미술 시켜보는 건 어떨까요?'

세왕은 그냥 친구 얼굴을 그리라는 말에 나인이가 웃을 때, 나인이가 화낼 때, 나인이가 울 때, 세 가지 표정을 한 얼굴에 그렸을 뿐이었다. 친구들은 이게 뭐냐며 비웃었던 지저분한 그림이었다. 그것이 어른들 눈에는 피카소 작품으로 보였던 모양이고, 부모님은 예술에 재능을 보인 아들이 불안했을 것이다.

그렇게 그의 눈이 닿지 않는 곳에서 자신의 영역을 찾아낸 나인은 어느새 이성 친구까지 사귄 후였다.

'미술만 잘하면 되는 거였어?'

백 가지 뛰어난 재능이 다 소용없게 됐다. 같은 길을 가려면 녀석이 좋아하는 걸 했어야 했다. 정강이를 깐 것보다, 얼굴을 갈긴 것보다, 더 뼈아픈 배신감에 어딘가가 욱신거렸다.

'너. 두고 봐!'

그래서 세왕은 그만 홧김에 사고를 치고 말았다. 좋게 해결할 수도 있었던 일을 굳이 한승희에게 메시지를 보냈던 것이다.

「오해하게 해서 미안한데, 김나인이 실수한 것 같다. 내가 부탁한 게 아니라, 내 친구가 부탁한 거야. 생각 있으면 내 친구 만나볼래?」

　한밤중에 보낸 그 메시지가 다음날 어떤 파장을 불러일으킬지 잘 알고 있었다. 물론 한승희가 이렇게까지 무식하게 화풀이를 할 줄은 몰랐지만.

　나인의 눈물을 본 순간 세왕은 다른 의미로 또 화가 났다.

　한승희. 그딴 것 때문에 우리가 이렇게 싸워야 해? 넌 왜 울고 있는 건데?

　"이세왕, 너 이것도 나 놀리려고 준 거지?"

　게다가 나인은 교복 치마에서 포장지도 뜯지 않은 선물 상자를 꺼내 그의 발밑에 던져 버렸다.

　"이걸 왜 던져! 얘가 무슨 잘못을 했다고 던져!"

　이미 일은 터졌지만 선물은 꼭 전해주고 싶었다. 어떻게 하면 어색하지 않게 줄 수 있을까 어렵게 고민했고 아침부터 나인을 태우러 간 것도 나름 나인을 위한 생일 이벤트였다. 학교에서 벌어질 불미스러운 일을 대비해 조금이라도 녀석의 기분을 좋게 해주려고, 미리 실드를 치려던 꼼수도 있었다. 그런데 지금 입술을 꼭 깨물고 있는 녀석의 얼굴을 보니, 아침의 노력은 쓸데없는 짓인 듯했다.

　"뭔진 모르겠지만, 계산은 바로 하자. 내가 쓸데없는 짓 한 거니까 이거 받을 자격 없는 거지?"

　"남의 정성까지 무시하기냐!"

"정성 같은 소리 하고 있네. 그런 데 쏟을 정성 있으면 내 이름이나 똑바로 불러!"

그렇게 시니컬하게 쏘아붙인 나인이 교실을 박차고 나가 버렸다.

"이야. 김나인도 한 성깔 한다?"

그리고 나인이 사라지자마자 기세가 등등해진 최동훈이 세왕의 어깨에 팔을 올리며 감탄했다.

"손 내려."

"어허. 왜 앙탈이야? 형님 아직 화가 안 풀렸다."

"잘됐네. 그러니까 손 내려."

"야. 근데 저건 뭐야? 진짜 김나인한테 선물했어?"

"김나인이라고 부르지 말라는 소리 못 들었어?"

살벌하게 낮게 깔린 세왕의 음성에 동훈은 움찔 움츠렸다. 그리고 그의 눈치를 보며 바닥에 떨어진 상자를 주우려고 일어났다.

"건드리지 마."

"에이. 왜 그러냐? 있어봐. 내가 김나인이 다시 와서 싹싹 빌도록 해줄 테니까."

"시끄러, 이 자식아! 이게 다 누구 때문인데!"

기어이 저를 버럭 하게 만든 동훈이 찔끔한 사이 세왕은 선물 상자를 주워 들었다. 입안으로 쓰디쓴 맛이 감돌았다.

다시 자연스럽게 생일 선물을 주고받는 사이가 될 수는 없는 걸까? 서로에 대해 모르는 게 없는데, 친한 친구조차 될 수 없는 이 애매한 사이를 정리하고 싶어진 게 언제부터인지 모르겠다.

'우리 관계를 한마디로 정의할 수 있는 단어가 있을까?'

그의 머릿속에 '여자친구'라는 단어가 떠올랐다.

하지만 세왕은 허탈하게 웃어버렸다.

'그건 너무…… 위험하잖아.'

끝장을 내기에 딱 좋은 관계였으니까.

고슴도치 딜레마

"김나인. 너 왜 내 생일날 안 왔어?"

"아……. 생일이었지. 참. 미안. 나 학원 가느라 깜빡했어."

무심한 사과를 받은 그날. 나는 녀석과 예전처럼 늘 함께할 수 없다는 걸 깨달았다.

어느새 그 아이는 여자가 되어 있었으니까.

그리고 나는 인정하고 싶지 않은 것들을 더 깨달았다.

내가 남자가 되었다는 것.

그래서 우리가 늘 함께하려면 다른 특별한 감정이 필요하다는 것을.

하지만 가시 돋친 내 자존심은 그 아이가 나보다 먼저 떠나는 것을 허락하지 않았다.

아니, 그 아이를 먼저 사랑하게 될까 봐 찔러대기 바빴다.

고슴도치 딜레마. 우리는 멀어져야만 서로를 그리워하는 못난이들이었다.

2. 왕의 남자

담임선생님의 종례가 끝난 직후, 가방을 메고 의자를 빼는 분주한 소리와 함께 교실 뒷문이 드르륵 열렸다.

"한승희! 나 좀 보자!"

"헉!"

"야, 웬일이야. 세왕이잖아."

여학생 교실 앞에 갑자기 나타난 세왕의 존재로 교실이 잠시 웅성거렸다. 종례까지 깔끔하게 스킵하고 기다리고 있었던 모양이다.

그 속에서 승희는 팔짱을 끼고 도도하게 걸어나왔다.

"왜? 김나인 걱정돼서 나한테 충고하러 왔니? 알고 보니 이세왕이 김나인 기사였네?"

나인이 세왕의 반에 가서 난동을 피운 이야기는 모르는 사람이 없었다. 세왕은 빈정대는 승희 뒤편에서 태연히 하교 준비를 하고 있는 나인을 힐끗거렸다.

"내가 쟬 왜 걱정하냐? 알아서 잘하는 앤데."

"하! 너네 둘이 진짜 웃긴다. 둘이 좋아하면 사겨. 서로 관심 없는 척 그러지 말고. 뭐 하는 짓이야? 괜히 나 같은 피해자만 생기잖아!"

"안 그래도 그거 사과하러 왔는데, 그게 나인이가 내 말을 좀 오해한 모양이더라고. 내 잘못도 큰 것 같다. 그건 진짜 미안한데, 내 친구 동훈이 진짜 괜찮은 놈이거든. 한번 만나주라."

"너 지금 누구 놀리니?"

"내가 어떻게 해줄까? 해달라는 대로 다 해줄 테니까 화 풀고 동훈이 한번만 만나주라. 응?"

세왕은 필살 애교까지 펼칠 만큼 절박했다. 이번 일로 나인이 반에서 따돌림이라도 당한다면 큰일이었다. 여자애들이 모이면 얼마나 무서운지, 여러 번 경험했었다. 나인이 여자친구가 별로 없는 이유가 저 때문이라는 것도 실은 짐작하고 있었다. 그것 때문에 그녀가 불평한 적은 없었지만 실은 그게 늘 신경 쓰여서 고등학교 오고부터는 나인과 일부러 붙어 있지 않으려고 애쓰기도 했었다. 그래서 지금 한승희의 화를 풀어야 이 사태가 끝날 거라는 것도 잘 알고 있는 것이다.

"뭐야? 너 이런 면도 있었냐? 이러니까 되게 수상하다. 너 진짜 나인이 기사야?"

"에이. 나 한번 믿어봐. 진짜 내 친구 괜찮다니까. 솔직히 말하면 내 친구가 너한테 아까울 정도다."

"야! 너 지금 사과하러 왔니, 시비 걸러 왔니!"

"화내지 말고. 즉, 그만큼 좋은 놈이란 거지. 내가 너한테 너보다 못한 놈 소개시켜 주면 좋겠냐?"

"그, 그건 아니지."

"그러니까. 어때? 만나볼래?"

정말이지, 여자한테 한번도 매달려 본 적 없는 세왕이 최선을 다하고 있었다. 덕분에 승희는 조금 마음이 풀어졌다. 어쨌거나, 그 이세왕이 제 앞에서 쩔쩔매고 있다는 게 뿌듯하던 참이었다.

"좋아. 그럼. 내 부탁 하나만 들어주면 생각해 볼게."

"뭔데?"

승희의 시선이 가만히 있는 나인에게 향하자 세왕은 불길함을 느꼈다.

"김나인이 나한테 진심으로 사과하면."

가방을 메던 나인이 우뚝 멈췄다. 세왕은 그녀의 눈치를 보며 조심스럽게 말했다.

"글쎄. 그건 나인이가 사과할 일은 아니잖아."

"아니지. 나인이가 잘못 전한 것도 있고, 그것 때문에 나하고 싸웠으니까 난 사과를 받아야겠어. 김나인은 이세왕이 시키면 다 하는 애 아닌가? 사과하라고 해."

승희의 말을 들은 직후 세왕의 기분은 한마디로 빡친 상태였다. 뭐 이렇게 재수 없고 말도 안 통하는 애가 다 있나, 그의 입이 폭언을 뱉을 준비를 마쳤다. 그런데.

"야. 한승희. 너 그만 튕겨라. 최동훈 너한테 진짜 아깝거든. 넌 애가 왜 그렇게 주제를 모르냐? 이세왕이랑 잘될 줄 알고 눈이 이만큼 올라가 있었던 건 이해하겠는데, 상황 파악이 됐으면 네 눈도 제자리로 와야 하지 않을까?"

그보다 먼저 나인의 폭언이 쏟아지고 말았다.

"뭐, 뭐, 뭐?"

발끈해서 얼굴이 터질 듯이 새빨개진 승희보다 세왕이 더 놀랐다. 김나인이 이런 면이 있었나? 이런 기 싸움에 조금도 밀리지 않는 그녀의 모습이 신선했다.

"내가 너한테 사과를 왜 하냐? 나도 피해자야. 너네 둘이 해결하고 난 거기 끼워 넣지 마! 웃기고 있어!"

"야아!"

결국 폭발한 건지 승희가 손톱을 세우며 덤벼들었다. 그냥 두면 나인의 머리채가 몽땅 뽑혀 나갈 기세라 세왕이 재빨리 끼어들었다.

"한승희! 진짜 이럴 거야!"

"엄마야!"

승희의 손목을 잡아채며 소리를 지르자 승희는 다른 의미로 얼굴이 빨개져서 붕어처럼 입을 뻐끔거렸다. 무시무시한 눈으로 바라보는 건 둘째 치고 그 모습이 또 박력 있어서 가슴이 두근거렸던 것이다.

"동훈이 일도 있고 해서 좋게 해결하려고 했는데, 이런 식으로 나오면 나도 가만 안 있어. 한 번만 더 이 교실에서 오늘 일 때문에 시끄러워지면 너도 남은 학교생활 힘들 줄 알아."

서늘하게 경고를 날린 세왕은 그대로 승희의 손을 던지듯이 내려놓고 이번엔 나인의 손을 잡아끌었다.

"놔! 이거! 놓으라니까! 아프다고!"

나인이 몇 번이나 손을 뿌리치려고 시도했지만 그럴수록 더 세게 손목을 움켜쥐던 세왕은 그녀가 아프다고 소리를 지르고, 복도를 지나오고 나서야 손을 놓았다. 빨갛게 된 그녀의 손목을 보고는 흠칫 놀랐지만, 도리어 화를 냈다.

"바보냐! 거기서 왜 그런 소리를 하면서 껴들어! 내가 알아서 잘하고 있는데 왜 초를 쳐!"

"그게 잘하는 거야? 너 병신이냐! 왜 걔 앞에서 절절매는 건데! 사과를 할 거면 나한테 하라고! 왜 그런 애들한테는 잘해주냐고! 그러니까 여자애들이 쥐뿔도 모르면서 너한테 환장하는 거 아냐!"

"뭐…… 병신? 야! 무슨 말을 그렇…… 잠깐! 너 설마 질투하냐?"

"지, 질투는 누가! 네가 하도 병신처럼 쩔쩔매니까 답답해서 그런 거지! 나한테는 제대로 사과한 적 없으면서! 왜 다른 애들한테는 그러냐고!"

당황하는 나인의 표정을 세왕은 놓치지 않았다. 갑자기 기분이 좋아졌다. 까칠하고 무뚝뚝하고 속을 알 수 없는 여자로 변해 버린 줄 알았더니, 아직 예전 모습이 남아 있는 것 같아 반가웠다.

"이야. 김나인도 질투를 하긴 하는구나. 너는 여자도 아닌 줄 알았더니."

"아니라고 했지!"

"뭐? 여자가 아니라고?"

"아니! 으휴! 내가 말을 말아야지! 비켜. 나 바빠!"

아무리 심하게 다퉈도 늘 이렇게 누구 하나 사과하지 않아도 아무 일도 없던 것처럼 싱겁게 끝이 났다. 사실 이번에는 조금 불안했었다. 나인이 눈물까지 글썽인 적은 없었기 때문이다. 안도한 세왕은 한편으론 우쭐해졌다.

'그래. 김나인은 어차피 나 없으면 안 되는 녀석이니까.'

세왕은 어깨를 쭉 펴고 호주머니에 손을 찔러 넣었다. 그리고 평소처럼 먼저 가는 인정의 뒷모습을 향해 뿌듯한 목소리로 그녀를 불렀다.

"어이. 김나인. 같이 가자."

"너 혼자 가!"

"영화 보러 갈 거잖아. 오랜만에 진숙이도 온다고 해서 내가 동훈이도 불렀는데 중학교 때 애들 다 따라오려나 봐."

나인의 생일 파티가 뭔가 중학교 동창 모임으로 규모가 커지고 있었다.

이것도 전부 세왕의 힘이다. 제 생일이 뭐라고 제가 부른다고 학교가 달라진 애들까지 달려올까. 모두 세왕이 보겠다고 오는 것이다. 한마디 하려던 인정은 태클 걸기도 지쳐서 그냥 넘어갔다.

"나중에 봐. 나 거기 가는 거 아니야."

"그럼 어디 가는데?"

"뭐 좀 사러."

"같이 가면 되겠네."

"같이 갈 사람 있어."

"누구? 예빈이? 진숙이?"

"너 모르는 애."

"누군데? 내가 모르는 애가 누가……."

그때 세왕은 불현듯 어제 나인이 손목을 잡고 뛰어가던 다른 학교 남학생의 모습을 떠올렸다. 절로 걸음이 멈췄다. 그러나 나인은 그가 멈춘 줄도 모르고 혼자 걸어가며 대답했다.

"미술학원 친구가 재료 사는 거 도와준댔어. 귀찮게 하지 말고 영화 보고 싶으면 이따가 봐."

좋았던 기분이 식어버렸다. 둘이 함께했던 십년지기 우정을 팽개치고 만난 지 얼마 안 된 미술학원 친구 때문에 저를 귀찮아하다니. 그것도 오늘은 인정의 생일날이었다. 앞서가는 나인의 뒷모습이 세왕은 그렇게 얄미울 수가 없었다.

"그럼 셋이서 가면 되겠네."

"싫어. 너랑 같이 가기 싫어."

"왜 싫은데?"

"너하고 둘이 다니면 다들 나인이라고 부르잖아!"

"이제 그건 그냥 포기해라. 인정하자고."

"꺼져 줄래? 제발? 응?"

사정 반, 타박 반으로 이어지는 나인의 말을 무시하며 세왕은 기어이 버스 정류장까지 따라갔다. 생각했던 대로 버스 정류장 앞에는 명철이 먼저 와서 기다리고 있었고 나인은 미안해서 어쩔 줄 몰라 하며 상황을 설명했다.

"그래? 생일이었구나. 내가 눈치 없이 오늘 가자고 한 모양이다. 다음에 갈까?"

"아니. 아니야! 그런 게 아니라, 얘가 자꾸 따라간다고 해서……."

세왕의 눈이 가늘어졌다. 명철은 나인을 아주 다정하게 대했고, 나인은 세왕에게 한 번도 보여준 적이 없는 여성스럽고 부드러운 말투로 그를 대하고 있었기 때문이다.

"뭐 어때? 같이 가면 되지."

뜻밖에도 명철이 나서서 괜찮다는 말을 내놓았다. 의기양양해진 세왕이 끼어들었다.

"것봐. 된다잖아. 넌 애가 왜 그러냐. 인정머리 없이."

"그 입 다물고 조용히 따라와."

"들었어? 얘 좀 거칠지? 얘랑 너무 친하게 지내지 마. 얘 성격 별로 안 좋으니까."

"야, 이세왕!"

"근데 재료를 꼭 사야 하냐? 언제 그만둘지 모르는데?"

"초 치지 말고 꺼져라. 응?"

"걱정돼서 하는 소리거든? 그림은 아무나 하냐고."

그렇게 티격태격 다투는 두 사람의 옆에서 명철이 조심스럽게 말을 건네왔다.

"잘하는 편이야."

"응?"

"그림 잘 그리는 편이라고. 인정이 말이야."

굳이 인정이라고 불러주는 명철의 배려심이 돋보이는 순간이었다. 그러나 세왕은 그럴수록 더 명철이 맘에 들지 않았다. 좋다고 헤벌쭉 웃고 있는 나인도.

그런 두 사람의 앞에서 계속 나인의 험담을 늘어놓자니 괜히 저만 찌질한 놈 되는 것 같아 세왕은 입을 다물어 버렸다.

그렇게 도착한 화방에서도 그는 두 사람 사이에 낄 수가 없었다. 어떤 물감이 발색이 좋고, 어떤 붓이 탄력이 있는지, 그런 이야기는 재미도 없고 아는 것도 없었다. 그런 그의 귀에 명철의 한마디가 박혀 들어왔다.

"이 붓은 그냥 내가 하나 사줄게."

"왜? 아냐. 그러지 마."

"생일이라면서. 들었는데 그냥 지나칠 수는 없잖아."

"됐어! 나 그런 거 원래 잘 안 챙겨."

"그냥 이거 받고 담에 밥 한번 사줘. 그렇게 친해지는 거지 뭐."

결국 더 참지 못한 세왕이 스윽 나타났다.

"거기서 둘이 더 친해져서 뭐 하게? 초면이긴 한데 우리 나인이랑 너무 친하게 지내면 안 돼. 얘 별로라니까? 너 인생 피곤해져."

"넌 또 왜 시비야?"

"그리고 얘 붓 있어. 내가 벌써 그건 선물했으니까 사줄 필요 없어."

"뭐? 언제?"

"자. 네가 아까 집어 던진 거!"

아침에 나인이 던져 버린 선물 상자는 포장지만 조금 벗겨졌지 모양은 그대로였다.

"이게 붓이라고?"

"보나 마나 그림도 못 그릴 텐데, 도구라도 좋아야 될 거 아냐."

붓이라는 말에 나인은 선물 상자에 관심을 보이면서도 선뜻 풀어보지 않고 미심쩍어했다.

"너 왜 이래? 왜 안 하던 짓을 해?"

"내 생일 10월 30일이다. 잊지 마."

"뭐가 갖고 싶어서 이래?"

"그때 봐서. 야. 대충 했으면 빨리 가자. 나 배고파."

지루한 기색이 역력한 세왕의 짜증 섞인 재촉 탓인지 두 사람은 후다닥 재료를 고르고 화방을 나섰다.

"오늘 고마웠어. 막막했었는데 이제 담부턴 혼자서도 재료 살 수 있을 것 같아."

"또 올 일 있으면 같이 가자. 재료 사는 거 재밌잖아."

"그건 그래. 아, 너 배고프겠다. 같이 밥이라도 먹으러 갈래?"

나인이 예의상 꺼낸 말이란 걸 알면서도 세왕은 눈살을 찌푸렸다. 명철은 그 모습을 보고 의미심장하게 웃으며 대답했다.

"아니. 다음에. 그럼 갈게. 너도 담에 또 보자."

어쩐지 그 웃음이 걸렸지만 세왕은 더 신경 쓰지 않았다. 그냥 녀석이 사라져 준 것만으로 충분히 고마웠으니까.

친구들과 만나기로 한 약속 시간까지는 아직 한 시간이나 남아 있었다. 느긋하게 걷던 그의 눈에 작은 놀이터가 있는 체육공원이 보였다. 어릴 때는 놀이터 울타리 안이 자신들의 공간이었다. 그런데 지금은 학교 학원, 그리고 곧 대학까지 가게 될 테니 울타리 안에 자신들을 가둘 수 없게 되었다.

"야, 김나인."

"왜?"

"나 갖고 싶은 거 생각났다."

"생일 아직 멀었잖아!"

"나 그려줘."

"응?"

"붓 사줬으니까 내 얼굴 그려줘."

"수채화로 얼굴 그리는 게 얼마나 어려운 줄 알아? 난 지금 사과도 어렵거든!"

"그러니까 연습 많이 하라고."

나인은 입을 삐죽거렸다. 대답하기 곤란할 때마다 하는 버릇이지만 거절할 때는 아니었다. 해주고 싶다는 뜻으로 받아들여도 무방했다.

"……넌 어쩔 거야?"

"뭐가?"

"서울대는 확실할 거고 무슨 과 갈 거야?"

"확실한 거 없어. 그때 가봐야 알지."

"왜 이래? 만날 잘난 척하면서. 갑자기 겸손해졌어?"

"뭐, 김나인이 서울대 미대를 가겠다면 나도 확실히 서울대 가지."

"왜? 왜, 내가 가면 확실하다는 거야?"

세왕은 어색하게 눈을 깜빡거리는 나인이 귀여웠다.

"당연한 거 아냐? 설마 김나인이 들어가는 서울대를 내가 못 갈
리가 없으니까."

펵!

그렇게 나인정의 생일날 선물을 주고 등짝을 얻어맞았지만, 세
왕은 장난스럽게 웃음을 터뜨렸다. 김나인이 서울대를 가면 저는
성적이 밑바닥을 치고 있어도 죽어라 공부해서 서울대를 갔을 것
이다. 그런 걸 몰라주는 나인이 서운하기도 했고, 둘이 함께 같은
대학에 가는 건 그저 바람일 뿐이란 걸 잘 알고 있었다. 그래도 오
늘은 오랜만에 나인정과 예전처럼 웃고 장난칠 수 있어서 꽤 즐거
운 날이었다.

몇 달 후 세왕의 생일날, 그는 인정으로부터 초상화 선물을 받
지 못했다. 여름방학 동안 진짜 미술학원에 등록해 버린 그 덕분
에 이제 학원에서조차 한 쌍의 왕과 무수리로 낙인찍혔기 때문만
은 아니었다. 방학이 끝나고 세왕의 생일이 지나도록 인정이 잔뜩
화가 나 있었던 건 여름방학 여행 때문이었다.

방학을 맞이해 세왕은 부모님의 허락을 받아 남해에 있는 별장
에 친구들을 초대했다. 내년 여름은 입시라는 이름의 지옥문이 열

릴 테니, 이것은 고등학교 시절 마지막 여행인 셈이었다. 어렵게 부모님의 허락을 받아온 친구들은 모두 흥분해서 여기저기 열어 보고 감탄하고 있었다.

에어컨 앞에서 땀을 식히고 있는 인정만 빼고.

"이럴 때 보면 세왕이 진짜 부잣집 도련님이구나 싶다니까."

"와. 여기 진짜 벽난로도 있어!"

"겨울이면 불 피우고 싶다."

"겨울에 또 와도 돼?"

"야 나인아! 이것 좀 봐봐. 이거!"

"어머! 어떡해! 야. 이거 어쩜 좋아. 사진 찍자."

"야. 니들 그만 안 둬? 아, 이거 치우라고 했는데 아직도 여기 있어!"

"나인아. 와보라니까!"

당황한 세왕의 목소리와 까르르 넘어가는 여자아이들의 웃음소리, 남자아이들의 함성. 인정은 그 모든 것이 대수롭지 않았다.

"알아. 그거. 세왕이 올누드 백일 사진이잖아."

인정이 지겹다는 듯이 쳐다보지도 않고 대답하자 잠시 정적이 흐르는가 싶더니, 여기저기 깨달음의 소리가 들렸다.

"아! 인정인 여기 많이 와봤겠구나!"

"맞다! 너네 부모님들끼리도 친하잖아."

어쩐지 부러움이 묻어나오는 친구들의 말에 인정의 콧대가 조금씩 올라갔다. 세왕이랑 친하다는 건 이럴 때 좋았다.

"근데 어릴 때부터 친했으면 둘이 혹시 목욕탕도 같이 갔냐?"

갑작스런 이 질문만 아니었다면 더 좋았을 거고.

"갔겠지. 너네 그럼 서로 누드는 지겹게 봤겠다. 그지?"

"이야. 어디까지 봤어? 어?"

짓궂은 질문 공세를 아무렇지 않게 넘기기엔 인정에게 치욕스러운 기억이 고스란히 남아 있었다. 그리고 세왕의 다리 사이에 매달려 있던 그 앙증맞은 풋고추도 생생히 기억하고 있다는 게 문제였다. 가끔씩 멀쩡하게 잘 자란 세왕의 몸에 그 조그맣고 귀여운 고추를 떠올릴 때면 뭐라 표현할 수 없는 기분에 몸서리쳤다. 우스꽝스러우면서도 소름 끼치는 상상. 인정은 이번에도 그만 그것을 떠올리며 화끈거리는 얼굴을 감추지 못했다.

"보, 보긴 뭘 봐! 이것들이!"

"나인이 얼굴 빨개졌는데?"

"어릴 때 일을 어떻게 기억해! 애들이 뭘 안다고!"

"얼! 어릴 때 목욕탕을 갔긴 갔구나."

아. 이런 걸 자폭이라고 하는구나.

"아 진짜! 그만 안 해!"

"이세왕. 너도 뭐 기억하는 거 있냐?"

세왕은 고개를 갸웃거리다가 눈살을 찌푸리며 퉁명스럽게 말했다.

"기억날 게 있겠냐? 예나 지금이나 뭐 볼 게 있어야 기억이 남지."

"저게, 진짜!"

까발려진 흑역사에 부끄러워하는 건 저 혼자였다. 세왕은 당당하기 그지없는 얼굴로 인정의 몸매를 탓하고 있었다. 덕분에 이야기의 주제는 자연스럽게 목욕탕에서 각자의 이상형으로 넘어갔지만 한번 벌렁거리며 뛰기 시작한 심장은 좀처럼 가라앉지 않았다.

'세왕이가 아무것도 기억 못하고 있어야 할 텐데. 설마 그냥 하는 소리겠지?'

아무것도 모르는 어릴 때 발가벗고 놀았던 기억이 이렇게 후회스러울 줄이야!

왜 엄마는 딸에게 이런 치욕스런 기억을 남겨주었단 말인가. 잊어야 하는데, 그때 그 목욕탕에서 제 다리 사이에 꽂히던 세왕의 시선이 아직까지 사라지지 않았다. 어린아이의 천진난만한 호기심을 오해하는 게 아니라 혹시 저처럼 세왕도 그때 일을 잊지 못하고 기억할까 봐, 그게 너무 신경 쓰이고 부끄러워 미칠 지경이었다.

"우리 조개 잡으러 가자."

게다가 조개라니!

그 와중에 나온 친구의 목소리에 괜히 얼굴이 화끈거리는 이 머리통의 천박함이여!

'인정아! 이제 제발 그건 잊자!'

더 보란 듯이 잊고 잘살아줄 테다. 굳게 다짐한 인정은 누구보다도 씩씩하게 조개잡이를 나갔다. 조개를 잡을 삽과 쏙을 잡을 호미와 된장까지 챙겨서 말이다. 어릴 때 이곳에 자주 놀러 왔기때문에 갯벌까지 가는 길도 훤히 알고 있었다. 성큼성큼 갯벌로들어가 삽질을 시작한 인정은 그동안 제가 했던 뻘짓과 흑역사들을 다 묻어버릴 각오로 흙을 팠다.

물론 힘차게 박차를 가한다고 조개 구멍을 발견할 수 있는 건아니다. 살살. 긁어내듯이 삽질을 하다 보면 조개 구멍이 나타나는데 그때도 한번에 깊이 호미질을 했다가는 조개만 망가트리기십상이었다. 인정은 구멍 주위를 살살 무너트리면서 파놓은 웅덩이에 물이 고일 수 있게 했다. 그래야 더 깊이 파 들어가 많은 조개를 캘 수 있었다. 집중해서 그런지, 조금씩 찜찜했던 기억이 사라졌다. 어느 정도 깊이 파자 마침내 손바닥 크기의 회색 조개를캐고 흐뭇하게 입꼬리를 말 수 있었다.

"이것 봐! 우럭 조개야!"

"봐봐. 우럭 조개가 뭐야?"

"너 어떻게 이렇게 빨리 잡았어?"

예빈이와 진숙이 신기하다는 듯이 다가와 묻자 더 의기양양해졌다.

"깊이 파야 돼. 한 삼십 센티는 들어가야 하거든."

삽질이란 건 하다 보면 이렇게 성과가 있는 법이다.

부끄러운 과거의 삽질도 다 좋은 결과가 있으면 좋으련만……

"이걸 어떻게 해먹어?"

"라면 끓여먹자. 되게 맛있어."

"야. 김나인. 너 완전 이 동네 주민 같다."

깔깔거리고 웃는데 남자아이들 쪽에서도 함성이 나왔다.

"와! 이것 봐!"

"헉. 뭐야? 가재야?"

"세왕이가 잡았어!"

바닷가재라고 부르는 쏙이었다. 쏙 구멍에 된장 물을 뿌려 잡는 건데, 역시나 어릴 때 많이 잡아봤던 거라 인정과 세왕은 저도 모르게 마주 보고 씨익 웃었다. 그리고 알았다. 동시에 같은 기억을 떠올리고 있다는 것을.

어릴 때 세왕은 쏙을 잡지 못했다. 커다란 벌레 같다면서 징그러워서 손도 대지 못했다. 인정은 그런 세왕을 놀려주겠다며 쏙을 들고 세왕의 머리 위에 올렸고, 그 바람에 세왕은 기겁하며 갯벌 위를 나뒹굴었다. 그래도 세왕은 화를 내지 않았다. 오히려 인정이 울었다. 세왕이 그렇게 겁낼 줄 몰랐기 때문에 놀라고 미안한 마음에, 흙투성이가 된 세왕 앞에 주저앉아 엉엉 울어댔었다.

그때 세왕은 우는 인정의 얼굴을 흙 묻은 손으로 닦아주며 용기를 내 떨어진 쏙을 잡았다. 괜찮다고. 이제 아무렇지 않다고.

갑자기 어릴 때로 돌아간 것처럼 간질간질 좋은 기분이 들었다. 그동안 싸워댄 게 쑥스럽고 민망해질 만큼 좋은 추억이 한꺼번에 떠오른다. 얼굴에 옷에 흙을 묻히고 깔깔거리고 웃다가 아무렇지 않게 바다로 뛰어들고, 별장 마당에서 발가벗고 호수로 물장난 치곤 했던 시절. 자유롭고 즐거워서 부끄러운 줄 몰랐고 함께 있으면 밉고 질투하긴커녕, 든든하고 행복했던 그때가.

생각해 보면 세왕은 과분할 정도로 인정에게 잘해주었었다. 저를 졸졸 따라다니며 때로는 동생처럼 때로는 오빠처럼 매달리고 지켜주었다. 어느 날 저만치 앞서간 세왕을 보며 제가 먼저 질투하고 먼저 못되게 군 건지도 모른다.

잘 생각은 안 나지만 말이다.

'그래. 인정아. 인정하자. 세왕이는 특별하고 좋은 친구야. 내 어릴 때를 반짝반짝하게 만들어줬잖아. 대학 가고 어른 되면 떨어져 지내게 될 텐데, 붙어 있을 때 잘 지내는 거야. 그만 싸우고, 좋은 추억이나 만들자고.'

쏙과 조개를 본 친구들이 정신없이 채집에 열을 올릴 때 세왕과 인정은 서로에게 다가갔다.

"하여간 넌 겁이 너무 많아. 요즘도 벌레 무서워해?"

"울보 주제에 둔해 빠져서 징그러운 것도 모르는 게 더 문제 아니야? 난 섬세한 아이였을 뿐이야."

"웃기시네. 너 나 아니었으면 지금도 쏙 네 손으로 못 잡았어."

"난 웃음도 안 나온다. 잘난 척할 게 따로 있지."

티격태격하고 있지만 둘 다 얼굴에 웃음을 머금고 있었다. 그러나 이를 보지 못한 친구들이 빽 소리를 질렀다.

"야! 너네 붙어 있지 마! 또 싸우고 있어!"

"하여간 붙으면 싸운다니까! 떨어져!"

무슨 오해들을 하는 걸까.

조금 억울했지만, 지금껏 해놓은 게 있었던 두 사람은 쏟아지는 친구들의 원성에 멋쩍게 서로를 스쳐 갈 수밖에 없었다.

"자, 자. 다 모여봐."

모두 개운하게 씻고 나오자 먼저 나와 있던 동훈이 큰 소리로 일행을 모이게 했다. 평소 여자들과 있으면 목소리가 작아지는 동훈이 웬일일까 하는 의문은 금세 풀렸다. 식탁에는 이미 별장지기 아주머니가 쏙과 조개로 각종 요리를 푸짐하게 차려놓은 상태였고, 거기에 동훈이 무언가를 꺼내놓았던 것이다. 그것은 모두의 눈을 반짝거리게 만들었다.

"오! 잘했어!"

"역시! 네가 챙겨올 줄 알았다니까!"

다들 감탄하며 고개를 끄덕였다. 슈퍼 아들인 동훈이 몰래 챙겨온 맥주와 소주는, 자유를 찾아 별장에 온 (아직)청소년들에게 일탈을 즐기게 해줄 귀한 성수였다.

"근데, 세왕이한테 허락받아야지. 이거 걸리면 세왕이만 혼날 거 아냐."

예빈이가 조심스럽게 세왕의 눈치를 보는데 세왕은 잔을 꺼내 오며 턱을 치켜세웠다.

"원래 나 같은 모범생은 부모님 눈치 안 봐."

재수 없었지만, 너무나 그럴듯해 절로 고개가 끄덕여지는 말이 었다. 아마도 세왕이라면 무슨 짓을 해도 전부 용서받을 것 같았 다. 술이 아니라 술 조상님이라도 세왕이 손에 들고 있다면 고급 음료수 정도로밖에 보이지 않을 테니까.

"시작하자! 우리 이렇게 모이는 것도 마지막일 것 같은데, 신나 게 놀고 다들 무사히 대학 들어가는 거야!"

"건배!"

시시껄렁한 잡담도 술이 들어가면 배가 아프게 재밌어지는 법 이다. 술을 잘 모르는 아이들은 호기롭게 마신 술에 이성이 먹혀 가고 있었다. 웃음소리와 목소리가 너 나 할 것 없이 커지고 무슨 말이 오고 가는지도 잘 모르는 듯했다.

그때 진숙이가 명철이 얘기를 꺼냈다.

"나인아, 너 명철이랑 사귀니?"

"응? 명철인 왜?"

"걔 우리 학교잖아. 걔 학교에서 인기 많거든. 얼굴도 잘생겼 지, 걔도 세왕이처럼 도련님과야. 좀 다르긴 한 게, 엘리트 집안이래. 아버지 어머니 다 의사야."

"응. 그 얘기 나도 들었어."

"그렇게 잘난 애가 여태 여자친구가 한 명도 없었거든. 근데 요새 너하고 붙어 다녀서 소문 다 났어. 둘이 사귀는 거 아니냐고."

"와. 나인정은 무슨 잘나가는 남자애들하고만 다니냐? 비결이 뭐야?"

예빈이가 감탄하며 부러워하자 인정은 조금 민망했다. 명철이와 저는 남들이 오해할 만한 사이가 아니었기 때문이다. 아직은. 아직은 그저 마음 맞는 친구였다.

"비결은 무슨. 그냥 같은 학원 다니다가 친해진 거지. 근데 명철이 갠 인기 많을 만해. 애가 되게 착하고 겸손해. 누구랑 다르게."

세왕은 가뜩이나 명철이 이야기가 나올 때부터 고깝게 듣고 있던 참이었다. 저와 비교하는 말이 시작되니, 마시던 술잔을 호기롭게 비우고 빈정거렸다.

"가식적인 거지. 누가 너한테 잘 대해주면 의심부터 해보라고. 뭣도 모르고 좋다고 웃다가 뒤통수 맞고 울지 말고."

"하! 뭐?"

"화내지 마. 충고하는 거니까. 너 누가 잘해주면 그게 예의상 친절인지, 호감인지 구분 못하고 착각하잖아."

"내가 언제!"

"어릴 때 좋아하던 옆집 오빠 기억 안 나? 너 그 오빠 공부하느라 너 귀찮아하는지도 모르고 매달렸잖아."

"그건 어릴 때고! 그리고 내가 언제 그렇게 매달렸어!"

"너 중학교 1학년 때 그 오빠 휴가 나와서 여자친구랑 놀러 가는 것도 모르고 오빠한테 주겠다고 밸런타인데이 초콜릿 만든 거 기억 안 나?"

"그 얘길 여기서 왜 해!"

"네가 기억 못하는 것 같아서 알려주는 거다. 그것만 있겠어?"

또 싸울 조짐을 보이는 두 사람 때문에 눈치 빠른 예빈이 재빨리 끼어들었다.

"중1이면 어릴 때지! 나도 뭐 그때는 어른 남자 좋아했지. 너네 같은 꼬맹이들이 눈에 들어오나? 멋진 오빠들이 자상하게 챙겨주고 귀여워해 주면 완전 설레지. 안 그런 여자들이 있는 줄 아냐?"

"맞아. 맞아. 우리 또 그런 거 엄청 좋아하지. 거기다가 약간 시크한 매력까지 있어서 츤데레가 더해지면 완전 좋잖아!"

예빈이랑 진숙이 그렇게 죽이 맞아 분위기가 좋게 흘러가려던 참이었다. 진숙이 끝에 한마디를 더 붙이기 전까지.

"근데 명철이가 딱 그래! 약간 도시적인 느낌의 차가움을 풍기는데, 말을 걸어보면 다정하다니까. 집안이 좋아서 그런가?"

"하긴. 전에 나도 한번 봤는데 그렇긴 하더라. 애가 되게 점잖은 느낌?"

예빈이까지 그렇게 나서니 인정도 맞장구를 쳤다.

"그지? 걔 그림 그릴 때 보면 혼자 정말 예술 하는 사람 같아. 선생님들도 걔 그림은 별로 안 건드려. 진짜 잘 그려. 어떻게 그릴 수 있지? 부럽더라."

"너 명철이 진짜 좋아하는 거 아니야?"

"좋지. 좋기야 좋은데, 그냥 친구야."

"그냥 친구가 어딨어? 까놓고 말해서 너하고 세왕이는 만날 싸우니까 그러려니 하지, 둘이 그렇게 사이좋게 붙어 다니는데 사귀는 거지 뭐야."

"명철이도 너한테 관심이 있으니까 같이 다니겠지. 걔 여태까지는 남자친구도 별로 없었어."

"의외로 수줍음이 많아서 말 못하고 있을지도 모르잖아. 니가 먼저 살짝 말해봐. 나 좋아하냐고."

"어떻게 그래!"

여자들은 명철이와 인정의 관계를 주제 삼아 수다스럽게 이야기를 이어가고 있었다. 인정은 친구들의 이야기에 솔깃해져서 점점 명철이가 저를 좋아하는 게 아닐까 하는 생각이 들기 시작했다.

그때였다.

"와. 걔는 너희들 이런 얘기하는 거 알까?"

세왕이 찬물을 끼얹기 시작했다. 친구들의 시선은 자연스레 세왕이에게 향했다. 묘하게 서늘한 기운을 옴팡지게 쏟아내는 세왕의 모습이 기이하도록 낯설어 섬뜩할 지경이었다.

"왜 또 시비야?"

"명철이 불쌍해서 그런다. 그렇게 괜찮은 놈을 왜 나인이랑 엮어? 둘이 사귄다고 소문났다고? 걔 그럼 그거 알고 속으로 욕 엄청 하고 있을지도 모르겠다."

"명철이 그런 애 아니야. 그딴 소문 신경도 안 쓰는 애라고."

이 와중에도 인정은 명철이 편을 들었다. 그렇지 않아도 세왕은 술 때문인지 감정이 격해져 있었다. 십 년 우정인 저 말고 다른 놈과 친하게 지내더니, 둘이 사귄다는 소문으로 모자라, 제 앞에서 그 자식의 편을 드는데 기분이 확 상해 버렸다.

"그럼 다른 사람들이 오해 안 하게 그런 소문 안 나도록 행동해야 걔 위하는 거야. 그렇게 착한 애한테 왜 구정물을 씌워?"

"뭐? 구정물? 나랑 사귄다는 소문이 그렇게 더러워!"

"네가 착각할까 봐 정신 차리라고 세게 말한 거니까 너무 기분 나빠하진 말고."

"내가 어디가 뭐 어때서! 네가 잘난 거 알겠는데! 그렇다고 내가 그렇게 수준 이하는 아니거든!"

"그건 무슨 자신감이야? 얘네들이 너 실상을 몰라서 그렇지. 알면 나랑 생각이 같을걸?"

"내가 뭐 어떤데!"

"우리 나인이가 어때서!"

듣고 있던 인정의 친구들도 세왕이 심하다 느꼈는지 편을 들기 시작했다.

"잘 들어. 나인이 얘 너희들이 아는 것보다 훨씬 끔찍해. 내가 얘를 잘 아는데……."

그때부터였다. 세왕의 입에서 나인정의 흑역사가 장황하게 펼쳐진 것은.

어릴 때 넘어져서 치마가 등까지 홀러덩 까뒤집혀 망신당한 일부터 집 바로 근처의 길을 반대로 오는 것도 못 찾아 길을 헤맬 정도로 심각한 방향치라는 이야기. 식탐이 많아서 다이어트하면 더 먹고, 좋아하던 옆집 오빠 앞에서 망신당했던 이야기 등등의 온갖 잊고 싶은 일들이 쏟아지고 모두가 흥미롭게 경청했다.

나인정 한 명만 빼고.

"야! 야 너 그만두지 못해? 무슨 짓이야! 술 취했어?"

얼굴이 새빨개진 김나인이 아무리 그만하라고 해도 세왕은 '왜 사실이잖아?'라는 식으로 꿋꿋하게 말을 이어갔다. 게다가 남의 치부를 들추는 것만큼이나 재밌는 일이 또 있을까. 더 듣고 싶다며 인정을 밀어내며 세왕을 더 채근해 대는 친구들까지. 그야말로 총체적 난국의 현장이었다.

"너야말로 정신 차려. 너 이런 거 명철이가 다 알아? 모르지? 걔 앞에서는 갖은 내숭과 애교로 무장하고 있더만."

"내가 언제!"

"시치미 떼지 마. 너 일부러 소문도 조작한 거 아냐? 걔랑 잘해 보려고?"

세왕은 웃는 낯으로 뺀질거리며 인정의 속을 뒤집어놓았다.

"이세왕. 너. 날 그렇게 몰라?"

잔뜩 가라앉은 목소리로 대꾸하는 인정의 표정이 심상치 않았다. 그제야 취해서 상황 판단도 못하고 웃던 친구들이 웃음을 그쳤다. 왠지 심각하게 굳은 인정의 눈빛과 싸늘한 말투에 술기운마저 달아날 지경이었다. 세왕도 조금 뜨끔했는지 그제야 인정을 달래기 시작했다.

"아이. 왜 그렇게 정색해. 그냥 너 놀려본 거야. 장난이야. 장난."

"왜 이게 장난이야? 사람 망신 주는 게 장난이야? 그럼 나도 해도 되겠네. 아. 아니다. 넌 실수한 일도 없고 워낙 완벽한 놈이라서 내가 망신 줄 게 없구나."

"또 왜 얘기가 그렇게 흘러가?"

"또? 또 내가 잘못한 거야? 또 내가 분위기 파악 못하고 까칠하게 군 거야? 미안. 그럼 내가 사라져 주면 되겠네."

그대로 돌아선 인정은 위층으로 올라가 짐을 싸기 시작했다. 당황한 친구들이 쫓아와 말렸지만 이미 그녀는 누구의 어떤 말도 들리지 않았다.

"어두운데 어딜 가? 차도 끊어졌는데. 그러지 말고. 참아. 응?

우리가 미안해."

"그래. 취해서 그랬나 봐. 세왕이도 좀 취한 것 같아. 응? 봐줘. 미안해."

"너희 때문에 화난 거 아니야. 괜찮으니까 놔. 좀 있으면 첫차 있을 거야. 좀 걸어가면 돼."

"미쳤어? 이 새벽에 거기까지 어떻게 걸어가. 가지 마. 미안해. 진짜 미안해."

그때 벌컥 문이 열리더니 세왕이 문 밖에서 나인정과 그녀의 짐을 훑어보았다.

"세왕아, 얘 좀 말려 봐. 지금 나가겠대."

"사과해. 어서. 우리가 심했잖아."

인정은 세왕을 돌아보지도 않고 다시 짐을 쌌다. 분명 그가 사과를 할 것이고 어떤 말을 해도 이번엔 용서해 주지 않으리라 이를 악물었다. 그런데 막상 등 뒤에서 들려온 세왕의 말은 그녀가 기대한 것과 너무 달랐다.

"내가 나갈 거야. 자고 아침에 얘들하고 같이 가."

"야. 세왕아!"

"그렇게 가면 어떡해!"

친구들이 나가는 세왕을 붙잡으러 뛰어나가는데도 인정은 돌아볼 수 없었다. 화를 낼 사람이 누군데 왜 제가 더 화가 난 것처럼 나가 버리는 건데. 왜 이쪽이 잘못한 것처럼 구는 거냐고. 부들부들 떨리는 그녀의 손등 위로 눈물이 뚝 떨어졌다.

"나쁜 놈. 진짜 끝이야. 이세왕."

낮에 떠올렸던 좋았던 기억이 갈기갈기 찢어지는 것처럼 가슴이 아팠다.

그날 인정은 문을 잠그고 많이도 울었다. 서럽고 억울하고 슬펐다.

그렇게 헤어진 후로 두 사람은 약 두 달간 한마디도 하지 않았다. 10월 30일 세왕의 생일날에도 두 사람 사이에 냉기류는 좀처럼 나아질 기미가 보이지 않았다. 화해하기 좋은 날이라며 친구들이 두 사람을 부추겼지만, 세왕은 인정을 초대하지도 않았고 인정역시 가지 않았다.

그런데 그날 밤. 학원에서 늦게까지 그림을 그리다 간신히 막차를 타고 정류장에서 내린 인정은 집 앞에서 저를 기다리고 있던 세왕을 만났다. 피할 새도 없이 그가 말을 걸어왔다.

"미안."

"꺼져."

"미안해. 사과할게."

"필요 없어. 말이 주워 담는다고 담아져? 너 때문에 내가 얼마나 우스운 꼴이 됐는데!"

"알아. 주워 담지 못한다는 거. 알면서 그랬어. 미안해."

"뭐? 알면서 그랬다고? 너 지금 누구 약 올려? 사과하러 온 게 아니라 욕먹고 싶어서 왔니? 나한테 왜 그러는 건데!"

"너 끼 부리는 보기 싫어서 그랬어."

"하! 내가 끼를 부렸다고? 그래. 그렇다 치자. 근데 왜 네가 난리야! 내가 누구한테 끼를 부리던 말던 왜 네가 초를 치냐고! 네가 뭔데!"

"아직은 싫어. 네가 언젠가는……. 그러니까 언젠가는 너한테 남자가 생기겠지만, 지금은 싫어."

"……."

"솔직히 우리가 오누이처럼 지낸 세월이 얼만데, 내 앞에서 그래야겠어? 연애질을 할 거면 나 없는 데서, 내가 모르는 놈이랑 해."

"이세왕. 넌 지금 네가 하는 말이 무슨 말인지 알고 하는 말이야? 너랑 나랑 사귀는 사이 아니야. 그냥 친구야. 그것도 앙숙이지. 근데 내가 다른 놈이랑 어울리는 게 싫다는 거 그거 질투야. 몰라?"

"안다고. 그러니까! 그래! 나 질투한다! 몇 년이냐! 너하고 내가 붙어 다닌 게! 친구든 원수든 우리가 쌓은 정이 얼마냐고! 무려 십 년이 넘어. 그런데 하루아침에 내가 너한테 아무것도 아닌 사람처럼 되는 게 싫다고. 넌 안 그래? 넌 내가 갑자기 여자친구 사귄다고 하면 아무렇지 않을 것 같아?"

"……."

"아, 넌 아무렇지 않지. 그러니까 승희한테 날 소개시켜 줬겠지. 이것 봐. 항상 이렇잖아. 넌 왜 항상 우리 사이를 그렇게 별거 아닌 걸로 취급하냐고!"

인정은 속사포처럼 쏟아내는 세왕의 분노에 그저 멍해져 갔다. 가만히 들어보면 저를 좋아한다는 것도 같고 또 한편으로는 우리는 특별한 친구다, 라고 선을 긋는 것도 같은 미묘한 말들.

게다가.

"그래서 화가 나서 그랬다! 아무도 너한테 접근 못하게!"

두근. 인정의 가슴에 불이 켜진 것처럼 두근거리고 뜨거워졌다.

"너……. 진짜 그게 무슨 뜻이야?"

떨리는 인정의 목소리는 기대감을 감출 수가 없었다. 세왕이 그녀의 심정을 눈치챘을까. 흥분해서 뱉은 말을 곱씹으며 조금 당황하던 세왕은 얼굴을 붉히며 큰소리를 쳤다.

"무슨 뜻이긴! 김나인 괴롭힐 수 있는 건 나 하나면 족하다고!"

"뭐, 뭐?"

"알아들었으면 너 처신 똑바로 해!"

"하! 나 참! 기가 막혀! 쟤 뭐라는 거야!"

인정은 마구 제 할 말만 퍼붓고 사라지는 세왕을 황당하게 쳐다보았다.

설레었던 마음이 다 식어버린 건 아니었다. 그래서 더 저를 나쁘게 말하는 그가 서운했다. 여자로 대해주지 않는 그의 무신경한 태도에. 제가 없는 세상에서 가끔 저를 그리워나 하라고, 제가 그럴 가치도 없다면 죄책감이라도 느끼며 살라고, 죽을 때까지 용서하지 않을 생각이었다.

그런데 방금 그가 하고 간 모호한 말들이 계속해서 그녀의 가슴을 두드려 댔다. 섣불리 판단할 수 없는 세왕의 말들. 과연 어떤 게 그의 본심일까. 대체 어떤 말을 하고 싶은 걸까. 생각은 많았지만, 인정은 더 생각하지 않기로 했다. 그러지 않기로 했다.

다만, 어쩌면 세왕이 저를 좋아하고 있을지도 모른다고, 그냥 그런 착각 정도로 끝내고 싶었다. 얼마 남지 않은 학창 시절에 그 정도 기분 좋은 상상은 괜찮지 않을까. 좋은 추억으로나마 괜찮지 않을까.

어설픈 화해 이후에도 특별히 달라진 건 없었다. 그저 조금은 애매한 사이가 되었을 뿐이었다. 예전처럼 목을 조르며 과격하게 노는 일도 없었고, 세왕이 학원을 따라다니는 일도, 함께 공부하느라 밤을 새는 일도 없었다. 그래도 서로 애매하고 어색한 것을 숨기고 평소와 같은 말투로 달라진 게 없는 것처럼 행동했다.

그렇게 시간은 흘렀다. 곧 겨울방학이 되고 크리스마스가 왔지만, 바쁜 입시생들한테 그런 것들은 아무 의미가 없었다.

그러나 그다음 해 크리스마스는 달랐다.

수능은 끝났고 이제 결과를 기다리는 일밖에 없는 고3들은 학창 시절의 마지막을 여유롭게 보내고 있었다. 물론 나인정처럼 미술 실기가 남은 학생들은 아직 긴장을 놓을 수 없었지만, 그래도 수능 준비와 실기 준비를 같이하는 것보다는 부담이 덜한 시기였다.

크리스마스를 며칠 앞둔 날, 골목길에서 마주친 나인과 오르막을 오르며 세왕은 문득 이제 이 자연스러운 일상이 흑백사진처럼 아련하게 느껴질 때가 올 거란 걸 직감했다. 그러면 그 언젠가 그 날들을 떠올리며 이런 말을 입에 담을 것 같았다.

'첫사랑.'

풋내 나고 유치한 첫사랑을 첫사랑인 줄도 모르고 이렇게 밋밋하고 심심하게 지나치는 걸까. 어쩌면 좀 더 중요한 걸 놓치고 있는 건 아닐까. 그렇게 오르막 중턱에 있는 나인의 집 대문 앞에 도착한 세왕은 초인종을 누르며 결심했다.

"크리스마스에 다들 모인다고 했으니까 너도 꼭 와."

어차피 이제 나인을 자주 보지 못할 테니, 솔직하게 말하는 게 좋겠다고.

관계가 깨져도 이제 어쩔 수 없었다. 자존심 상할 것도 부끄러울 것도 없었다. 꽤 오랫동안 나인을 좋아했다는 걸 인정할 때가 된 것이다. 특별히 예쁘지도, 특별히 똑똑하지도, 그렇다고 아주 성격이 좋은 것도 아닌, 나인정을.

아니, 그건 어쩔 수가 없었다. 나인정이 아주 뚱뚱하고 키 작고 못생기고 바보 같다 하더라도 좋아할 수밖에 없었을 것이다. 늘 함께 있고, 늘 저를 즐겁고 편안하게 해주고, 무엇보다 그녀가 저를 필요로 했으니까.

그 망할 명철이가 나타나기 전까지는.

"나 바쁜데."

"야, 하루 놀아도 돼. 하루 때문에 그림 실력이 그렇게 차이 날 것 같냐?"

"시끄러. 나 예민하니까 건들지 마."

"그러니까 하루 와서 스트레스 풀고 가라고."

"명철이도 와도 돼?"

그 무렵 나인은 명철이와 단짝처럼 붙어 다녔다. 두 사람이 가까워지게 된 건 작년 여름 그 사건 이후로 나인이 명철이와 있는 시간이 많아진 후부터였다. 두 사람은 정말 보기 좋았다. 큰 소리로 다투는 일도 없었고 서로가 서로를 필요로 했다. 도움을 주고받으며 좋은 친구 이상의 관계처럼 보였다. 그렇게 부쩍 가까워지다 보니, 다른 친구들도 명철과 잘 어울렸다. 세왕은 늘 속이 쓰렸지만 어쩔 수가 없었다. 지금도 그렇게 서로 안면을 트고 지내는 마당에 데리고 오지 말라 할 이유가 없었다.

"맘대로 해."

"알았어. 그럼."

용건은 끝났다는 듯 나인은 쿨하게 손을 흔들며 대문으로 들어섰다. 왠지 그대로 보내기 싫어진 세왕이 저도 모르게 입을 열었다.

"나인정."

"응? 너 지금 내 이름 불렀냐?"

"이름 불러준 게 그렇게 신기해?"

"왜 그래? 또 무슨 어려운 부탁하려고?"

"너 살 빼야겠더라."

"야!"

"여기 오는데 왜 그렇게 헉헉대? 미술 핑계로 폐인처럼 그러고 있지 말고 운동 좀 해라. 갈게."

"야! 저게 진짜!"

뒤에서 들리는 욕설에도 세왕은 피식피식 웃으며 돌아보지 않았다.

저 맛깔스러운 욕설을 들을 날도 그렇게 많이 남지는 않았으니까.

거짓말처럼 눈이 오기 시작했다. 크리스마스 이틀 전부터 내린 눈은 이미 인도 한 켠에 소복하게 쌓여 있었고, 크리스마스 당일에 내린 눈은 하얗고 푹신한 융단이 되어주었다. 사람들은 뽀드득 거리는 눈밭을 밟으며 즐거워했다.

세왕도 그랬다. 친구들과 함께 먹을거리를 한 아름씩 안고 떠드는 동안, 제 옆에서 재잘거리는 나인의 목소리에 귀 기울이며, 시린 한기가 포근한 코트 속으로 스며드는 겨울의 정취에 빠져 있었다. 나인의 눈이 계속 명철에게 가 있는 것이 신경 쓰이긴 했지만 어쩔 수 없었다. 명철은 딱 나인이 좋아할 만한 진지하고 좋은 놈이었으니까.

"저기야."

평소 미술학원 모범생인 명철의 부탁으로 부모님의 동의하에 미술학원을 빌릴 수 있게 되었다. 어떤 녀석들은 부모님이 와인까지 챙겨주셔서 모두들 한껏 들떠 있었다. 그나마 깨끗한 구성실에 시끄러운 음악 소리가 울렸다. 책상을 붙여 파티 테이블을 세팅하는 동안, 귀가 시끄러웠던 세왕은 혼자 빠져나와 넓은 수채화실을 둘러보고 있었다.

수채화실 벽에는 소묘, 수채화, 구성 등의 그림들이 빼곡하게 붙어 있었다. 이 중에서 어떤 게 나인의 그림일까 두리번거리는데 명철이 다가왔다.

"저거야. 나인정이 그린 거."

"아, 그래? 못생겼네."

"아그리파는 원래 못생겼어. 인정이가 잘 그린 거지."

"인상 쓰는 게 그냥 나인정 얼굴인데 뭐. 자기 얼굴이 그림에 녹 아났네."

"뭐 그림이 그리는 사람이랑 좀 닮는다고는 하더라."

어쩐 일인지 명철은 친근하게 말을 받으며 곁을 떠나려고 하지 않았다.

"좀 마실래?"

"그래."

동훈이 어머니가 준 와인을 명철이 생색내듯이 내밀었다. 이미 저는 마셨는지, 입을 열 때마다 와인 향이 났다. 아직 파티 테이블 이 다 준비되지 않았는데 그새를 못 참고 와인을 딴 모양이었다.

"너도 알고 보면 모범생은 아니구나."

피식 웃는 명철에게 세왕은 예의상 그의 그림은 어떤 거냐고 물 어봤다. 명철은 석고상의 단단함과 부드러운 피부 결이 느껴지는 한 그림을 가리켰다.

"와. 넌 진짜 잘 그리는구나. 나인이랑 차원이 다르네. 저건 뭐 야?"

"헤르메스."

"잘생겼네. 원래 잘생긴 석고상인가 보지?"

"어. 내가 좋아하는 석고상이야."

"뭐, 넌 시험 걱정 없겠다. 그림에 여유가 보이네. 누구랑 다르 게. 참, 너도 서울대 준비한다고?"

"응. 준비 중이야. 넌 붙은 거나 다름없다고 소문 다 났더라. 나도 붙어서 대학 가서도 자주 볼 수 있으면 좋겠다."

묘하게 친밀하게 구는 명철의 태도가 여러 가지로 자꾸만 신경에 거슬렸다. 눈살을 찌푸린 세왕이 잠시 고민하다 못 참겠다는 듯이 물었다.

"넌 나인정을 진짜 그냥 친구로만 생각한 거야?"

"응?"

정말로 못 알아듣는 건가 둔한 놈인 건가, 세왕은 목소리를 높였다. 이렇게 되면, 어쩌면 불쌍한 나인만 명철을 특별하게 생각한 건지도 모른다. 그렇게 생각하면 더 화가 났다.

"아니. 둘이 그렇게 자주 붙어 다니는데, 이상하잖아. 내가 너라면 솔직히 날 안 좋아할 것 같은데. 질투나지 않나? 아닌 척하는 거야? 솔직히 말해보지?"

"붙어 다니면 다 좋아하는 거냐? 그럼 너도 나인정 좋아해서 계속 같이 다닌 거고?"

"그건…… 그건 경우가 다르지."

"그래. 나도 달라. 나도 나인정이랑 붙어 다닐 만한 이유가 있어서 붙어 다녔어."

"이유가 있었다고? 그게 뭔데?"

명철은 피식 웃으며 대답을 회피했다.

"왜 웃어? 기분 나쁘게."

"아무것도 아니야."

"아무것도 아니긴. 난 그냥 혹시나 너희 둘이 나 때문에 서로 좋아하는데도 못 사귄 건가 해서. 흠. 혹시 나한테 감정이라도 있을까 봐 물어보는 거야."

잠시 생각하던 명철이 또 웃으면서 입을 열었다.

"솔직히 말할게. 그래. 나도 질투났어. 너희 둘이 꼭 붙어 다니는 거. 상당히 거슬렸어. 아닌 척하느라 힘들었지만."

"언제부터야? 언제부터 그렇게 좋아했는데? 좋아해서 일부러 나인정한테 접근한 거야? 아니면 만나다 보니까 좋아진 거야?"

"아, 그렇게 물으면 고민되는데."

"뭐가?"

"아직은 때가 아닌 것 같아서. 아직 난 자유롭지 않으니까. 대학 가서 독립할 거야. 난 우리 집이 지긋지긋하거든."

"갑자기 무슨 말이야?"

"하아, 진짜 못 참겠네. 잘 참았다고 생각했었는데."

"도대체 나인이랑 그 얘기가 무슨 상관인데?"

"나인이랑은 상관없지. 너하고 상관있는 거니까."

"응?"

처음엔 무슨 일인지조차 깨닫지 못했다. 상황 파악이 된 건 한순간이었다.

가만히 웃고만 있던 명철의 얼굴이 한순간에 코앞으로 다가왔다.

남자의 입술. 그리고 끈적거리는 혀가 입안으로 침범해 왔다.

"……!"

미끌거리는 타액과 상큼한 와인 향, 이 와중에 그것들을 느끼고 있는 자신에게 구역질이 났다. 온몸에 소름이 돋고, 그다음엔 반사적으로 팔이 움직였다.

퍽. 콰당.

명철의 몸이 날아가 처박히고 세워둔 이젤이 그 위로 넘어졌다.

"이 개자식!"

첫 키스였다! 뽀뽀도 아니고 진한 키스!

그걸 이런 식으로 빼앗겼다. 더군다나 사내자식에게!

딱히 동성애에 편견이 있는 건 아니었다. 지들끼리 좋다는데 말릴 생각도 없었다. 마음껏 사랑하라고 해줄 수 있었다.

그런데 왜! 하필! 나냐고!

"이게 무슨 짓이야, 이 새끼야!"

이성애자인 자신이 왜 이런 일을 당해야 한단 말인가! 비약하자면 마치 강간당한 기분이었다. 흥분해서 소리를 지르는데 명철은 이젤에 걸려 제대로 일어나지도 못하고 있었다. 일으켜서 패버릴까 하다가 더 상종할 가치도 없어 그대로 몸을 돌렸을 때였다.

"……!"

심장이 철렁했다.

죄지은 것도 없는데 하얗게 질린 나인의 얼굴을 보니 나쁜 짓을 하다 걸린 것처럼 제 얼굴이 시뻘게졌다. 언제 어디서부터 봤는지 물어보지 않아도 그녀의 경악한 표정을 보면 다 알 수 있었다.

"씨발!"

이런 욕설을 뱉어본 적이 있던가?

피해자는 자신이었다. 그런데 왜 저런 눈빛을 받아야 하지? 왜 죄책감을 느껴야 하지? 좋아하는 여자 앞에서 고백 직전에 남자에게 키스당하는 걸 들킨 저의 자존심은 어떻게 찾아야 하지?

혼란스러운 와중에 나인이 뒷걸음질 치는 것까지 보게 된 세왕의 남은 이성마저 어디론가 날아가 버렸다.

"……!"

저도 모르게 문 밖으로 도망가려는 나인의 팔을 잡아 벽으로 밀쳤다. 겁에 질린 나인의 시선이 훅 덮쳐 왔다.

"세, 세왕아…… 나 아, 아무것도 못 봤어."

"뭘?"

"그러니까…… 아, 아무것도."

"제기랄! 안 보긴, 뭘 안 봐!"

세왕은 또다시 거친 욕설을 뱉어내며 주먹을 휘둘렀다.

쾅. 하고 벽을 치는 소리가 귓가를 스치자 나인은 흠칫 어깨를 떨면서 완전히 얼어버렸다.

"이게 다 너 때문이야! 그러니까 네가 책임져!"

"왜…… 왜? 나……!"

"저 새끼 데려온 것도 너고! 하필 네가 여기 있었던 게 가장 큰 잘못이야!"

"뭐? 흡!"

세왕은 물러설 곳 없는 그녀의 입술을 제 입술로 꾹 눌렀다. 입술에 남은 기분 나쁜 촉감을 씻어버리고 싶다. 그 생각이 세왕의 머리를 지배했다. 다시 되돌릴 수 없는 첫 키스라면 어서 다른 키스로 덮어버리고 싶었다. 그 상대가 나인이라고 생각하니 더 참을 수가 없었다.

저를 피해 도망만 다니는 괘씸한 녀석!

입술이 뭉그러져라 비벼댔다. 우리가 이렇게 키스를 나누는 사이였다면 저 새끼가 자신의 입술을 뺏는 일은 없었을 거라고. 이성이 끊어져 버린 그의 머릿속엔 순전히 욕구를 충족시키고 싶은 궤변만이 들어차 있었다. 그리고 제가 좀 전에 당한 것처럼 서툴게 입술을 삼키다가 역시나 와인 향이 나는 제 혀를 찔렀다.

"흐읍! 읍!"

바동거리는 나인의 팔과 어깨는 느껴지지도 않았다. 조금 어설프지만 본능에 이끌린 거친 키스는 방금 제가 당한 것과 너무 달랐다. 와인 향은 갈수록 진해졌고, 입술에 닿는 미끈한 타액은 입술에 스며들어 점점 부드러워졌다. 그의 머릿속에 소꿉친구 김나인의 모습은 아예 사라졌다. 대신 한 번도 본 적이 없는 여자 나인정의 성숙한 몸매가 그려졌다. 이성애자임을 증명하는 짜릿함에 도무지 입술을 뗄 수 없을 만큼 세왕은 심취하고 말았다. 그러나 달콤하던 입술에서 점점 짠맛이 느껴졌다. 익숙한 그 맛에 멈칫하는 순간……

철썩!

참혹한 소리와 함께 세왕의 뺨이 돌아갔다. 불이 번쩍하는 찰나의 순간 이성이 들어와서 이렇게 속삭였다.

'맞아도 싸다.'

세왕은 붉어진 눈에서 쏟아지는 나인의 눈물을 보다가 그녀의 어깨에서 가만히 손을 뗐다. 자존심 상하고 분노한 얼굴로 쏟아내는 눈물은 가여운 게 아니라 두려움을 느끼게 했다. 용서받을 수 없는 짓을 한 것만 같아서 세왕은 얼어붙은 듯 서서 그녀의 처분을 기다렸다.

"……."

하고 싶은 말이 산더미처럼 쌓여서 서로 나오겠다고 입안을 맴돌았다. 그러나 어떤 말부터 내보내야 할지 감도 오지 않아, 조금 전까지 현란하게 움직이던 입술은 굳게 닫혀 열릴 줄 몰랐다.

"명철이가 개자식이면, 너는 뭔데? 개보다 못한 놈이냐! 아니면 개보다 더한 새끼야!"

"……."

미안하다는 말부터 해야 했을까? 아니면 실수였다고 해야 했을까?

그러나 제가 생각해도 그런 말들은 전부 치졸한 변명이자, 나인을 더 비참하게 만들 것만 같았다.

"나쁜 놈!"

그래서 세왕은 그녀가 다시는 안 볼 것처럼 뛰쳐나가고 나서야 오늘 진짜 하고 싶었던 말을 뒤늦게 중얼거릴 수밖에 없었다.

"좋아해. 진짜 좋아한다고……."

한참을 멍하니 서 있는 그의 뒤에서 언제 왔는지 명철이 다가와 풀 죽은 목소리로 중얼거렸다.

"나도……."

기어이 세왕의 주먹이 명철의 얼굴에 꽂혔다.

크리스마스 파티도, 학창 시절의 마지막 추억도, 시작도 못해본 첫사랑도, 우정도, 그렇게 전부 막장으로 끝나 버리고 말았다. 명철을 시원하게 패고 영문도 모른 채 저를 말리는 친구들마저 뿌리치고 나온 세왕은 이렇게 생각했다.

어차피 지금 이 쪽팔리고 억울하고 후회스러운 감정들은 죄다 아무것도 아닐 거라고. 어른이 되면 전부 웃어넘길 조금은 안타까운 삽질 에피소드일 뿐일 거라고.

그래. 그냥 이것도 조금은 씁쓸한 추억일 뿐이라고…….

추억은 개뿔!

31살의 이세왕. 의외로 멘탈이 섬세한 이 남자는 오늘 밤도 이불을 차며 떠올리기 싫은 과거에 몸서리치며 괴로워하는 중이었다.

고슴도치 딜레마

"이게 다 너 때문이야! 그러니까 네가 책임져!"

"왜…… 왜? 나……!"

"저 새끼 데려온 것도 너고! 하필 네가 여기 있었던 게 가장 큰 잘못이야!"

세왕이에게 입술을 빼앗긴 그날. 나는 오물을 닦아내는 걸레가 된 기분을 느껴야 했다.

그때 나는 그에게 주려던 선물을 온 힘을 다해 구겨 버렸다.

오늘은 꼭 주려고 했던 그의 초상화를.

내 감정에 솔직했더라면 그런 일이 일어나지 않았을까. 아니다. 다시 그때로 돌아가도 나는 똑같은 실수를 반복했을 것이다.

고슴도치 딜레마. 우리는 후회밖에 할 줄 모르는 못난이들이었다.

3. 우리 집에 왜 왔니?

딩동.

"네!"

이삿짐을 정리하던 인정은 산만하게 쌓인 박스 사이를 뛰어가 문을 열었다. 택배기사가 박스를 세 개나 내려놓고 숨을 헐떡이는 걸 보니, 미안해서 절로 허리가 굽실거렸다.

"감사합니다."

문을 잠그고 돌아서는데 한숨이 나왔다. 집에서 보내온 이 박스들을 마지막으로 더 이상 들여놓을 짐은 없었다. 하지만 이미 많아도 너무 많았다. 언제 이걸 다 정리하나 눈앞이 캄캄했다. 월요일에 제출해야 할 작업도 있는데, 금요일 밤인 오늘 정리를 다 하는 건 무리였다. 이사를 좀 미룰 걸 그랬나 잠깐 후회도 됐지만, 이내 박스 안의 물건들이 궁금해졌다.

박스를 열자 낯익은 물건들이 하나둘 모습을 드러냈다. 십 년이 넘게 집에서 고이 저를 기다렸던 저의 물건들. 기억이 날 듯 말 듯 한 아기자기한 소품들과 지금 입기에는 유행이 너무 지난 옷들이 나왔다. 인정은 이것저것 꺼내보며 '아!' 하고 기억해 내는 재미에 쏙 빠져들었다. 그러다가 길고 작은 상자를 발견하곤 머리를 긁적였다.

"내가 이걸 아직 안 버렸네."

상자 안에는 고급스러운 붓이 오랜 시간 동안 변함없는 자태를 뽐내고 있었다. 지금도 10만 원이 넘는 비싼 붓을 고등학교 때 생일 선물로 받고 한 번도 써본 적이 없었다.

"이세왕. 네가 이걸 줬을 때 잠깐이라도 설레었던 내가 미친년이다. 아, 여태 버리지도 못한 걸 보면 진짜 미련하지. 근데, 이제 달라. 난 예전의 그 나인정이 아니라고."

끔찍했던 첫사랑의 기억과 함께 얼마나 고된 세월을 보냈던가. 대학 때는 연애도 안 하고 과제에 매달려 수석 졸업까지 했는데, 사회는 만만치 않았다. 하는 일마다 운도 지지리 없어서 의식주를 해결하기 바빴던 지난 시간. 고생은 고생대로 하고, 살은 살대로 쪘다. 좌절과 무기력함에 빠져 있던 어느 날 짐을 싸서 집에 내려 갔다가 그녀는 더한 굴욕을 맛봐야 했다.

'넌 언제까지 그러고 살래? 왜 이러고 살아? 차라리 이럴 거면 그냥 선봐서 결혼이라도 하던가. 어휴. 어제 오랜만에 세왕이를 봤는데, 걘 어쩜 그렇게 변함이 없니? 얼굴이 하나도 안 변했…… . 아니지, 더 잘생겨졌더라. 아직 지 아버지 사업 물려받을 때 아니라고 대기업에 입사했다더라. 엄만 속상해 죽겠다. 어릴 때는 그래도 세왕이 반은 따라가는 것 같더니…… . 후우. 부탁이니까 살이라도 빼. 결혼은 해야 할 거 아냐!'

제가 뭘 잘못했단 말인가? 앞만 보고, 한길로 쭉 열심히 달려왔는데, 운도 없고, 재능도 부족한 게 제 탓은 아니지 않나! 왜 이세왕처럼 모든 걸 다 갖춘 잘난 놈이 곁에 있어서 이런 비교나 당해야 하냐고. 그놈이 나한테 무슨 짓을 했는데.

'신중하게 생각해. 고2 여름방학 앞두고 갑자기 무슨 미대야? 미술은 아무나 하냐.'

새삼 고등학교 때 들었던 세왕이의 쓴 충고가 그녀를 쿡쿡 쑤셔 댔다. 그 충고를 무시하고 제멋대로 굴더니 역시 내 말대로 되지 않았냐고 어디선가 비웃고 있을 것 같았다.

그렇게 속상한 마음에 집을 뛰쳐나갔던 게 실수였다. 하필이면 대문 앞에서 슈트까지 빼입고, 잘나가는 사회인의 광채를 뿜고 있는 세왕과 딱 마주친 거다. 그리고 그녀는 저를 보고 당황하는 세왕의 표정에서 '너 어쩌다 이렇게 됐냐?'라는 동정의 의미를 읽고 말았다. 불미스러운 일로 고등학교 졸업 때까지 한마디도 하지 않앉던 세왕과 거의 오 년 만에 만났는데 말이다.

'저기……'

그가 뭔가 말을 건네려고 했지만, 인정은 못 들은 척 그를 지나쳐 걸어가 버렸다. 물론 뒤도 돌아보지 않고.

자존심이 팍 상해 버린 인정은 그날로 서울로 올라와 미친 듯이 다이어트를 시작했다. 그러고 보니, 고3 크리스마스 전에도 그가 살을 빼라고 하지 않았던가!

'잘났다 이거지?'

비참한 모습을 들킨 것이 그렇게 부끄러울 수 없었다. 살이 찐 것도 인생의 낙오자가 된 것도 가장 보이고 싶지 않았던 놈에게 적나라하게 보이고 말았다.

그래. 정말 인정하기 싫지만, 사실 그녀 인생이 가장 순조롭고 빛날 때는 세왕이와 함께 있을 때였다. 왕을 잃은 나인은 아무것도 제대로 하는 게 없었다.

'그런 생각하지 마. 이제라도 안 늦었어! 세왕이가 뭔데! 언제까지 그렇게 세왕이 세왕이, 세왕이! 넌 너고, 갠 개야.'

하지만 아무리 떨쳐 내려고 해도 생각은 계속해서 맴돌았다. 그 생각에서 얻은 결론은 보란 듯이 성공하는 것뿐.

어떻게든 성공해야겠다는 의욕에 불탄 인정은 살을 빼면서 자신감을 회복하고 다시 하고 싶은 일을 찾아다녔다. 그러다가 선배의 권유로 아트디렉터라는 영화 쪽 일을 배우게 됐다. 학원을 등

록하고 틈틈이 생활비를 벌고. 잠을 쪼개가며, 누구보다 더 오랜 시간 그림을 그려댔다. 그렇게 영화미술로 뛰어든 지 삼 년.

버티기만 하면 뭐가 되든 된다는 영화판에서 삼 년 반을 버텼더니, 결국 미술팀장까지 올라갔다. 이제야 저도 제대로 된 페이를 받는 한 분야의 전문가 대접을 받게 된 것이다.

"이제 이딴 붓에 미련 두는 사람이 아니라고."

인정은 커다란 쓰레기 봉지로 붓을 던져 버리고 푹신한 싱글 침대에 드러누워 활짝 웃었다.

친구 집에서 얹혀살다시피 하며 몇 년을 버텼던가. 이제 그 생활마저 청산하고 처음으로 번듯한 오피스텔을 얻어 독립하게 되었다. 눈으로 보는 모든 것이 설레고 가슴이 벅차다. 발품을 팔아 싸고 튼튼한데 예쁘기까지 한 가구도 사들이고, 아기자기하고 실속 있는 주방용품까지 갖춰뒀다. 비로소 제대로 된 제 삶을 찾았는데 이세왕 따위를 생각하느라 가슴이 시릴 이유가 없지 않은가.

그래. 굳이 누군가와 비교하며 제 수준을 가늠할 필요는 없다.

지금으로도 충분하니까.

'그래. 피곤해서 그런 거야. 잠깐만 쉬자.'

마음을 바꾸니 긴장이 풀린 모양이었다. 인정은 잠깐 눈을 감는다는 게 그만 순식간에 잠에 빠져들고 말았다.

딩동. 딩동. 딩동.

차임벨이 요란하게 울렸다. 다급한 울림에 막 잠이 들었던 세왕이 화들짝 놀라 일어났다. 비록 금요일 밤이긴 하지만 세왕에게 불금은 야근에 시달리던 한 주의 피로를 푸는 날일 뿐이었다.

"누구세요?"

인터폰을 들자 반갑지 않은 아는 얼굴이 화면 앞으로 스윽 다가왔다.

—나야.

"……."

—문 열어.

"……."

—야. 문 열라니까!

"꺼져."

매몰차게 인터폰을 내려놓으려는데 문 밖의 목소리가 다급하게 바뀌었다.

—야! 문 안 열어주면 밤새 초인종 누를 거야!

"경찰 부르기 전에 가라."

—세왕아, 나 힘들다. 문 좀 열어주라. 잘 데도 없어. 나가서 얼어 죽을까? 어? 그래. 뭐. 나 같은 더러운 게이 새끼는 죽는 게 세상을 위해서…….

자괴감에 빠진 듯 어두워진 명철의 목소리에 심히 찝찝해진 세왕은 결국 깊은 한숨과 함께 문을 열어주고 말았다.

철컥.

그런데 얼어 죽을지도 모른다며 죽는소리를 한 것치곤, 명철은 따뜻해 보이는 코트와 목도리를 잘 빼입고 있었다. 검은 뿔테 안경 너머로 특유의 여유와 장난기가 넘쳤다.

"짜증나는 새끼."

"열어줄 거면서 꼭 이러더라."

명철은 신발을 벗자마자 태도를 싹 바꾸고 제집인 양, 냉장고부터 열었다. 세왕이 사다 놓은 맥주와 안줏거리까지 챙겨서 그의 침대로 올라와 앉는 것이 전혀 어색하지 않았다.

"내 침대에서 그런 거 먹지 말라고 했지! 아니, 애초에 왜 거기 올라가 있어! 내려와 당장!"

명철은 화내는 세왕에게 조금도 주눅 들지 않고 얄밉게 육포를 질겅거렸다.

"고만 좀 해라. 게이는 침대 좀 쓰면 안 되냐? 너 안 잡아먹어."

세왕은 지끈거리는 머리를 꾸욱 누르며 명철의 앞에 팔짱을 끼고 섰다.

"또 무슨 일인데? 이번엔 어떤 놈한테 차였는데? 니들은 지조고 뭐고 없냐? 아님 네가 문제인 거냐? 왜 허구한 날 차이고 오는데? 그리고 잘 데는 왜 없어! 집 있잖아!"

"하나씩 묻지. 이번엔 차인 게 아니고, 들켰다."

"응? 뭐가?"

"나 게이인 거."

"……."

세왕은 순간, 사태의 심각성을 직감하고 입을 다물었다. 대학 때부터 커밍아웃하고 자유연애를 즐겨온 명철이 들켰다고 말할 만한 상대는 부모님뿐일 게 뻔했으니까.

"어쩌다가 들켰냐고 안 묻냐?"

"그딴 건 안 궁금해. 것보다, 그래서 설마 부모님이 네 방 뺀 거야?"

진심으로 지금 세왕이 궁금한 건 그의 거취 문제였다. 어쩐지 불안감이 스멀거렸기 때문이다.

"그렇지. 하던 일도 다 그만두고 집으로 오래. 날 감시하겠다는 거지."

"결론만 말해. 당분간 여기 살겠다는 거야?"

"당분간? 글쎄. 아마 꽤 오래?"

"야! 당장 집 구해. 돈을 못 버는 것도 아닌데, 이래야겠어?"

부모님이 구해준 번듯한 오피스텔을 뺏긴 건 어쩔 수 없지만, 젊고 유능한 아티스트가 집 구할 돈도 없다는 건 말이 되지 않았다.

"우리 부모님이 모르는 곳이 여기밖에 없거든?"

"잘됐다. 이참에 이민 가라. 부모님도 나도, 아무도 모르는 곳에서 살아줘. 제발."

"기다려 봐. 집 있는 애인 구하면 그때 나갈게."

'집 있는 애인'이란 말에 세왕은 괜히 뜨끔해졌다. 그 표정을 보고 명철은 피식 웃으며 눈치 빠르게 말했다.

"또 김칫국부터 마신다. 넌 아니니까 걱정 마."

"내가 언제 그런 생각했대! 너 일주일 내로 나가! 이번엔 진짜야!"

고등학교 졸업 이후 서울대까지 끈질기게 따라온 명철은 본의 아니게 세왕의 절친이 되고 말았다. 오죽하면 대학 동기들이 명철을 왕의 남자라고 불렀을까.

문제는 그 덕분에 세왕은 더더욱 첫 키스의 악몽에서 벗어날 수 없게 되고 말았다.

대학 때도 세왕은 인근 대학에서도 모르는 사람이 드물 만큼 꽤 유명 인사였다. 본인이야 어릴 때부터 늘 그래 왔던 유명세가 새 삼스러울 게 없지만, 그에 비해 연애운은 지독하게도 없었다. 항상 끝이 안 좋았고, 그렇게 세왕의 연애가 끝날 때마다 게이 친구를 둔 덕에 억울한 소문에 시달려야 했다.

그럴 때마다 진심으로 매몰차게 명철을 멀리해 보려고도 했지만, 이게 또 쉽지 않았다. 그의 말에 진심이 실릴 때면 평소엔 얄밉기만 한 놈이 꼭 버림받은 어린양처럼 측은해진 모습으로 돌아서는데 어떡하냔 말이다.

그러니 은근히 정이 많고 모질지 못한 세왕은 매번 그를 불러

세워야 했고 다시 받아줄 수밖에 없었다. 실제로 명철은 겉보기엔 가볍게 인생을 즐기며 아무 생각 없이 사는 것처럼 보였지만, 조금만 깊게 들여다보면 그런 타입이 아니라는 걸 쉽게 알 수 있다.

명철은 진심으로 제 일을 사랑하고 진지하게 삶과 미래를 고민해 왔다. 그런 그가 버림받은 고양이처럼 터벅터벅 걸어나가면 가슴이 다 철렁할 정도였다. 저렇게 내버려 뒀다가는 정말 사회에 적응 못하고 어딘가에서 외롭게 죽어가거나 폐인이 되거나 자살이라도 할 것 같다는 불길함이 스멀거리는 건 덤이다.

그렇게 이제는 그냥 짜증나는 일상의 한 부분이 되고 말았는데도 그를 볼 때마다 화가 치밀어 오르는 이유가 있었다. 명철이 걸핏하면 깐죽거리기 때문이다. 언젠가 세왕이 술김에 한 가지 사실을 고백했는데 그 뒤로 깐죽거림은 더 심해졌다.

'그러니까 다른 여자들하고 키스할 때는 나인이랑 했던 것만큼 꼴리지 않는다는 거 아니야?'

명철은 세왕이 좋은 표현으로 돌려 말한 걸 굳이 저속하고 직접적으로 지적했는데, 사실 그 말이 틀린 건 아니었다. 가만히 눈살만 찌푸리고 있는 세왕에게 명철은 씨익 비웃으며 물었다.

'잘 생각해 봐. 나인이하고 키스가 꼴린 이유가, 애피타이저가 괜찮아서가 아닐까?'

'뭐? 애피타이저?'

처음 그 말을 이해 못한 세왕이 고개를 갸웃거리자, 명철은 노골적으로 자신의 입술을 핥으며 말했다.

'다시 한 번 해볼까?'

그날 세왕은 십 년 만에 명철을 시원하게 때려눕혔지만 속이 편치는 않았다. 그의 마지막 외침이 자꾸 저주처럼 맴돌았기 때문이다.

'그러게 그날 선택했었어야지! 나야, 나인이야! 누가 됐든 그때 그 느낌 평생 못 잊을 거라고!'

저주인지, 예감인지는 모르겠지만, 세왕은 31살이 되도록 제대로 긴 시간 연애를 해본 적이 없다. 좋다는 여자도 많았고 그래서 몇 번 사귀기도 했지만, 그 여자들에게서 한결같은 평을 들었다.

'너 나 좋아하는 거 맞아? 너하고는 뭘 해도 설레지가 않아.'

이 말을 명철에게 전했을 때 그는 또다시 저렴한 말로 번역해 주었다.

'너랑 섹스하면 안 꼴린다는 뜻이야.'

이쯤 되자 이젠 도리어 저 자신이 제 성정체성을 의심할 지경이었다. 게이까진 아니고 흥미가 돋는 여자가 없다, 정도의 의심이었지만.

그런데 지금, 하나밖에 없는 제 침대에서, 저 발정난 게이 새끼가 떡하니 버티고 앉아 자신을 도발하고 있다.

이런 식으로 같이 사는 게 정말 위험한 게 아닐까?

"일주일은 너무했다. 한 달 어때?"

"오 일."

"야!"

"삼 일 부를까?"

표정 하나 바꾸지 않고 시크하게 묻는 세왕의 말에 명철은 어쩔 수 없이 손을 들어 올렸다.

"알았어. 일주일만 신세 지자. 됐지?"

"당장 내 침대에서 내려오고."

"오늘따라 더 까칠한 거 알아? 어차피 여기 눕힐 애인도 없으면 서. 내가 여기 일주일이 아니라 한 달을 있어도 너 여기 애인 눕힐 일 없을걸?"

맥주를 들고 소파로 내려오면서 명철은 계속 투덜거렸고 그 때 문에 깊은 빡침을 느낀 세왕은 폐부 깊은 곳에서부터 소리를 끌어 올렸다.

"내일이라도 내가 여자 데려오면, 넌 무조건 쫓겨날 줄 알아!"

그리고 명철은 1초의 망설임도 없이 대꾸했다.

"내가 남자 꼬셔오는 게 더 빠를 것 같은데? 아님 널 꼬시거나."

그렇게 두 남자는 밤새 다투느라 시끄러웠다.

"헉!"

토요일 아침에 눈을 뜬 인정은 핸드폰에 뜬 날짜와 시간을 보고 꿈이라고 믿고 싶었다.

"안 돼! 이게 어떻게 얻은 기회인데!"

인정은 이번에 들어갈 영화에서 가장 중요한 장면의 컨셉아트를 맡았다. 감독님이 좋게 봐주셔서 한 번 기회를 준 건데 하필 이사 날짜와 겹쳤다. 차라리 첨부터 못한다고 하는 게 나았을 것을 괜한 자신감에 덥석 기회를 물었던 게 잘못이었다.

"아악! 왜 잠이 든 거야! 어쩔 거야, 이제! 망했어! 아냐. 진정하자! 아직 시간이 있어!"

흡사 사이코드라마를 찍듯 혼란스러워하던 인정은 눈을 빛내며 후다닥 책상 위를 치우고 앉았다. 침대와 책상. 그 두 개 외에 그녀의 방은 발 디딜 공간도 없이 너저분했지만, 의자에 붙은 그녀의 엉덩이는 떨어질 줄 몰랐다. 배고픔도 피곤함도, 지저분함도 뒷전인 채 그녀는 모니터 속으로 빨려 들어갔다. 그녀의 타블렛이 움직일 때마다 모니터에는 그로테스크한 색채의 공간이 그려지고 있었다.

그런데……!

쾅. 우당탕. 그리고 '$@#%&' 알 수 없는 욕설들이 천장에서부터 울리더니 온 방을 진동하게 하고 있었다.

"뭐야?"

아침 열 시. 시끄럽다 해도 이해해 줄 수 있는 시간이었다. 그냥 지금 자신이 너무 배가 고프고 초조한 탓에 신경이 쓰이는 것뿐이라고, 그렇게 스스로를 달래며 인정은 다시 작업에 열중했다. 지금 천장이 무너진다 해도 신경 쓸 겨를이 없었다. 하늘이 무너져도 월요일까지 끝내야만 했으니까.

그렇게 인정은 위층의 소음과 촉박한 시간과 싸우며 그 후 이틀 밤을 꼬박 지새워 간신히 작업을 넘길 수 있었다.

"아⋯⋯. 죽겠다."

다행히 작업물에 대한 평가가 괜찮았다. 안심하고 의자에서 일어났는데 정리하지 못한 이삿짐 상자들이 인정을 압박해 왔다.

"몰라. 몰라. 내일 해!"

청소할 엄두도 못 내고 다시 침대로 기어들어 가 잠을 청했다. 그런데 눈만 붙이면 잘 수 있을 것 같더니 그렇지가 않았다. 과도한 카페인 섭취로 인한 각성 상태인 건지 아니면 성취감으로 인한 흥분 탓인지 붉게 충혈된 눈과 두근거리는 가슴은 이불을 뒤집어써도 나아지지 않았다.

게다가⋯⋯.

쾅. 드르륵. 콰쾅.

위층은 또 한바탕 시끄러웠다. 번데기처럼 이불을 돌돌 말고 굴러봐도 소리는 여전히 머리가 울릴 정도로 집을 흔들 정도로 컸다.

우당탕.

"아악! 도대체 윗집은 날마다 씨름이라도 하는 거야!"

가뜩이나 잠을 못 자서 예민해진 인정은 몸부림에 지쳐 결국 참지 못하고 벌떡 일어났다.

"이건 참을 일이 아니야. 해도 해도 너무하잖아. 지금은 밤 9시라고!"

이사 온 지 며칠 되지도 않았는데 너무 까칠하게 굴면 이미지가 나빠질까 봐 꾹 참았었다. 그런데 이러다간 신경쇠약에 걸릴 것만 같았다. 인정은 아직도 굴러다니는 이삿짐 속에서 카디건 한 장을 꺼냈다. 그러고는 제 옷차림을 스윽 살폈다.

땡땡이 면 바지와 늘어진 티셔츠를 굳이 갈아입을 필요는 없겠지. 잘 보일 상대가 있는 것도 아닌데. 게다가 이 부스스한 머리는 차라리 얼마나 제가 스트레스받고 있는지 보여주기 좋을 듯했다. 카디건을 여민 인정은 그대로 슬리퍼를 끌고 계단을 올라가, 1314호 앞에 섰다.

세왕은 칫솔을 들고 화장실 문을 벌컥 열어젖혔다.

"내가 몇 번 얘기했어? 왜 자꾸 남의 칫솔을 쓰냐고!"

팬티 바람으로 잘 빠진 몸매를 드러낸 채 나른하게 소파에 기대 있던 명철은 건성으로 대답했다.

"내가 파랑색 아니야?"

"분홍색이라고! 분홍색! 몇 번을 말해!"

"너 내가 게이라고 자꾸 분홍색 주는 거지? 그거 편견이야!"

"이 미친 새끼! 그 칫솔 네가 골라잡은 거잖아!"

"아, 그랬나? 아무거나 골랐더니."

들고 있던 파랑색 칫솔을 신경질적으로 바닥에 내팽개치며 세왕은 팔을 걷어붙였다.

"한두 번도 아니고, 너 때문에 버린 칫솔만 몇 갠 줄 알아? 너이거 고의적이야! 아무리 봐도 그래!"

"내가 무슨 세균 덩어리냐? 그냥 써!"

"아니! 세균보다 더 무서운 네 시커먼 의도 때문이야! 나가! 당장 나가!"

"무슨 의도? 야! 너하고 나는 종이 달라. 네가 나와 다른 종이라는 걸 확실히 인지했다고. 무슨 말인지 알아? 예를 들면 토끼랑 사자가 아무리 사랑해도 교미할 수 없…… 야! 뭐 해!"

세왕은 명철의 옷을 찾아서 강제로 입히기 시작했다. 물론 명철은 격렬하게 반항했다.

"야, 뭐야! 이거 안 놔? 아직 일주일 안 됐잖아! 놔!"

"난 하루는 고사하고 십 분도 못 참겠으니까 꺼지시지!"

삼 일째 밤낮으로 명철의 은근한 들이댐을 견뎌야 했던 세왕은 제 몸을 지키고, 저의 성정체성을 잃지 않기 위해 잔뜩 날이 선 상태였다.

"어딜 벗어! 다시 입어!"

벗으려는 명철과 입히려는 세왕. 테이블이 흔들리고 물건이 우당탕 떨어져도 아랑곳하지 않았다. 두 사람은 격렬한 몸싸움으로 바닥을 구르며 숨을 헐떡였다. 그때였다.

딩동. 딩동.

중요한 순간에 초인종이 울리는 게 짜증났지만, 세왕은 명철에게 눈을 부라리며 일어났다.

"입어. 당장!"

누구인가 인터폰을 받았더니, 밖에 웬 여자가 어슬렁거리는 게 보였다.

"누구세요?"

—아래층에 이사 온 사람인데요.

"잠시만요."

며칠 전에 누가 이사 오는 걸 본 적이 있었기 때문에 세왕은 의심 없이 문을 열어주었다.

철컥.

"안녕하세요. 다른 게 아니라 무슨 운동하시……!"

눈을 살짝 피하며 말하던 여자가 세왕을 힐끗 보다가 갑자기 말문이 막힌 듯 입을 다물었다. 그러나 세왕은 문을 열어준 직후부터 이미 얼음처럼 굳어버린 터였다.

"세…… 세왕……?"

여자가 겨우 더듬더듬 입을 떼는 것과 동시에 세왕도 믿을 수 없다는 듯 말했다.

"나, 나인?"

그때 세왕의 어깨 너머로 명철이 불쑥 나타났다.

"누구야?"

세왕과 인정은 동시에 그를 바라보았다. 그리고 두 사람은 동시에 경악했다. 이마에 흘러내린 머리카락을 쓸어 올리는 명철의 벌어진 입술 사이로 거친 숨이 뿜어져 나왔다. 섹시할 정도로 잘 빠진 그의 상체에는 몸싸움으로 생긴 붉은 자국이 군데군데 선명하게 남아 있었다.

세왕은 지금 이 상황이 그녀에게 어떻게 보일지 눈에 선했다. 가뜩이나 키스 사건으로 그녀에게 큰 충격을 안겨주지 않았던가! 더군다나 지금 제 모습은 어떤가. 헝클어진 머리카락과 목덜미까지 붉어진 이 얼굴. 옷을 반쯤 입다 만 명철의 모습은 나인에게는 그저 옷을 벗기다 만 것으로 보일 게 뻔했다!

그리고 예상은 적중했다.

"그러니까……. 우, 운동이라는…… 게…… 그러니까……."

"아, 저, 그게!"

다급해진 세왕은 너무 급작스러운 전개에 말을 정리할 수가 없었다. 더군다나 그 와중에 명철이 끼어들었다.

"어? 설마? 인정이?"

세왕이 말할 타이밍을 놓치고 만 사이에 인정은 얼굴이 새빨개져서 더듬더듬 다급하게 말을 던지고 돌아섰다.

"미, 미안한데, 뭘 하든 상관없으니까, 살살 좀 해줄래? 그럼……."

"야!"

나인은 날 듯이 계단을 뛰어 내려갔다. 세왕은 언제 그녀가 저렇게 빨랐나, 감탄하며 뒤쫓았다. 그리고 겨우 그녀가 현관문을 닫으려는 찰나에 발 하나를 걸쳐 넣을 수 있었다.

"잠깐만! 그냥 그렇게 가면 나더러 어쩌라고!"

나인은 신경질적으로 문손잡이를 당기며 소리쳤다.

"어쩌긴! 살살하라고 했잖아!"

"그러니까 그게 아니라고! 오해하고 있잖아!"

"오해는 무슨! 나, 남자들끼리니까 좀 격렬하겠지. 그래. 이해했어!"

"이해가 아니라 완벽하게 오해하는 거라고!"

"네가 그렇게 정색하면 명철이는 뭐가 돼! 이 나쁜 놈아!"

"미치겠네, 진짜! 내 말 좀 들어보라니까!"

"걱정 말고 그냥 좀 가! 너네 집 식구들 귀에 안 들어가게 할 테니까!"

"야! 아니라잖아!"

하지만 두 사람은 곧 실랑이를 멈추고 인정의 집에 들어가야만 했다. 옆집 문이 벌컥 열리면서 웬 까칠하게 생긴 남자가 빈정거렸기 때문이었다.

"거기 두 분? 연애는 복도에서 하는 게 아닙니다. 공개 연애도 좋지만 안에서 하시죠."

아홉 시 십오 분. 복도에서 싸우기에는 너무 늦은 시각이었다.

"빨리 나가줬음 좋겠는데?"

"지금 막 들어왔어. 얘기 좀 하자는데 그게 그렇게 어려워?"

"어려워. 너하고 얘기해서 좋았던 기억이 하나도 없으니까."

겨우 현관문 밖에서 안으로 들어왔을 뿐인데도, 인정은 세왕을
쫓아내기 바빴다.

"너 머리 나쁘지? 우리 어릴 때는 꽤 친했어! 그런 것도 기억 못
해?"

"안 좋았던 기억이 하도 많아서 좋았던 건 다 잊었겠지. 그리고
너야 뭐 나 놀리고 무수리처럼 부려먹으니까 좋았겠지!"

"잠깐. 이러다가 끝도 없겠다. 일단, 급한 오해부터 풀자. 나 게
이 아니야! 아니라고!"

"알았어. 알았으니까 제발 그냥 아까 그 게이 친구한테 가보라
고."

"전혀 믿는 눈치가 아닌데 억울해서 어떻게 가!"

"뭘 어떻게 해야 내가 믿는다는 걸 믿어줄 건데!"

"그럼 나랑 키스해!"

얼떨결에 소리를 지른 세왕과 귀를 의심한 인정은 멍한 눈으로 서로를 바라보며 수 초간의 정적을 흘려보냈다.

"……뭐?"

먼저 입을 연 건 인정이었다.

"그, 그러니까…… 키스를……. 그러니까, 그게……. 에이 씨! 키스해 보면 알 거 아냐! 내가 게이인지, 아닌지!"

본인이 생각해도 무리수였고 억지였다. 세왕은 자신의 말실수를 수습하긴 글렀음을 깨달았다. 하필 이 시점에서 갑자기 오랫동안 마음에 품어온 그 진심이 튀어나올 줄이야!

'너하고 한 번 더 키스하고 싶다!'

그건 지금 꺼내선 안 되는 말이었다. 그런데 이성과 달리 까칠하게 툴툴거리는 인정의 입술을 보는 순간 키스라는 단어가 머리를 떠나지 않았다. 심장 박동수가 빨라지고 누가 봐도 메마른 인정의 입술이 촉촉한 붉은색으로 빛나고 있었다.

이렇게 갑자기? 인정을 보자마자?

마치 그동안 억지로 참아왔던 것처럼 제 안에서 뭔가가 폭주하는 기분이었다.

"너, 너는 어떻게…… 12년 전이나 지금이나 하나도 안 변했냐! 이 개새끼야!"

그러니까 이런 욕을 들어도 할 말이 없어야 했다. 하지만 세왕은 그때도 지금도 잔뜩 화가 나서 인정을 다그쳤다. 왜냐면 세왕이 화가 난 건 명철이 때문이 아니라 그녀 때문이었으니까.

"그래! 12년 전에도 내가 그랬지. 나 게이 아니다. 그렇게 외치고 싶어서 너한테 키스했다! 인정해. 다른 사람도 아니고 너한테만은 게이로 보이고 싶지 않았다고!"

"뭐? 왜 나한테만……."

"근데, 그게 다였을까? 넌 한 번도 의심 안 해봤어? 진짜 그게 다였을까, 라고? 응?"

"대체 무슨 말이 하고 싶은데!"

"너하고 하고 싶었겠지! 하고 싶어서 한 키스라고! 명철이 그 새끼한테 뺏기기 전에 너하고 했어야 했다고! 알아!"

그거였다. 세왕은 이제야 알 것 같았다. 이렇게 그녀를 마주하고, 12년 만에 만난 그녀의 입술을 찍어 누르고픈 욕망을 깨닫고 나서야, 횡설수설 저도 모르던 본심이 튀어나온 것이다.

"뭐, 뭐라고?"

인정의 반응은 당연한 거였다. 알아듣지 못하거나 믿기지 않는 게 전혀 이상한 일이 아니었다.

"제기랄! 난 그때 고등학생이었다고!"

세왕은 주먹으로 벽을 치며 억울해했다. 말하다 보니 점점 더 화가 났다. 도무지 빈틈이라곤 없는 철벽 순진녀에게 고등학생인 자신이 어떻게 키스를 유도할 수 있었겠는가! 게다가 그날은 고백하려던 날이었다. 남자답게 멋있고 솔직한 고백을 준비하지 않왔나!

"나, 난 네가 하는 말 무슨 말인지 못 알아듣겠거든?"

나이가 먹어도 나인은 여전히 아무것도 모른다는 얼굴로 괘씸하게 발뺌을 하고 있었다.

"내가 저 위에 있는 발정난 게이 새끼도 아니고, 아무하고나 충동적으로 키스하는 놈이야? 날 그렇게 몰라! 십 년이 넘게 붙어 다녔으면서 왜 모르는 거냐고! 나인정 네가 좋으니까 키스하고 싶은 거 아냐!"

멍한 표정으로 세왕을 바라보던 인정은 꿀꺽 마른침을 삼킨 후에 떨리는 목소리로 입을 열었다.

"나…… 인정?"

잔뜩 긴장해서 그녀의 대답을 기다렸던 세왕은 힘이 쭉 빠져 버렸다.

"아, 진짜……. 나인정이 뭐? 사람이 기껏 고백했는데, 대답할 게 그렇게 없어? 내가 네 이름 불러준 게 지금 내 고백보다 더 대단한 일이야?"

"……익숙해서."

"뭐?"

"나인정이라고 부르는 게 익숙해서. 이상해. 넌 속으로는 날 계속 그렇게 불렀었니?"

"……."

여자들은 감이 좋다더니, 둔녀인 줄 알았던 나인이 예리하게 알아차렸다.

그건 저조차 몰랐던 마음이었다. 아무에게도 주고 싶지 않아서 '나인'이라고 부르며 너는 내 '나인'이다, 라며 은근히 소유를 주장해 왔던 제 마음을. 언젠가 온전히 연인이 되면, 그렇게 그녀와 단둘이 된다면 인정이라는 예쁜 이름을 얼마든지 불러주고 싶었던 거다.

아마도 그랬던 모양이다.

"이세왕. 너, 사람 헛갈리게 하지 마. 지금이라도 솔직히 말해. 게이라는 거 들킬까 봐 나 좋아했었다고, 가짜 고백하는 거라면 지금 그만둬. 나중에 밝혀지면 가만 안 있을 거니까."

"멍청아! 좋아했었다가 아니라, 아직도 좋아하고 있다고 말하는 거잖아!"

"하지만 넌! 너, 넌⋯⋯!"

인정이 차마 말은 못하고 그의 몸을 스윽 훑으며 얼굴을 붉히자, 세왕은 그녀의 눈빛이 하고 싶은 말을 읽었다.

"아까 그 자식과 그 꼴을 하고 있었던 건, 그 새끼 내쫓으려고 싸우다가 그렇게 된 거야. 못 믿겠으면 가서 물어봐."

"동성애자들 말을 어떻게 믿어? 다들 아니라고 하겠지."

"들? 들이라고? 난 이성애자라고! 아주 노멀한! 아니다. 내가 미쳤지. 너 같은 애 좋다고 지금까지 이러고 있는 거 보면 노멀은 아니다."

"웃기시네. 네가 날 언제부터 그렇게 좋아했는데? 너는 날 친구로도 안 봤어. 여자 취급도 안 하고 무시했었어. 별장에서 일 기억 안 나? 난 너보다 뭐 하나 나은 게 없어서 네 앞에서 항상 주눅만 들었었다고!"

"네가? 주눅이 들어? 나한테? 너야말로 나한테 부드러웠던 적 있어? 다른 놈들한텐 웃으면서 잘만 대해주면서 내 말은 무시하고 사람을 벌레 보듯이 귀찮아하고 피하기만 했잖아!"

"내가 언제!"

"그 별장에서 있었던 일만 해도 그래! 동훈이가 뭐야, 동훈이가! 나한테는 한 번도 그런 식으로 새침하게 웃어준 적 없잖아!"

"뭐, 뭐? 내가 언제 그렇게 웃었어!"

"그리고 또! 우리 지난번에 마지막으로 만난 날. 그날 우리 몇 년 만에 만났었어. 난 너랑 다시 친해지고 싶어서 찾아갔는데, 넌 사람을 경멸하듯이 쳐다보고 가버리더라? 해명할 기회 정도는 줄 수 있었잖아. 시간이 그만큼 지났는데, 넌 항상 비집고 들어갈 틈이 없어. 나한테만 유독!"

그가 대기업에 입사하고 인정이 열등감에 빠져 있던 그때를 말하는 것 같았다.

어쩜 이렇게 타이밍도 맞지 않을까.

"그거야 네가 날 한심한 눈으로 봤잖아. 넌 항상 그랬어. 내가 아무리 노력해도 너처럼 될 수 없는데, 넌 보란 듯이 내 앞에서 우월감을 과시했잖아! 하! 그만하자. 어쨌든 넌 날 한 번도 좋아한 적이 없어. 오히려 부끄러워했지."

"내가? 널? 내가 널 부끄러워했다고?"

세왕은 펄쩍 뛰었다. 단 한 번도 그런 적이 없었다. 부끄러웠다면 애초에 그녀와 꼭 붙어 다니지도 않았을 테니까.

"기억 안 나시나 본데, 너……. 아니야. 내가 왜 이런 말까지 하고 있어야 해? 네 진심이 뭐였는지 상관없어. 이제 그런 거 알고 싶지도 않아. 우리 성인이야. 이제 와서 옛날 일 따지고 드는 거 우습지 않아? 너나 나나 그거 그냥 어릴 때 일일 뿐이잖아."

그냥 어릴 때 일? 옛날 일? 우습다고?

인정이 내뱉는 한마디 한마디가 세왕에게 비수처럼 날아와 박혔다.

그래. 꽤 많은 시간이 흘러 버렸다. 그렇게 그녀는 저와 함께했던 모든 기억들을 그저 평범한 과거 속에 던져 놓고 아무렇지 않게 잘살고 있었다. 저만. 오직 저만 그 어린 시절에서 하나도 자라지 못한 것처럼 머물러 있는 거다.

오직 저만.

커다란 깨달음이 덮쳐 왔다.

'아. 내가 아주 제대로 왕자병이구나.'

자신은 인정에게 아주 특별한 사람, 소중한 사람이라고 생각했었다. 그래서 그때 일에 충격이 더 컸고, 오랫동안 저에게 화를 내는 거라고 생각했었다. 이렇게 자신이 그녀를 잊지 못할수록, 그녀 역시 그럴 거라고 당연하게 생각했었는데…… 아무것도 아니었다. 저란 놈의 가치는 수많은 친구들 중에 한 명인 것도 모자라 그중에서도 짜증나는 놈이었을 뿐이었다.

"그래……. 하. 그러네. 오랜만에 이렇게 갑작스럽게 만나서 나도 모르게 흥분한 모양이다. 뭐, 그래. 어릴 때 일이지. 다 지나간 일이고. 네가 그렇게 이해해 주니까 나도 맘이 편하네."

"알았으면 나가줘. 나 자야 해."

"미안하다. 아래윗집에서 만난 우연을 놀라워하기도 전에 층간 소음으로 찾아오게 만들고."

"그러니까, 알았으면 이제 좀……."

세왕은 아까보다 낮은 목소리로 인정의 말을 끊었다.

"나인정."

"왜?"

"그래도 난 가끔 허전해."

"뭐가?"

"허전하다고. 그냥. 그렇다고."

마지막으로 인정이 뭔가 다른 말을 해주길 바라는 마음으로 한 말이었다. 그러나 인정은 그의 달라진 태도와 목소리를 느꼈음에도 여전히 싸늘한 말로 그를 내쫓았다.

"난 그냥 피곤해. 어서 네가 나가줬음 좋겠어."

"나야말로 피곤하다."

"네? 지금 무슨 말 하신 거예요, 대리님?"

회의실을 나서며 저도 모르게 내뱉은 말에 앞서 걷던 여직원 하나가 뒤를 돌아본다. 세왕은 나직하게 웃으며 고개를 저었다. 밤새 뒤척이게 만든 한마디가 기어이 떠오른 순간이었다. 대번에 심기가 불편해진 세왕은 새삼 모든 게 짜증스러웠다. 지끈거리는 머리도. 가장 머리가 맑은 아침 시간대에 꼭 회의를 진행하는 회사의 방침도. 그리고 무엇보다, 어머니에게 걸려온 한 통의 전화까지.

[정말 괜찮은 아가씨야. 엄마가 너 별로인 여자랑 선보라고 하겠니? 얼굴도 예쁘고 똑똑한데, 착하기까지 하다니까. 그런 여자가 요즘 어딨니? 한 번만 만나봐. 응? 엄마가 이렇게 사정하는데. 그것도 못해줘?]

매번 선보는 걸 거절했고 그때마다 어머니를 서운하게 해드렸지만 이번만큼은 아닐 것이다. 어머니는 정말 너무 아까워서 그런다며 점심시간 내내 전화를 끊지 않고 저를 괴롭혔다. 세왕도 웬만하면 한 번쯤 어머니 뜻에 따르고 싶었지만 오늘은 아니었다. 하필 나인정을 다시 만난 지금, 뭐가 뭔지 뒤죽박죽인 지금은 말이다.

"상반기 매출 프레젠테이션 만들어뒀어요. 달리 체크할 건 없을 거니까 그대로 보고 올리세요. 참, 시장조사 건은 어떻게 됐습니까?"

"아, 지금 바로 정리해서 넘겨 드릴게요. 그보다…… 바쁘셨을 텐데 벌써 다 하신 거예요?"

자리로 돌아오자마자 세왕은 무뚝뚝한 얼굴로 준비된 서류를 내밀었다. 받아 든 동료 직원 하나가 놀랍다는 듯 눈을 크게 떴다. 입사하고 현재의 마케팅 3팀에 배정된 지도 벌써 3년째. 그의 능력을 눈여겨본 팀장은 적극적으로 세왕을 앞세워 많은 일을 진행했지만, 사실 무능한 팀장이 제가 해야 할 일마저 떠넘겨 온 것이라는 건 공공연히 알려진 비밀이었다.

아니, 그것만이 아니라도 세왕은 너무나 바빴다. 대학 시절엔 전국의 수재들만 모이는 최고의 대학에서 최고의 성적을 유지하느라 바빴고, 4학년을 마칠 무렵 곧바로 공채에 통과하며 입사한 후엔 누구보다 많은 일을 처리하느라 바빴다. 그렇게 3년 동안 팀장은 물론이고, 그런 팀장을 의지할 수 없었던 팀원들까지 앞다퉈 그를 찾아대는 통에 그는 몸이 열 개라도 모자랄 하루를 보내왔다. 특히나 그런 그를 지켜보며 동경해 왔던 여자 팀원들은 그의 작은 몸짓과 표정 하나까지도 주시했다.

세왕이 가볍게 눈살을 찌푸린 순간, 또 어디선가 작은 한숨 소리들이 들려왔다. 여전히 지끈거리는 이마를 꾹꾹 누르며 자리에 앉아 또다시 쌓이기 시작한 서류들을 살피기 시작하는 그의 눈빛이 진지하게 가라앉았다. 그런 순간엔 묘하게 안면 언저리가 따끔거리곤 했지만, 그것도 이미 일상이 된 지 오래였다.

아니, 그의 머릿속은 이미 한 가지 생각으로 가득 차 아무것도 의식을 할 수가 없는 상태였다.

"……그런데."

"네?"

때마침 커피를 내려놓고서 발갛게 얼굴을 물들인 채 그의 옆얼굴을 바라보던 여직원이 흠칫하며 대꾸했다. 그것조차 눈에 들어오지 않는 건지 세왕은 아주 진지한 얼굴로 물었다.

"제가 그렇게 매력이 없어요? 친구밖에 안 될 것 같아요?"

"그, 그럴 리가요. 이 대리님 같은 남자가 성에 안 차면 그게 더 이상한 거죠."

"그런데…… 눈에 보이지도 않는다는 것처럼 구는데요."

"……."

이 남자를 어쩌면 좋은가.

여직원은 통탄했다. 이런 멋진 남자를 마다하는 여자는 대체 어떤 여자인 거야. 저라면 낌새만 보여도 바로 결혼 날짜부터 잡을 남자인데. 뭔가 고민하고 생각에 잠겨 있는 세왕의 모습은 충분히 섹시하고 멋졌지만, 그 고민의 원인이 여자와의 관계 때문일 줄이야. 왠지 푸스스 김이 빠져나간 얼굴로 한숨을 푹, 내쉰 여직원이 조심스럽게 물었다.

"친구로 보인다는 건, 지금은 친구란 거죠?"

"친구…… 였죠."

이젠 친구도 아닌 것 같지만. 자신 없게 대답한 세왕이 다시 눈살을 찌푸렸다.

"오래 알던 사이 같으신데 그러면 갑작스럽게 바뀌는 관계에는 좀 힘드실 수 있어요. 사실 남자들이야 관심이 없으면 친구도 안 한다지만 여자는 진짜로 친구로만 생각하는 사람도 종종 있거든요. 아니, 꼭 그 여자분이 그런다는 건 아니고요."

좀 더 굳은 표정을 봤는지 여직원은 얼른 손을 내젓고 뒷말을 덧붙였다.

"일단 친구에서 연인이 되려면 진심을 확실히 보여줘야 해요. 여자들은 확실한 말을 들어야 믿는 존재들이거든요. 의심이 많지요. 그리고 그다음엔 친구 같은 애매한 관계를 확실하게 벗어버리도록 남자라는 걸 어필해야 해요."

"저 남자인데요?"

이상하게 뜨끔한 세왕이 정색하며 대꾸했다. 왠지 이 순간 명철의 얼굴이 떠오른 건 기분 탓이라 여기며.

"적어도 그 여자분한테는 지금 남자가 아니잖아요. 친구일 뿐이지. 그러니까 좀 더 강하게 나가세요. 남자의 섹시미와 박력을 보여줘야 설레지 않겠어요?"

남자가 아니다. 남자가 아니다.

또다시 따끔따끔 찔러대는 조언을 들으며 세왕은 고민했다.

거기다 남자의 섹시미와 박력……?

그냥 퓨어한 친구였어도 그런 걸 보여줘야 가능하단 조언 같은데, 이미 인정의 앞에서 제가 보여준 꼴들은…….

다시금 머릿속에 떠오른 명철의 얼굴을 잽싸게 지운 세왕이 이를 갈았다.

그러니 지금의 이 사달은 결국 다 그놈 때문이란 소리지!

'이 빌어먹을 음란게이 놈 때문에 되는 일이 없구나!'

기필코 쫓아내리라.

그리고……. 그전에 나인정을 어떻게든 해야 했다.

굳게 다짐한 세왕은 진지한 얼굴로 서류 하나를 집어 들었다.

일단은 일을 할 시간이었다.

6시, 퇴근 시간이 되자마자 세왕은 칼처럼 자리에서 일어섰다. 그리고 누구보다 빠르게 자리를 벗어나는 그의 행동에 다들 경악한 얼굴로 서로를 마주 봤다. 장담컨대 입사하고 처음 있는 일이었다. 하지만 이내 곧 이 대리가 저러는 걸 보면 무슨 중요한 일이 있나 보다, 하는 의견이 사무실 안을 조용히 퍼져 나갔다.

순식간에 납득한 듯, 도리어 걱정하는 말이 오가는 줄도 모르고 세왕은 바삐 걸음을 옮겼다. 그의 머릿속은 오로지 나인정에 대한 생각뿐이었다.

재빨리 차에 오르고 슬슬 밀리기 시작한 퇴근길을 달리는 그의 표정은 좀처럼 풀어지지 않았다. 오늘따라 차도 막히는 것 같고 집까지 가는 길이 멀게만 느껴진다.

"남자의 섹시미라……."

초조함이 묻어나는 태도로 핸들을 툭툭 치던 세왕이 나직하게 중얼거렸다.

섹시함이라니. 지금껏 줄곧 들어온 찬사 중 가장 많이 들어온 말이었다. 아무 생각 없이 바라보기만 해도 자지러지며 아우성을 치던 여자들의 반응이 이렇게나 눈에 선한데, 그 말이 이제 와 이렇게나 어렵게 느껴질 날이 올 줄은 진정 몰랐다.

대체 여기서 뭘 더 어찌해야 섹시하게 보인단 말이냐.

'남자의 섹시함은 잘 맞는 흰 셔츠 차림에 소매를 걷고 폭풍 후진할 때가 최고죠! 입에다는 주차권 딱 물고! 얼마나 섹시해요!'

그 질문에 뭔가를 상상한 듯 여직원은 황홀한 표정을 지으며 그윽하게 저를 바라봤다. 그 시선의 의미를 모르진 않지만 세왕은 모른 척 고개만 끄덕였다.

'그러니까 그건 차에 태웠을 때 얘기잖아!'

순서가 바뀌었다고. 차에 태우려면 일단은 뭔가 관계의 진전이 있어야지!

그러면서도 세왕은 슬쩍 소매 단추를 풀어 헤쳤다. 그래도 혹시 모르니까. 날도 추운데 무슨 삽질인가 싶지만, 그래도 혹시 모르니까…….

심지어 집에 도착해 엘리베이터에 타서는 거울을 보며 제 모습을 꼼꼼히 살폈다. 나인정은 지금껏 제 주변에서 알아온 여자 중 누구보다 어려운 여자였으니까. 그런 여자를 함락시키려면 무엇보다 꼼꼼한 사전 작업이 필요했다.

'아직도 날 학생으로 보면 곤란하지. 두고 봐. 기필코 내가 남자라는 걸 깨닫게 해주고 말 테니까.'

유난히 하얗고 깔끔한 제 셔츠와 팔에 걸친 재킷을 내려다보던 세왕이 이내 넥타이를 느슨하게 끌어 내렸다. 이어 투둑, 소리를 내며 맨 윗단추를 풀어 내리고서 거울을 바라보는 그의 눈빛에 비장함과 묘한 만족감이 서렸다.

제길. 이런 말은 뭐하지만 남자인 제가 봐도 섹시하긴 하다.

'그러니까 좀 보라고. 이 비싼 여자야.'

늦은 밤이 되어서야 퇴근 중인 인정은 지하철의 빈자리를 차지하고 앉은 순간부터 꾸벅꾸벅 졸기 시작했다. 어제 세왕을 만나고 그를 쫓아낸 후에도 싱숭생숭한 마음이 좀처럼 가라앉지 않아 제대로 잠을 자지 못한 탓이었다.

다 잊었다고 생각했었다. 그리고 이젠 제 삶도 평온을 찾았다고 생각했었다. 그런데 그것은 오산이었다. 세왕의 존재는 등장하는 것만으로도 그녀의 모든 것을 흔들어 버릴 만큼의 위력을 발휘했다. 그 위력에 말려들지 않고 쫓아낼 수 있었다는 것도 기적에 가까울지 모른다.

'아니, 지금부터라도 안 엮이면 되는 거야.'

지금 이 삶이 어떻게 만든 건데. 이번만큼은 꼭 말려들지 않고 지켜내고 말 테다.

비몽사몽 간에도 굳게 결심한 인정은 이어 도착한 자신의 새 보금자리 앞에서 슬쩍 미소를 지었다.

이름도 참 예쁘기도 하지. 이름답게 푸르스름한 빛을 내며 저를 맞이하는 블루스퀘어라는 건물명을 바라보는데 뿌듯함이 가슴속을 가득 메운다.

그동안 제가 발길을 들였던 곳들은 가로등 불빛도 잘 들지 않는 어두컴컴한 골목을 지나 도착한 휑한 옥탑이나, 혹은 어둡고 축축한 지하방이었다. 그런데 이런 도심지에, 가로등도 훤한 길목에 위치한 번듯한 건물이라니. 이렇게 늦은 밤 퇴근해도 무섭지가 않다니. 그야말로 감동이었다.

그러나 그 좋았던 기분은 엘리베이터를 내려 제집으로 향하는 복도로 접어든 순간 사그라들었다.

"너…… 뭐야?"

첨엔 검은 형태를 보고 놀라고, 다음엔 저를 노려보는 세왕의 얼굴을 보고 놀랐다. 뭘 하자는 걸까. 이 추운 날 뭐 그리 열나는 일이 있는지, 그는 재킷을 벗고 소매까지 걷어붙인 채였다. 그리고 어딘지 지친 듯, 깊게 가라앉은 눈이 그녀를 빤히 주시하며 가늘어졌다.

"몇 신데 이제야 들어와?"

"여기서 뭐 하는 거냐고!"

"열 시가 훌쩍 넘었네. 이 시간까지 안 들어오고 어딜 쏘다녀?"

묻는 말에 대답은 안 하고 타박만 늘어놓는 세왕의 태도에 그녀의 입이 절로 벌어졌다.

"하! 어이없어. 남의 집 앞에서 뭐 하는 짓이야? 비켜."

"얘기 좀 하자."

"어제 다 했잖아. 피곤해 죽겠으니까, 좀 비켜줄래?"

"나 여기서 세 시간이나 기다렸어."

"어쩌라고! 그걸 왜 나한테 따져?"

"따지는 게 아니라 얘기 좀 하자고. 지금까지 기다렸는데 그렇게까지밖에 말 못해?"

그대로 무시하며 지나치려는 순간, 세왕이 그녀의 팔을 잡아 돌려 세웠다. 인정은 기겁하며 잡힌 팔을 뿌리쳤다.

"제발 좀! 나한테 왜 이래! 난 할 얘기 없다고!"

"난 할 얘기 있다잖아! 또 옆집에서 뭐라 그럴 때까지 소란 피울 생각이야?"

그러자 삐, 철컥. 소리와 함께 거짓말처럼 옆집 문이 열렸다. 그리고 어제의 그 남자가 얼굴을 내밀고 웃는 낯으로 말했다.

"오늘은 괜찮습니다. 제가 오늘은 늦게 잘 생각이라."

즉, 다 듣고 있다는 소리였다. 재수 없는 이웃의 빈정거림에 어쩔 수 없이 인정은 세왕을 안으로 들일 수밖에 없었다.

고슴도치 딜레마

"오랜…… 만이다."

"……."

그녀는 듣지도 않고 나를 지나쳐 갔다.

하는 일마다 잘 안 됐다는 소식을 들었다. 위로해 주고 싶었다.

오랜만에 만나니까 잘 보이고도 싶었다.

용기 내서 찾아온 걸음을 그렇게 무시당했다.

'다시는 너한테 안 와.'

가서 붙잡아야 했다. 바보같이 왜 그렇게 움츠리고 사냐고 당당하게 어깨 펴라고 소리
치면서 같이 싸워야 했다. 네가 뭔데 남의 일에 나서냐, 주제 넘는다고 욕먹고 크게 한판
했어야 했다.

다시 돌아갈 수 있다면……. 때를 놓쳐서 후회하는 일이 있다면, 바로 그날이었다.

고슴도치 딜레마. 우리는 똑같은 실수만 반복하는 못난이들이었다.

4. 극적 화해

어제는 갑작스러운 재회의 당혹감으로 섰던 현관에 오늘은 삐죽삐죽 가시를 세운 채 다시 섰다. 불편한 기색이 역력한 인정의 눈빛 앞에서 세왕은 흘깃 방 안을 둘러보고는 입을 열었다.

"너 안 치우냐? 방이 왜 이래?"

"신경 끄고 할 말이나 빨리하고 나가."

"어제 그렇게 나한테 퍼붓고 나니 어때? 난 너무 억울해서 어제 한숨도 못 잤는데."

"그랬어? 난 할 말 다 했더니 아주 속이 시원하더라. 엄청 잘 잤어. 삼십 년 묵은 체증이 싹 내려간 기분이야."

"그런 것치곤 다크서클이 깊다?"

픽, 웃음기가 느껴진 건 착각일까. 정곡을 찔린 인정이 찌릿 눈을 흘겼다.

"어제 말했지? 나 피곤하다고. 며칠 밤샘하고 이사하고 너 아니어도 날 피곤하게 만드는 일이 아주 많아. 거기에 너까지 보태야겠어?"

"그럼 말해봐. 내가 언제 널 부끄럽게 여겼단 건지. 아무리 그런 기억을 떠올려 보려고 해도 내 머릿속에는 그런 기억이 없어. 지금까지 줄곧 그런 오해를 받았다는 게 불쾌하고 억울해."

"오해? 하! 넌 그 오해 좀 받은 게 그렇게 불쾌하니? 고의건 실수건, 난 너 때문에 그렇게 상처받고도 내색 한번 못했어. 대신에 너 부끄럽지 않게 하려고 너한테 벗어나려고 얼마나 발버둥 쳤는지 알아? 근데 넌 도대체 무슨 생각인 거야? 네 수준에 한참 떨어지는 나 같은 애를 왜 데리고 다니면서 괴롭히고 무시하고 그러는 거냐고?"

이어지는 말들을 들으며 세왕은 기막힌 표정을 감추지 못했다. 도무지 무슨 말을 하는 건지 이해가 가지 않았다. 대체 누가 누굴 무시했다는 걸까.

"글쎄, 난 그런 적이 없다고! 한 번도 그렇게 생각한 적 없어! 왜 자꾸 너 스스로 비하하는 건데?"

"네가 모르고 있는 거야. 네 속마음이 어떤지, 스스로 깨닫지 못하는 거라고. 왜인 줄 알아? 넌 착한 사람이니까. 사람 무시하고 그러면 안 되잖아. 그것도 어릴 때부터 함께 자란 친구가 너보다 한참 못하다고 무시하면 안 되잖아. 대신에 그 친구를 데리고 다니기 부끄럽지 않게 만든 거지. 네 몸종처럼 업신여기면서."

"말이 되는 소리를 해!"

"그럼 묻자. 네가 언제 사람들 앞에서 거짓말이라도 내 칭찬 한 번, 나 위해주는 말 한 번 한 적 있어? 무시하고 함부로 대하고 내 험담이나 늘어놓고! 사람 자존심 있는 대로 밟은 게 누군데!"

그제야 뭔가 좀 켕기는 말들이 나왔지만, 그것 역시 제겐 충분히 타당한 이유가 있는 일들이었다.

"말했잖아. 그건 다른 애들이 너랑 친하게 지내는 게 싫어서……!"

"이런 말까지 진짜 안 하고 싶었는데, 자존심 상해서 끝까지 말하고 싶지 않았는데, 해야겠다. 이 얘기 듣고도 네가 딴소리할 수 있나, 어쩔 수 없이 말해야겠네."

그런데 인정은 그 오해를 풀 기회조차 주지 않으려 했다. 대체 뭐가 이리 쌓인 거냐고.

"그래. 해. 나도 좀 알고나 욕먹자!"

"설악산에 갔던 거 기억나? 네가 자는 날 새벽부터 깨워서 끌고 갔었잖아."

"어. 기억나. 그때도 나는 너하고 단둘이 산에 가고 싶었던 거였어."

"내 얘기 들어. 사촌형이란 사람한테 너 뭐라 그랬니? 그건 기억해? 너 그 사람한테 날 그냥 아는 애라고 소개했어. 아주 곤란한 표정으로. 난 그 표정 잊을 수가 없어. 그때까지만 해도 나는…… 우리 둘이 절친이라고 생각했어. 단짝 친구. 적어도 내가 너한테 그 정도는 되는 앤 줄 알았다고. 잘난 이세왕이 나인이라고 부르면서 사람 깔보고 무시해도 친해서 그러는 줄 알았어! 그렇게라도 네 옆에 붙어 있으면 다른 애들이 부러워하니까 자존심도 없이 그러고 있었다고! 하아! 근데, 그냥 아는 애였어. 너한테난!"

와르르 쏟아지는 말에 세왕의 눈이 커다래졌다. 오랫동안 숨겨왔던 자격지심을 토로한 인정의 표정이 한껏 구겨져 있었지만, 세왕은 순간 무슨 말을 어떻게 해줘야 할지 생각이 안 날 만큼 머리가 멍해지는 기분이었다.

정말 그거라고?

지금껏 네 행동의 원인이 그거였다고?

"왜? 너한테는 기억도 안 날 만큼 사소한 이야기야?"

"나인정. 너……."

"아니면 기억나는데도 할 말이 없는 거니?"

조소를 띤 인정의 얼굴을 물끄러미 바라보던 세왕이 허탈하게 웃음을 터뜨렸다.

"기억나. 나한테도 사소하지 않은 일이니까. 그러고 보니까 그때쯤이었네. 네가 나한테 차갑게 굴기 시작한 게. 진짜 그것 때문이었어? 우리 사이가 틀어지기 시작한 게?"

"……네가 그걸 나한테 깨닫게 했잖아."

여전히 싸늘한 인정의 대구에 세왕은 허, 하고 한숨을 내쉬었다.

"나인정. 잘 들어. 난 그때 철없고 자존심만 센 그냥 그런 남학생이었어."

"그래. 그러니까 날 부끄럽게 생각한 건 이해해. 그럴 수 있지. 다만, 날 좋아했다는 거짓말은 하지 말라는 거야."

"일단 들어! 난 사촌 형한테 그전에 내 고민을 얘기한 적이 있었어. 오랫동안 친구였지만, 점점 알 수 없는 애가 있다고. 나는 어릴 때처럼 뭐든 그 애랑 하고 싶고 그 애가 안 보이면 초조한데, 그 애는 여자애들하고 어울리느라 나는 늘 안중에도 없어서 화가 난다고. 남자 여자는 친구 할 수 없는 거냐고 물었어. 그때 형이 그랬어. 아마 내가 그 앨 좋아하고 있는 거라고. 물론 난 그땐 인정하지 않았지. 그런데 설악산에서 형을 만난 거야."

세왕은 한번 크게 숨을 들이마신 후 인정의 두 눈을 바라보며 다시 말했다.

"내가 신경 쓰고 있는 그 애와 함께."

"……"

"그래. 그게 너라고. 그런데 그 자리에서 사촌 형이 '혹시 그 애냐?'라는 눈빛을 보내는데, 어떡할까. 거기서 사촌 형이 너한테 몽땅 다 말해 버릴 수도 있는데. 아직 네 마음도 모르고, 내 마음마저도 모르는 상황에서, 그런 일이 생기면 그나마 아슬아슬하게 이어온 친구 관계가 그대로 끝장나 버릴 수도 있는데."

"……."

"거기서 내가 할 수 있는 게 뭐였겠냐고."

인정은 기가 막혔다. 거짓말이라면 사악할 정도로 가슴을 두근거리게 만드는 변명이었다.

"그게 너한테 그렇게 상처가 될 거라고는 생각 못했어. 왜냐면, 그 후에도 넌 쭉 태연했으니까. 차라리 그때 말하지 그랬어? 화내지 그랬어? 내가 왜 그냥 아는 애냐고, 화낼 수 있었잖아!"

"또…… 내 탓이야?"

"네 탓을 하는 게 아니야. 적어도 거기서 네가 그런 걸 물어봐 주는 게 더 자연스러웠다는 소리지. 그 말 한마디만 했어도 우리가 이렇게 되지 않았을 거라고! 내가 먼저, 굳이 뭐라 변명을 할 상황이 아니었잖아."

"……."

"계속 그랬어. 너한테 남자로 보이고 싶었다고. 그냥 친구로 남기 싫어서, 네 주변에 있는 흔한 남자애가 아니라 잘난 놈 돼서 네가 날 좋아하게 만들려고 얼마나 애썼던 건지 알기나 해? 근데, 뭐? 그러는 동안에도 너는 그냥 잘난 친구 때문에 열등감만 느끼고 있었다고?"

제 입으로 모든 오해들을 정리하는 순간에도 세왕은 기가 막혀 미칠 지경이었다. 제 노력이 오히려 그녀에겐 거대한 벽이 되었다니. 무슨 이런 개뼈다귀 같은 일이 다 있단 말인가!

"그냥 솔직하게 날 좋아해서 서운했다, 한마디가 그렇게 힘들었어? 네 마음에 솔직하기가 그렇게 자존심이 상할 일이야?"

"그거야 네가……!"

뻔뻔하고 오만하기 그지없는 태도에 기막힌 것도 잠시, 뭔가 따지려던 인정도 말을 멈췄다. 그러고 보니 어째서 이렇게 소리 높여서 싸우고 있는 걸까. 왜 이렇게 화를 내고 그를 멀리하게 된 걸까.

그가 게이라고 확신한 순간 배신감을 느껴서?

그렇다면 그 배신감은 어디서 비롯된 건데?

"진짜 내가 싫어? 그때 그 키스가 징그러울 만큼, 아니, 혐오스러울 만큼 싫었어?"

확실하게 기억하자면, 그 키스 자체가 싫은 건 아니었다. 갑자기 혼란스러워진 인정이 입을 꾹 다문 사이 세왕은 크게 숨을 내쉬곤 차근차근 말을 이어갔다.

"그래. 기분이 나빴다는 건 이해해. 상황이…… 그랬지. 지금 상황도 거지 같다는 거 알아. 그래도 나는 그날 너한테 키스하고 싶었어. 그런 식으로 말고 정식으로, 진짜 어른 여자가 돼서 나한테서 사라지기 전에 친구였던 우리 관계의 마지막은 그렇게 끝내고 싶었다고."

"나, 나는……. 네가 하는 말, 하나도 모르겠어. 날 놀리려고 그런다고밖에 생각이 안 들어."

"나인정!"

"생각해 봐! 네가 왜 날 좋아해야 하는데! 네가 왜 나한테 매달려! 내가 뭔데? 도대체 왜? 왜 내가 좋아? 납득이 안 가잖아!"

"왜 납득이 안 가는데!"

"너처럼 다 가진 애가 뭐가 부족해서 날 좋아해서 안달이냐고! 그렇게 오랫동안! 그걸 내가 어떻게 믿냐고! 내가 어떻게 상상이라도 했겠냐고!"

"다 못 가졌잖아! 널 못 가졌는데, 뭘 다 가졌다는 거야!"

"……."

인정은 입이 떨어지지 않았다. 다시금 밀려드는 혼란에 머릿속이 다 아득해지는 기분이었다. 간절함이 뚝뚝 떨어지는 그의 말을 못 믿어서가 아니었다. 겨우 그 작은 오해를 푸는데 이렇게 긴 시간이 걸린 것이 그랬다. 조그만 것들이 자존심만 살아서 서로 눈치 보고 원망만 했었구나, 길었던 감정싸움이 허무하게 느껴졌다.

"네가 정말 매력이 없는 여자라면, 그냥 내 성미가 못돼서 그런가 보다 하겠지. 뭐든 다 갖고 싶어서 내가 손에 넣지 못한 널 갖고 싶었나?"

허탈한 듯 내뱉는 세왕의 말에는 자조가 섞여 있었다.

"근데, 난 그렇게 생각하고 싶지 않아. 너에 대해선 누구보다 내가 가장 잘 알아. 너무 잘 아니까. 그냥 넌 내 일부야. 네가 날 밀쳐 낼 때마다 네 몸 어딘가가 잘려 나가는 기분이었어. 그건……좋아하는 게 아니라……. 그냥 집착인 거야?"

세왕의 나직한 말이 이어질 때마다, 묘하게 가슴이 찌릿했다. 소리치고 싸울 때보다 낮게 울리는 목소리가 전하는 내용이 더한 충격이 되어 가슴속 구석구석 전해지는 느낌이었다.

세상에. 그 잘난 이세왕이 제가 좋아서 쩔쩔맸다니!

생각하는 것만으로 새삼 심장이 두근두근거리고 얼굴에 열이 오르기 시작했다.

"뭐라고 말 좀 해줄래?"

대체 어떤 말을 해야 할까.

"아직도 못 믿겠으면 그때 내가 하려던 진짜 키스, 지금 해보면 안 될까? 그래도 내가 게이 같거나, 내 말이 거짓말 같으면 나도 더 안 매달려."

"세, 세왕아. 우리……."

"혹시 지금 사귀는 사람 있어?"

"아, 아니. 그건 아닌데……."

"그래? 잘됐다."

잘되긴 뭐가?

어딘지 초조한 듯 굳어 있던 세왕의 눈가가 조금 풀려 나가는 걸 확인한 순간, 묘하게 어색해진 공기를 느낀 인정이 눈을 내리깔았다.

"대체 뭐가 잘…… 된 거야?"

"절교…… 했으니까. 친구한테 키스하는 것보다는 덜 어색하잖아."

"나, 난 아직 허락 안 했는데……."

말끝을 흐리며 쭈뼛거리는 인정의 모습을 확인한 세왕은 끌리듯 그녀에게로 다가섰다. 동시에 그녀가 반걸음 뒤로 물러섰다. 어느새 붉어진 뺨과 꼼지락거리는 손가락. 확연히 달라진 그녀의 반응이었다. 세왕이 또다시 한 걸음. 그리고 그녀가 반걸음. 그 걸음이 멈춘 건 두 사람의 발끝이 맞닿고 현관 턱에 인정의 발뒤꿈치가 닿고 나서였다.

"왜…… 이러는 건데? 우, 우리 이러지 말고 대화를 좀 더 해보자."

"네가 말을 못 알아먹으니까."

이상한 기분이었다. 다가오는 그를 밀쳐야 하는데, 그러고 싶지 않은 기분. 마치 오랫동안 이날을 꿈꿔온 것처럼 가슴이 설렌다. 아니, 꿈꿔왔었다.

자신이 이세왕을 특별하게 생각하는 것보다, 그가 자신을 더 특별하게 생각하고 있기를. 그래서 그동안 제게 했던 못된 짓들을 전부 후회하는 날이 올 거고, 그러면 나인이 아니라 공주처럼 저를 소중히 대해줄 거라고. 때로 그런 상상을 하며 카타르시스에 젖어 잠이 들곤 했었다.

그런데 이게 꿈도 아니고, 상상도 아니고 진짜라니!

"다, 다 알아들었어! 이, 이러지 마!"

"혼란스럽지? 날 밀쳐 내야 하는데, 그럼 정말 끝일 것 같지? 그러니까 키스해 보자. 어릴 때 우리 종종 했었잖아."

"그건 어릴 때잖아!"

"그래. 어릴 때 느꼈던 것하고 어떻게 다른지, 네가 판단해."

"이건 너무 갑작스럽잖아!"

"갑작스럽게 네가 우리 집 초인종을 눌렀으니까. 내 인생에 다시 뛰어든 건, 내 눈앞에 다시 나타난 건 너야."

"억지 부리지 마!"

점점 몸을 움츠리며 어쩔 줄 몰라 하는 그녀의 앞에서 세왕은 픽, 웃음을 터뜨렸다.

"그리고 넌 어떨지 모르겠지만 난 지금 못 참겠어."

"뭐, 뭘?"

"너하고 이렇게 오래 얘기해 본 게 얼마 만인지 모르겠어. 싸워도 좋아. 네가 나한테 소리 지르고 화내는 거, 정말 좋아. 섹시해."

"벼, 변태니!"

"그래. 욕해. 좋다. 얼마 만이야. 이 짜릿한 게."

"이, 이 미친!"

그 와중에 점차 다가오는 세왕의 앞을 가로막은 손이 그의 커다란 손에 붙들렸다.

"솔직해져. 너도 좋잖아. 나하고 그렇게 욕하고 싸울 때가 우린 더 즐거웠어. 네가 없으니까 내 인생은 꼭 뭐가 빠진 것처럼 무료하더라. 너도 그랬을 거야."

"내, 내가 너 심심풀이 땅콩이야!"

어찌나 당황했는지 식상하다 못해 촌스러운 소리를 지껄인 인정은 창피해 죽을 지경이었다. 게다가 너무 가까워진 그가 부담스러워 눈조차 마주치지 못했다.

"뭐, 입술이 땅콩처럼 생기긴 했다."

짧은 웃음소리가 마지막이었다.

끝내 훅, 다가온 세왕의 입술이 그녀의 입술을 먹어버렸다. 며칠간 반복된 밤샘 작업으로 정말 땅콩 껍데기처럼 거칠어져 있던 인정의 입술은 세왕의 매끄러운 입술로 빨려 들어갔다. 밀치려던 손은 그전부터 이미 세왕에게 붙잡혀 있었고 물러나려는 그녀의 발뒤꿈치는 신발장 턱에 막혀 있었다. 그사이 세왕은 마치 달래듯이 인정의 입술을 부드럽게 빨아들였다.

'이러면 안 되는데……. 좋잖아.'

움찔거리던 인정의 손가락은 어느새 주먹을 꽉 쥐고 기분 좋은 긴장감에 집중하고 있었다. 입술만 데워주고 있을 뿐인데 이 따뜻한 기분은 뭐란 말인가. 세왕은 그녀의 입술에 초콜릿이라도 발린 것처럼 입맞춤을 음미하고 있었다. 그래서 인정은 그가 주장했던 여러 말들보다 지금 이 짧은 입맞춤에 더 현혹되어 갔다.

'이세왕이 날 이렇게 좋아했었다고?'

그 생각만으로도 짜릿한데 세왕이 그녀의 입술을 살짝 깨물었다. 촉촉해진 입술은 그의 입술에 붙어서 떨어질 줄 몰랐다. 미끄러지듯 빨려 들어가거나 꾹 짓눌러지거나 하면서 숨 막히는 키스가 이어지고 있었다. 그러다가 저도 모르게 살짝 벌어진 입술로 그의 혀가 불쑥 들어왔다.

와인 향과 함께 들어왔던 첫 키스의 충격이 오버랩됐다. 싫은 기억이라고, 떠올리는 것조차 꺼렸던 키스의 기억이 어째서 지금은 아찔한 기억으로 재구성되고 있는지 의문을 가질 여유조차 없었다. 가쁜 숨을 몰아쉬고 그의 숨결을 들이마셨다. 세왕은 그녀가 입을 다물지 못하게 했다. 입을 벌리고 그의 혀가 그녀의 안에서 그녀를 맛볼 수 있도록 조금도 입을 다물지 못하게 몰아세웠다.

그가 혀를 감아올리면 미끈거리며 철썩 달라붙는 느낌에 몸서리쳤다. 인정은 혀가 이렇게 사용된다는 걸 처음 알았다. 밥 먹고 말할 줄만 알았던 혀는 그녀의 발가벗은 몸 그 자체 같았다. 혀뿌리를 쿡쿡 찌르면 다리 사이가 움찔움찔했고 꼼짝 못하게 혀를 붙잡으면 짜릿함이 배꼽 아래를 관통했다.

'키스가 이렇게 좋은 거였어?'

될 수 있으면 밤새도록 이렇게 달라붙어 있고 싶었다. 방금 전 그와 소리 높여 싸우던 것, 그리고 십수 년간 오해하고 토라진 채 시간을 보냈던 것, 전부 취소하고 싶었다. 다시 시작하고 싶었다. 그랬다면 제 우울했던 인생이 이 키스처럼 환희에 차 있을 것만 같았다.

인정은 발가벗은 마음으로 그에게 키스를 맡겼다. 그가 해주는 대로 그가 이끄는 대로 철썩 달라붙었다가 떨어지며 리드미컬한 입맞춤을 이어갔다. 덕분에 그녀의 발은 어느새 현관에서 거실 위로 올라가 있었다.

"……!"

그런데, 그렇게 키스에 취해 있던 인정의 눈이 번쩍 떠졌다.

가슴! 늘어진 셔츠 안으로 불쑥 들어온 세왕의 손이 인정의 브래지어를 파고들며 그녀의 젖가슴을 움켜쥐었기 때문이다.

'아, 안 돼…….'

여기까지는 정말 꿈에도 생각 못한 일이었다. 키스만으로도 이미 제가 미쳐 버린 게 아닐까 싶을 만큼 대담한 짓이었다. 그런데 가슴이라니!

봉긋한 젖가슴은 그녀가 세왕을 남자로 인식하게 된 중요한 계기였다. 즉, 젖가슴을 갖게 되면서 그녀는 자신을 여자로 대해주지 않는 세왕에게 주눅 들어간 것이다. 그런데 세왕이 이것을 탐내고 있다. 다급하게 가슴을 쓰다듬고 주무르고 있다. 그 역시 마찬가지였다는 걸 인정은 금방 깨달을 수 있었다. 그녀가 여자가 되면서 그가 알던 나인정은 온데간데없이 사라져 버린 것이 그는 당황스러웠으리라. 함부로 만질 수도 없고 예전처럼 함께 뒹굴며 놀 수 없는 존재가 되어버린 것. 어떻게 대해야 할지 몰랐을 것이다.

'그래. 사실 난 네가 날 이렇게 대해주길 기다렸던 거야.'

그땐 몰랐지만 지금 알게 되었다. 육체적 관계를 욕심냈다는 뜻이 아니었다. 그는 남자고, 자신은 여자였다. 세왕이 저를 여자로 봐주길 바라는 욕심이 든 순간부터 우정은 애매한 위치에 놓여 버렸다. 그걸 뛰어넘으려면 더 많은 애정이 필요했고, 서로에게 애정을 갈구했다가 우정마저 잃을 수도 있었다. 그걸 겁내는 게 당연했다. 이런 애정 행각을 떠올리지 못하는 게 당연했다. 그때는 어렸으니까.

'우린 성인이야. 그러니까 괜찮은 거지?'

아직 학생 때의 기억이 선명한 관계여서일까. 인정은 친구 사이의 선을 넘어버린 이 상황이 너무 긴장감 넘치고 짜릿했다.

잠깐 움찔했던 인정은 젖꼭지가 꼿꼿해지는 묘한 감각에 그냥 자신을 던져 버렸다. 굳이 자기 안에서 외치는 변명들을 나열하자면, 수면 부족으로 몽롱한 상태라 이성적이지 못하다는 것과 이성의 면역이 없는 몸이 격하게 반응하기 때문이다, 등등이었다.

친구이기에 다가갈 수 없었던 두 사람의 육체는 금기를 깨는 순간 급속도로 타올랐다.

가슴을 주무르던 그의 손은 옆구리를 쓰다듬고 내려와 그녀의 허리 뒤로 내려갔다. 팬티 속에 감춰진 통통한 엉덩이는 세왕의 이성을 송두리째 날려 버렸고 두 사람은 이미 안으로 들어와 바닥에 누워 버린 상태였다.

아직 정리하지 못한 박스들 틈에서 서로의 다리를 교차시키고 겉옷을 벗어 던졌다.

인정은 둘밖에 없는 공간이라도 박스들이 저를 가려주는 것 같아 덜 부끄러웠고 더 대담해졌다. 마치 영화처럼 어두운 뒷골목에서 사랑을 나누는 주인공이 된 것 같았다.

좀 전까지 제 혀를 물고 있던 세왕의 입은 그녀의 젖꼭지를 물고 있었다. 단단해진 젖꼭지가 그의 치아 사이에 살짝 깨물린 채로 당겨졌다.

"아……!"

아프지는 않았지만 전류가 꼭지로 몰린 것처럼 감각이 곤두섰다. 예민한 살점이 떨어져 나갈까 봐 인정은 순순히 가슴을 내밀었고 그는 마치 고문하듯이 혀끝으로 그녀의 젖꼭지를 간질였다.

"아, 아흐읏!"

타액 때문인지, 민감한 젖꼭지가 그렇게 느끼는 건지, 어쩌면 난방이 부실한 탓일지도 모르지만, 혀가 핥고 지나갈 때마다 차가워서 신음을 흘렸다. 어찌해야 좋을지 모를 간지러움에 목을 젖히면 세왕에게 가슴을 더 들이민 꼴이 되곤 했다.

한참을 혀로 간질이던 세왕은 사탕을 굴리듯이 그녀의 젖꼭지를 빨다가 이내 입을 떼고 손으로 가슴을 비틀 듯이 잡아챘다. 그리고 그녀의 귓불, 목덜미를 핥기 시작했다.

인정의 머릿속은 그들 사이를 감도는 보이지 않는 아지랑이만큼이나 뿌옇게 됐다. 그저 그가 만지고 핥을 때마다 신음하고 허리를 비트는 것밖에 도리가 없었다.

가슴에서 옆구리를 타고 내려오던 손이 그녀의 등허리를 받치고 아직 팬티에 감싸 있는 엉덩이를 움켜쥐었다. 덕분에 그녀의 몸은 세왕의 몸과 더 바짝 밀착됐다. 단단한 몸에 보기 좋게 잡힌 잔근육들의 굴곡, 그리고 그 아래서 꿈틀거리며 부풀어 오르는 것이 허벅지에 닿았다. 부끄럽기도 하고 두렵기도 했지만 몸은 기대에 들떠 있었다.

"하아……."

끊어질 듯 이어지는 신음 같은 한숨 소리가 말해주듯, 그녀는 흥분한 상태였다.

그 덕에 자신감을 얻은 세왕의 손은 그녀의 배꼽 주변을 동그랗게 맴돌다가 발칙하게도 팬티 속으로 들어갔다.

"자, 잠깐……."

"그만두라고 하면 화낼 거야."

"빠, 빨라."

"빠르다고? 여기는 지금 서둘러 달라는데?"

그의 쭉 뻗은 단단한 손가락이 두 마디나 그녀의 갈라진 틈으로 파고들어 갔다.

"윽!"

안으로 찌른 건 아니었다. 문지르듯이 깊게 누르며 양쪽 꽃잎에 손가락을 파묻은 것뿐이었다. 인정의 짧은 신음은 아파서가 아니라 놀라서였다. 여기를 이런 식으로 만져 주면 다리가 벌벌 떨릴 정도로 쾌감이 타고 내려온다는 걸 이제야 알았기 때문이다. 발끝이 전기가 통한 것처럼 저릿해서 무릎이 들썩거렸다.

"엄청 젖어 있다고."

그러면서 세왕은 그녀가 변명조차 할 수 없게 손을 움직이기 시작했다. 그의 말이 거짓은 아니었다. 그녀의 속살은 따뜻하고 미끈거렸다. 세왕은 자극적인 감각에 숨이 가빠졌고, 손가락도 더 바빠졌다. 짓누른 채 손을 흔들어대자 도톰한 살점이 진동하듯 떨며 뜨거운 물을 찔끔찔끔 짜냈다. 그녀의 입구가 통제할 수 없는 쾌감에 흔들려 뻐끔거리는 입처럼 움찔거렸다.

"흐읍!"

인정은 터질 듯이 붉어진 얼굴을 하고도 고집스럽게 입을 다물며 신음을 참고 있었다.

천박해 보이지 않으려는 그녀의 노력은 세왕이 보기에는 얄미운 짓이었다. 그래서 그는 흔들어대던 것을 슬그머니 멈추고 짓누르던 손가락을 떼고 톡톡 건드리기만 했다. 그녀의 눈빛에 일순 실망감이 내비치자 세왕의 입꼬리가 올라갔다.

"여기까지 온 이상 솔직해지자. 너 하고 싶잖아. 나만큼이나 하고 싶어서 미칠 지경인 거 아냐?"

"……."

인정은 대답 대신 입술을 잘근 깨물며 눈길을 피했다.

"눈 피하지 마. 입술 깨물지도 마."

세왕은 그녀가 깨물고 있는 입술을 제가 뺏어 물 듯이 아랫입술을 깨물었다.

"아얏!"

인정이 얼굴을 찌푸리자 입술을 놓아준 세왕이 으스댔다.

"그건 내가 할 거니까."

"헉!"

인정이 놀란 소리를 낸 건 그녀의 엉덩이가 갑자기 시원해졌기 때문이었다. 팬티가 벗겨지고 살이 많은 편인 엉덩이가 해방감에 출렁거렸다.

"벌이야. 못하게 막을 때마다 진도가 빨라질 거야."

그건 거짓말이었다. 세왕은 그저 본능이 이끄는 대로 제가 하고 싶은 대로 하는 것뿐이었다. 그냥 핑계였다. 계획된 진도 같은 게 있을 리가 없었다. 그녀가 저를 굶주린 짐승처럼 취급할까 봐 팬티 속에서 꿈틀대는 불덩이를 꾹 누르고 있었으니까. 이대로 저 혼자 가버릴까 봐 그런 못난 꼴을 보일까 봐 실은 애가 타서 죽을 지경이었다. 당장이라도 손가락을 파묻고 있는 미끈거리는 뜨거운 살 속에 부풀 대로 부풀어 오른 제 기둥을 박아버리고 싶었다.

이제 세왕의 손에 거치적거리는 건 아무것도 없었다. 열기에 들뜬 인정의 몸이 알몸으로 그의 시야에서 꿈틀거리고 있었다. 그녀를 좀 더 적셔야 했다. 간절히 그를 원하도록. 어서 채워달라고 사정하도록. 그는 더욱 집요하게 손가락을 움직였다. 갈라진 틈 사이에서 도드라진 작고 딱딱한 살점이 느껴졌다. 그것을 꾹 누르자 그녀는 엉덩이를 들썩이며 온몸에 힘을 주었다.

"하으읏!"

인정은 그가 계속 그곳을 누르며 진동을 일으키자, 그곳에서부터 발가락 끝까지 혈관을 타고 핏기가 한번에 빠져나가는 듯 격렬한 짜릿함을 느꼈다. 그리고 진동은 계속 퍼져 나가 그 느낌은 끊어지지 않고 쌓여서 뜨거운 물을 샘솟게 했다. 그곳에서 물 같은 것이 흘러나가자 창피해서 참아보려고 애썼지만 참으려고 아래에 꼭 힘을 주어 오므리면 쾌감은 더욱 강렬해져 버렸다.

세왕은 그녀가 제 손가락을 전부 적셔놓자, 그 손가락으로 그녀의 입구를 비집고 들어가기 시작했다.

"아…… 아!"

생각보다 더 그녀의 입구는 좁았다. 그의 굵고 딱딱한 손가락을 쉽게 받아들이지 못하고 속살들이 손가락을 밀어내고 있었다. 세왕은 흥건한 애액을 믿고 힘주어 입구를 찔렀다.

"아흣! 아, 아파!"

인정은 생소한 이물감이 아래를 채우자 너무 뜨겁고 아팠다.

세왕은 겨우 손가락 하나에 이러는 인정을 보고, 설마 하는 의문이 들었다.

"설마…… 처, 처음이야?"

"……!"

황당해하는 세왕의 질문에 인정은 또 자존심이 팍 상해 버렸다. 아까부터 제 몸을 가지고 놀 듯이 맘대로 주무르는 걸 보면 그는 이런 걸 한두 번 해본 솜씨가 아니었다. 물론 남자 나이 그 정도 됐으면 경험이 없는 게 이상하긴 했다. 심지어 여자인 저도, 요즘 같은 세상에 처녀이기 쉽지 않으니 말이다. 하지만 어릴 때부터 쭉 저를 좋아해 왔다고 해놓고서 여태 다른 여자들을 잘도 만나고 다녔다는 게 괘씸했다. 저는 가벼운 연애 경험이 몇 번 있지만, 사실은 그냥 모태솔로나 다름없는데 말이다.

"그, 그래! 처녀다. 어쩔래!"

그러자 세왕은 피식 웃으며 대뜸 인정의 뺨을 쓰다듬었다.

"어쩌긴. 좋지."

"뭐, 뭐?"

"여기. 엄청 조여줄 것 같은데? 내 손가락 물고 있는 걸 보면."

능청스럽게 그녀를 놀리면서 세왕은 마음속으로 비밀 하나를 만들었다.

'사실은 나도 처음이거든.'

하지만 그건 인정에게 말하지 않았다. 말해도 믿지 않을 것 같고, 인정 앞에서는 뭐든 잘하는 것처럼 보이려는 습관이 이번에도 발동한 것이다. 절대 서툴러 보이고 싶지 않았다. 칭찬받고 싶은 아이처럼 세왕은 정성껏 그리고 능숙해 보일 정도로 농염하게 손과 혀를 사용했다.

"나쁜 놈! 흡!"

본의 아니게 저만 순결을 지켜온 것이 억울하고 어쩐지 비웃음을 당한 기분이라 욕을 해주고 싶었던 인정은 제가 하려던 말을 하얗게 잊고 말았다. 세왕의 또 다른 손가락이 그녀의 다리 사이에서 달싹거리는 또 다른 입속을 찔러 들어갔기 때문이다.

"아프다고, 나쁜 놈아!"

"욕하는 거 섹시하다고 한 거 취소해야겠다. 버릇되겠네."

"아, 아파!"

"엄살이야."

말은 그렇게 했지만 그는 조심스러웠다. 손가락 두 개로 입구를 더 벌려보기도 하고, 달래듯이 안쪽 벽을 눌러보기도 했다. 그러다가 그녀가 너무 아파하면 살짝 뒤로 물러나며 저를 물고 있는 입구가 조금이라도 힘이 빠지길 기다렸다.

그러면서 세왕은 그녀의 진짜 입속에 자신의 혀를 넣었다. 그녀의 목소리는 들을 수 없지만 느낄 수 있었다. 바들바들 떠는 그녀의 입술과 긴장으로 경직된 몸이 느껴졌으니까. 그는 그녀를 안심시키려는 듯 그녀의 입속에서 혀를 굴려 간지럼을 태웠다. 귀엽게 움츠러드는 혀를 붙잡으며 참을 수 없는 찌릿함이 관통했다.

남자 나이 31에 동정이라는 건 자랑이 아니었다. 어렵게 사랑하는 사람을 위해 지켜온 게 아니라면 사실 문제가 있다고 봐야 했다. 그리고 세왕은 문제가 있었다. 만나는 어떤 여자와 키스를 해도 짜릿함은커녕 인형에게 하는 키스처럼 무감각했다. 그랬기에 매번 키스에서 여자들에게 차이곤 했다.

'너 나 좋아하긴 하는 거니?'

그녀들도 느낀 것이다. 명철에게 자세히 털어놓지 못했지만 그의 문제는 생각보다 심각했다.

첫 키스를 남자에게 빼앗겨 버린 트라우마 때문에 어쩌면 정말 게이가 될지도 모른다고 생각했다. 이 사실을 알게 되면 명철은 더욱 신이 나서 저한테 들러붙을 게 뻔하기 때문에 당연히 말은 못했지만 속으로는 꽤 오래 고민했었다.

그런데 지금! 자신의 입맞춤에 그의 손놀림에 일일이 신음하고 몸을 뒤트는 여자가 있다! 그것만으로도 흥분되어 미칠 것 같았다. 그런데 그 여자가 항상 제 것으로 만들고 싶었던 인정이라니! 심지어 첫사랑 그녀는 어떤 놈에게도 손 탄 흔적 없이 제가 그 첫 경험을 만들어주고 있었다. 사랑스러워 미칠 것 같았다. 그녀가 경험이 많다 해도 서운하지는 않았을 것이다. 다만 아무에게도 뺏기지 않았다는 게 그녀의 처음을 만들어주는 게 저라는 게 믿기지 않을 만큼 가슴이 벅차올랐다. 그리고 자신의 다리 사이에 있는 그것도 벅차오른 듯했다. 더는 기다릴 수 없을 만큼 딱딱해져서 손가락 두 개만으로도 벅찬 그녀의 속살을 침범할 때가 오고 말았다.

"다리 벌려봐."

"시, 싫어. 그냥 해."

"더 아플 텐데?"

아프다는 말에 겁을 먹은 인정이 소심하게 다리를 조금 벌렸다. 세왕은 못마땅한지 그녀 안에 넣은 손가락 두 개를 벌렸다.

"악!

"그러니까 힘 빼고 다리 벌려봐."

"너무해!"

"엄살쟁이."

마지못해 인정이 다리를 벌려주자, 세왕은 손가락을 빼고 우람하게 솟은 페니스의 머리를 꽃잎처럼 포개진 살집 속에 넣었다. 뜨겁고 촉촉한 것에 파묻힌 자극은 동정남인 그의 허리를 뒤로 젖혀지게 만들기 충분했다. 입구를 쿡쿡 찌르고 문지르자 그녀는 두려움에 움찔거리면서도 또 한 번 왈칵 애액을 쏟아냈다.

"하아. 이건 진짜 아플 거야."

그 말에 잔뜩 긴장한 인정의 아랫배가 수축했다. 세왕은 아랫배를 문질러 주다가 엄지손가락으로 그녀의 클리를 아주 세게 꾹 눌렀다. 그리고 그 순간 그는 그녀의 안으로 들어갔다. 그녀가 쾌감에 헐떡이는 그 순간에.

"아으으읏!"

하악거리던 숨소리가 울음 같은 신음 소리로 바뀌었다.

그가 제 몸을 찢어놓을까 두려웠다. 손가락과는 비교도 할 수 없는 불로 지지는 듯한 아픔이 뱃속을 헤집고 있었다. 그리고 다음은 묵직한 것이 아래를 채워 마치 말뚝이라도 박힌 것처럼 옴짝달싹할 수 없게 되었다.

"으으윽. 흑. 아파."

"나도 아파."

유행 지난 대사가 아니었다. 세왕도 그녀가 저를 너무 꽉 물어서 아팠다. 그녀의 아픔과 비교할 수야 없겠지만, 그렇게 그녀를 위로해 주고 싶었다.

"거짓말……."

"힘 빼. 그러고 있으면 서로 아파."

세왕은 웃으면서 땀에 젖은 그녀의 머리카락을 뒤로 넘겨주었다.

"아니면, 그냥 우리 둘이 계속 이렇게 붙어 있을까?"

그것이 더 두려웠을까. 인정은 눈을 꼭 감고 힘을 빼느라 애썼다. 세왕은 천천히 허리를 앞뒤로 움직였다.

"아! 그, 그러지 마!"

움직이니 더 아픈 것 같아서 그녀는 다급하게 소리를 질렀다.

"이렇게 해야 안 아파."

"거, 거짓말! 너만 좋은 거지?"

"아니. 너도 좋아질 거야."

눈물이 글썽히게 매달린 인정의 얼굴은 아직도 앳돼 보였다.

"누가 너를 서른한 살이라고 생각할까?"

"아직도 처녀라고 놀리는 거야?"

"아니. 귀여워서."

"뭐?"

세왕의 얼굴이 바싹 다가오자 인정은 눈을 질끈 감았다. 세왕은 그녀의 눈꺼풀 위에 입을 맞추었다.

"나 지금 미칠 것 같아. 이렇게 흥분하긴 처음이야. 내가 느끼는 걸 너도 느꼈으면 좋겠어. 그러니까 조금만 참아봐."

가까이에서 속삭이는 세왕의 목소리는 여태 그녀가 들은 중 최고로 섹시한 저음이었다. 다리 사이가 또다시 젖어들며 조금 아픔이 가시는 것 같았다.

인정은 홀린 듯이 고개를 끄덕였다.

"하읏."

그가 움직이기 시작했다. 처음엔 천천히 시작된 움직임이 점점 깊고 빨라졌다. 까슬한 검은 숲이 하나로 합쳐졌다가 멀어지곤 했다. 배 아래를 부딪칠 만큼 그의 남성이 그녀 안으로 깊숙이 파고들자, 인정은 참지 못하고 주룩 눈물을 흘렸다. 그냥 아파서만은 아니었다. 찢어지고 배가 갈라지는 것 같던 아픔은 그냥 뜨겁고 묵직한 아픔으로 바뀌었다. 그리고 그것마저도 점점 쾌감 속에 녹아들어 자신이 아파서 우는 건지, 너무 좋아서 우는 건지 알 수 없게 돼버렸다. 그런데 어느 순간 그가 빠져나갔다. 아래가 허전함을 느낀 인정은 몽롱한 눈을 들어 왜냐고 물었다.

"나 위험했어."

'아!'

성급하고 대책 없는 자신들의 실수를 뒤늦게 깨달았지만 여기서 멈출 수는 없었다.

세왕은 그녀가 실망하기 전에 이미 손가락을 넣었다. 처음보다 아주 쉽게 들어갔지만 그래도 조임은 비슷했다.

"꽉 물어봐."

인정은 시키는 대로 힘을 꼭 주었다. 그가 그냥 넣은 것과 달리, 스스로 그를 물고 있는 느낌은 또 달랐다. 그의 손가락은 그의 페니스보다 더 거침없이 그녀의 안으로 들락거렸다. 밀고 들어올 때마다 저릿한 느낌을 놓칠세라 인정은 더욱 힘을 주며 그와 하나가 되었다.

"하악. 으응……. 하으응!"

자신이 내는 소리라고 믿기 힘든 비음이 연신 터져 나왔다. 발가락, 손가락, 머리카락 한 올 한 올 전부 제 것이 아닌 것 같았다.

뱃속 여기저기서 마구 쏘아지는 불꽃같은 쾌감들이 마침내 그가 아주 강하게 당겨 쏘아 올린 마지막에 집중됐다. 커다랗고 뜨거운 불꽃이 그녀의 아래를 채우고도 흘러넘쳐 그녀 전부를 녹여버렸다. 머리부터 발끝까지 들썩거리며 잠시나마 중력에서 벗어난 해방감을 만끽했다.

"하아. 하아아……."

무겁게 허리를 내려놓고 그녀는 숨을 고르며 눈을 깜빡였다. 조금씩 몽롱한 정신이 돌아오자 불현듯 생각나는 게 있어 그를 돌아보았다.

"너, 너는?"

세왕은 씁쓸하게 웃어 보였다.

"너 느낄 때 나도 같이 갔어."

"……."

"하아. 좋다. 너랑 이런 야한 짓도 해보고. 진짜 좋다."

인정은 뭐라 대답해야 할지 몰라 손가락만 꼼지락거렸다. 그동안 그를 오해했던 게 미안하고, 저를 좋아해 준 게 고마웠지만 선뜻 말이 나오지 않았다. 그나마 세왕은 솔직한데, 저는 아직 그러지 못한 것도 열등감 때문인 것 같았다. 항상 더 잘난 사람이 여유로운 법이니까.

"나…… 씻어야겠어."

"있어봐. 내가 닦아줄게."

"응? 아, 아니. 그러지 않아도 돼."

"너 지금 일어나기도 힘들걸?"

"……."

그건 그랬다. 해묵은 성욕들이 한번에 휩쓸고 지나가고 이제는 아랫배도, 다리 사이도 욱신거리는 아픔만 남았다.

세왕은 제집처럼 방을 뒤져 수건을 적셔왔다. 반듯하게 접은 수건으로 그녀의 얼굴을 닦아주었다.

"너 예뻐졌다."

"……또, 똑같아."

살도 빠졌고, 요즘은 사람들을 많이 만나면서 관리도 했다. 예뻐진 게 맞지만 인정은 아니라고 잡아뗐다.

"음. 한 시간 전보다 예뻐졌어. 거울 보여줄까?"

"뭐? 한 시간?"

"그쯤 되지 않았을까? 너 지금 굉장히 섹시해."

두근. 두근. 심장 고동이 가슴을 닦아주는 그의 손길에 느껴질까 봐 걱정이었다. 겨드랑이, 손, 그리고…….

"거, 거긴 내가 할게."

"뭐 이미 다 봤는데. 사실 여섯 살 때 다 봤잖아."

"농담 아니야…… 거긴 좀."

"싫어. 나 이쪽이랑 친하게 지내야 하거든."

세왕은 그녀의 다리를 벌리고 그 사이에 앉았다.

"훗."

땀인지 애액인지 모를 액체 사이로 붉은빛이 섞여 있었다. 세왕은 조금도 거리낌 없이 그녀의 음부를 깨끗이 닦아주었다.

하지만 인정은 태연할 수 없었다. 그가 그곳을 닦아줄 때마다 움찔움찔하며 또 한 번 느끼는 제 몸을 단속해야 했기 때문이다.

"자, 이제 돌아누워 봐."

"응?"

"엎드리라고."

"아, 아니. 이제 됐어. 내가 한다니까."

"어서."

이럴 때는 어릴 때와 같았다. 세왕이 작정하고 인정을 곤란하게 만들면 그녀는 꼼짝없이 당했었다. 결국 그녀는 쭈뼛거리면서 엎드렸다. 앉아 있는 직업 탓에 가뜩이나 엉덩이에 살이 많은 게 그녀의 콤플렉스였다. 큰 엉덩이를 그에게 보란 듯이 내보이는 게 수치스러웠다. 그런데 해보고 싶은 건 무슨 마음이란 말인가.

세왕은 또 다른 수건으로 그녀의 목덜미를 닦으며 내려왔다. 인정은 피부가 흰 편이었다. 어릴 때도 그랬는데, 햇볕을 자주 못 봤는지 더 하얘진 것 같았다. 허리가 썩 날씬한 편은 아니었지만 곧게 뻗은 등을 따라 내려오면 도드라진 엉덩이가 그에게 말을 거는 것 같았다.

'여기에 네 걸 꽂아줘.'

그런 저급한 망상을 애써 무시하면서도 그녀의 엉덩이를 벌렸다.

"헉!"

"놀라기는."

세왕은 놀라서 들썩이는 엉덩이를 손끝으로 가볍게 찰싹 때려주고는 담담하게 벌어진 엉덩이 틈을 깨끗이 닦았다. 그런데 이상했다. 조금 더 내려와 그녀의 음부를 향하자, 수건의 물기보다 많은 물기가 남아 있었다. 정확하게는 고여 있는 것처럼 그가 닦아줄 때마다 물이 흘러나왔다.

"너……."

"그러니까 하지 말라고 했잖아!"

팔베개를 하고 엎드려 있던 인정은 울먹거리는 목소리로 소리쳤다.

세왕은 크게 웃었다.

"오늘따라 왜 이렇게 귀엽냐?"

수건은 던져 버렸다. 아직 닦아줄 때가 아니었다. 저도 그녀도 이렇게 마음이 맞은 날이 얼마 만인가. 세왕은 인정의 몸을 바로 눕히고는 대뜸 그녀의 무릎을 세웠다.

"뭐, 뭐 해?"

"걔랑 친하게 지낸다고 했잖아."

"무, 무슨 짓을 하려고?"

"야한 짓. 넌 무릎 잡고 있어."

"그게 무슨 말인데?"

세왕은 알아듣지 못하는 인정의 손을 직접 잡아서 세운 무릎 뒤로 손을 돌려 스스로 몸 쪽으로 당기게 만들었다.

"야! 너무하잖아!"

말로만 듣던 산부인과 포즈에 인정은 펄쩍 뛰며 손을 놓았다. 그러나 다리는 내려놓지 못했다. 세왕이 그녀의 다리를 붙잡고 있었기 때문이었다. 활짝 벌어진 다리 사이에 움찔거리는 음부가 여과 없이 보여졌다.

"이쪽은 괜찮다고 하는데?"

"아냐!"

"아니. 먹어달라고 하잖아."

"미쳤…… 헉!"

인정은 그가 얼굴을 그곳으로 들이밀자 깜짝 놀랐다. 설마설마했는데, 촉촉하고 말캉한 것이 닿았다.

"이, 이세왕! 흡!"

세왕은 대답할 수 없었다. 그의 혀는 말하기보다 그녀를 핥는 것에 더 집중하고 있었다.

"아흑!"

딱딱한 손가락과는 전혀 다른 느낌이었다. 혀는 유연하게 그녀의 구석을 간질였고, 그러면서도 힘 있게 찔렀다. 벌겋게 부어오른 클리는 문지르는 혀로 인해 더욱 부풀었다.

"하…… 으윽!"

인정은 계속 자지러지는 소리를 내다가 어느 순간부터는 스스로 다리를 부여잡고 들어 올렸다. 더 해줬으면 좋겠다는 생각뿐이었다. 더 깊이 더 끈적하게 해줬으면 하고 엉덩이에 힘을 주었다. 특히 그가 입구 주변을 둥글게 문지를 때는 애가 타서 엉덩이를 씰룩거렸다.

혀가 불쑥 들어가고 혀끝이 내벽을 긁어대며 그녀를 몸서리치게 만들었다.

'좋아. 하나도 안 아파. 너무 좋아!'

부들부들 인정의 전신이 떨렸다. 또 한 번의 절정을 맛본 그녀의 귓가에 세왕의 목소리가 들렸다.

"벌써 지치면 곤란하지."

인정이 눈을 뜬 곳은 폭신한 침대 위에서였다. 이사 온 지 얼마 되지 않아 아직 낯설지만, 눈에 보이는 풍경은 확실히 제 방 천장이 맞았다. 눈을 돌리자 아직 정리하지 못한 짐들이 어지럽게 널려 있는 것도 똑같았다.

그런데 기분이 다르다.

몸은 천근처럼 무거운데 묘하게 가슴이 후련해진 기분. 잠이 덜 깬 건지 아직도 온몸이 공중에 붕 뜬 듯 몽롱하다. 천천히 옆으로 고개를 돌린 인정은 가슴속 심장이 쿵 떨어지는 기분에 전율하며 눈을 크게 떴다.

'이세왕!'

정신이 번쩍 든다. 곤히 잠이 든 남자의 얼굴을 정면으로 마주한 순간, 모든 게 생각났다. 어젯밤 무슨 일이 있었는지, 아니, 어젯밤이라고 할 것도 없다. 불과 몇 시간 전까지만 해도 바닥에서, 욕실에서, 그리고 침대 위에서 자리를 옮겨가며 서로의 몸을 기쁘게 받아들이지 않았던가.

'미쳤어. 미쳤어!'

후다닥 몸을 일으키려다 벌거벗은 제 모습을 발견한 인정은 저도 모르게 이불을 확 끌고 와 제 몸을 둘러쌌다. 그 바람에 당연하게도 아무것도 입고 있지 않은 세왕의 몸이 고스란히 드러났다.

아, 어젯밤엔 정말 제정신이 아니었던 게 분명하다. 저 몸이 이제야 눈에 들어오는 걸 보면.

어릴 때도 꽤 몸이 좋았는데, 지금은 과하지 않게 딱 보기 좋은 멋진 근육들이 자리 잡혀 있었다. 그리고 본의 아니게 건강한 남자의 아침답게 검은 숲이 무성한 곳에 우람하게 솟아 있는 기둥까지 확인해 버린 인정이 후다닥 고개를 돌려 버렸다.

누드크로키 시간에 자주 봤던 남자의 그것인데도, 이게 세왕의 것이라고 생각하니 부끄러워 제대로 쳐다볼 수가 없었다.

'그런데 저 녀석은 어제 날 그렇게 가까이서 봤단 말이지. 아니, 보기만 했게?'

물론 저도 어젯밤 그의 페니스에 쌓인 욕구를 풀어주기 위해 제 손으로 직접 그것을 만졌다. 어제는 확실히 제정신이 아니었던 것이다. 이제 더 이상 세왕의 몸에 여섯 살의 앙증맞은 고추를 겹쳐 보는 일이 없을 것 같았다. 대신에 머릿속이 아주 음란해질 것 같은 불길한 생각이 들었다.

"으…… 음."

때마침 세왕이 뒤척이며 눈을 떴다.

"음……. 왜 벌써 일어나 있어?"

그는 완전히 잠긴 목소리로 물었는데, 그게 또 굉장히 울림 있는 저음이라 괜히 인정의 가슴을 설레게 만들었다.

"나, 나, 나 나가봐야 해."

"아직 여섯 신데?"

"준비할 게 많아."

"그래? 그럼…… 나 커피 한잔만."

"시간 없어. 빨리 가."

"아직 시간 있잖아."

"난 없어! 어서 가! 어서!"

인정은 서둘러 세왕을 침대에서 쫓아냈다. 분위기에 휩쓸려 과감하고 무모한 짓을 저질렀지만 정신이 들고 보니 민망해서 그를 쳐다볼 수가 없었다.

투덜거리며 주섬주섬 옷을 주워 입은 세왕은 그녀가 왜 그렇게 저를 나가라고 하는지 알 것 같아 피식 웃고 말았다. 이불 밖으로 나오지도 못하는 꼴을 보니, 어젯밤 일들이 생생하게 기억나는 모양이었다.

"하여간 귀엽다니까. 나, 간다. 오늘 저녁 같이 먹자."

"모, 몰라!"

"기다린다."

"모른다고!"

끝내 제 말을 무시하고 멋대로 약속을 잡은 세왕이 상큼하게 웃으며 사라진 후에야, 인정은 열이 오르는 얼굴에 부채질을 하며 몸을 일으켰다. 어찌나 긴장했는지 바짝 마른 목을 축이러 나설 참이었다.

"엇!"

그런데 일어나는 순간 그녀는 비틀거리며 쓰러졌다. 머리가 어질어질하고 눈앞이 새까매졌다. 이제 보니 얼굴에 나는 열은 진짜 열이었다. 가뜩이나 피곤한 몸이었는데 어젯밤 긴장으로 경직된 채 격하게 움직였으니 몸살이 날 만도 했다.

"아…… 안 되겠어. 도저히……."

오늘 회사는 무리였다.

핸드폰을 집어 든 인정은 죽어가는 목소리로 통화를 시도했다. 당연하게도 저편에서 욕설이 들려왔지만 도저히 지금 상태로 움직이는 건 불가능했기에 감내할 수밖에 없었다.

그리고 약 두 시간 후.

"쯧쯧. 그러게 왜 이사를 이렇게 무리해서 해. 좀 한가할 때 휴가 내서 하지."

현관문 앞에서 미술 감독님을 배웅하며 인정은 쩔쩔매고 있었다.

"하루라도 빨리 옮기고 싶었다고요."

"말하지 마. 목소리 다 잠겼다."

인정은 대답 대신 고개를 끄덕였다. 오늘 꼭 회사에 내야 할 원본 자료들이 있었는데, 스캔을 못 한 스크랩 파일들을 가지러 감독님이 직접 와주신 것이다. 물론 이런 일은 감독님의 인간성이 크게 대인배가 아니고서야 절대 일어나지 않는 일이다.

운이 좋다고 해야 할까.

감독님의 와이프는 인정의 대학 선배이자, 그녀를 이 길로 인도해 준 사람이었다. 오늘 인정이 아파서 못 나가겠다는 말에 죽을 끓여서 감독에게 안기고는 겸사겸사 갖다 주라고 한 것이다. 공처가인 감독님은 여기 와서 욕을 할지언정 와이프의 명령을 어기지 못했다.

"살다 살다 내가 팀원 죽 배달까지 하게 될 줄 몰랐다. 이게 무슨 꼴이냐. 너 인마, 아픈 것도 실력이야. 몸 관리 똑바로 해.”

감독이 손가락으로 그녀의 이마를 꾹 누르자, 인정은 삐죽거리며 대답했다.

“예…….”

“죽 잘 챙겨 먹고.”

“그럴게요.”

“그리고 집 꼴이 이게 뭐냐. 아무리 아파도 그렇지 좀!”

“치우려고 했는데…….”

감독은 인정이 묶어둔 쓰레기봉투 하나를 집어 들고 나가며 투덜거렸다.

“변명은! 이건 내가 가는 길에 버려줄 테니까 몸 좀 괜찮아지면 청소부터 해. 이런 데서 자니까 아프지.”

“아니에요. 아파서 못 치운 거라니까요.”

배시시 웃으며 하는 말에 감독은 혀를 찼다.

아무래도 저 물건은 정신을 차리려면 멀었지 싶다.

명철은 콧노래를 흥얼거리며 출근 준비를 하는 세왕을 수상한 눈으로 바라보았다. 새벽녘에 들어온 주제에 뻐근한 표정으로 아침 내내 히죽거리는데 눈치채지 못할 리가 없었다.

“섹스했냐?”

“풉!”

따뜻한 모닝커피 한 모금이 참사를 일으켰다. 입에서 뿜어져 나온 커피는 세왕의 와이셔츠와 식탁을 적셔놓았다.

"에이 씨! 다시 갈아입어야 하잖아!"

"했네. 밤새 격정적인 대화만 오고 간 게 아니라 격정적인 스포츠도 했네. 대화 빼고 그것만 했을 수도 있고."

"그래. 했다! 했으니까 너 나가."

"뭐?"

"약속 잊었어? 내가 침대로 데려올 여자가 생기면 나가주기로 한 거."

"그게 무슨 약속이야! 일방적인 통보지!"

"부정한 적도 없잖아. 내가 못 데려올 거라고 장담했지."

"아직 데려온 건 아니잖아!"

"오늘 밤에 데려올게. 그럼 됐지?"

"너 이……. 어우! 말을 말자. 매정한 새끼."

투덜거리는 명철의 욕설을 뒤로하고 세왕은 옷을 갈아입고 나갔다.

엘리베이터 앞으로 가려던 세왕은 출근길에 나인을 만나러 가기로 했다. 방향이 같으면 제가 태워주면 되니, 일거양득이 아닌가. 게다가 이렇게 이른 아침 그녀를 만나러 가니 학교 다닐 때 함께 등교하던 때로 돌아간 기분이었다.

단 하루 만에 묵은 감정들을 털어내고 그토록 원하던 나인정을 얻었다. 밤새 그녀의 몸을 짓뭉개며 말보다 더 진하고 격렬한 몸의 대화로 제 진심을 전했다.

게다가 아무리 몸매 좋고 예쁜 여자를 만나도 시큰둥하던 몸이 그렇게 갑작스럽게 타오를 줄이야! 저는 신체 건장한 노멀 남자라는 걸 완벽하게 확인했던 순간이었다. 생각해 보면 명철의 말이 맞았다. 역시, 나인정이 아니면 안 되는 거였다. 나인정을 기다리느라 본의 아니게 몸이 제멋대로 수절을 자청했던 거지. 그러니 묵은 욕망이 폭풍처럼 휘몰아칠 수밖에. 지극히 난해했던 문제를 말끔히 풀어낸 듯한 개운함에 그의 발걸음이 점점 가벼워졌다.

그런데 반쯤 내려간 계단에서 세왕의 발이 멈칫했다. 나인의 집에서 문이 열리면서 웬 남자가 나오는 게 보였다.

배시시 웃으며 다정하게 대화를 나누는 두 사람은 마치 오래 사귄 연인처럼 흐뭇한 광경을 연출하고 있었다. 지켜보던 세왕의 눈에 불꽃이 튀었다.

'김나인이 지금 애교 부리고 있는 거야?'

그랬다. 그녀는 입을 삐죽거리며 비음 섞인 투정으로 상대 남자에게 매달리고 있었다. 그리고 그 남자의 손에는 익숙한 듯이 그녀 집 쓰레기봉투가 들려 있었다. 적어도 2년 이상 같이 산 사람처럼 두 사람은 다정해 보였다.

'설마 아침부터 저러려고 날 쫓아낸 거였어? 하!'

이제 남자가 나인의 이마를 손가락으로 쿡 누르며 어른스럽게 나무라자 나인이 배시시 웃으며 혀를 쏙 내밀고 있었다.

'김나인 너! 아니야. 이건 내가 너무 오바한 거야. 아무 사이도 아닐 거야. 친한 오빠겠지. 아니, 그러니까 왜 김나인은 잘난 오빠들한테 약한 거냐고!'

부글부글 끓는 속을 간신히 가라앉히며 지켜보는 사이, 인사를 끝낸 남자가 몸을 돌렸고 인정은 현관문을 닫았다. 세왕은 자연스럽게 남자의 뒤를 밟았다. 별다른 생각은 없었다. 그냥 좀, 자세히 얼굴이라도 보고 뭐 하는 자식인지 확인이라도 해보고 싶은 생각이었다. 묘한 경계심으로 신경이 바짝 곤두선 채 앞선 남자의 뒷모습을 바라보던 세왕의 눈빛이 점점 심각해졌다.

곁을 스칠 때 확인했지만, 남자는 키도 컸고 잘생긴 편이었다. 손에 든 쓰레기를 버리는 모습에도 뭔지 모를 여유와 익숙함이 배인 것이 상당히 어른스러운 느낌이었다. 그리고 그가 올라탄 단정하고 실용적인 SUV를 확인하고 나니 더욱 불안해졌다.

그야말로 현실적인 어른이 아닌가.

'딱 나인정이 좋아하는 스타일이잖아!'

어릴 때부터 인정은 저보다 네다섯 살 많은 남자를 좋아했다. 든든하고 의젓해 의지할 수 있는 사람을.

세왕은 그녀 집에서 나온 쓰레기 봉지로 눈을 돌렸다. 쓰레기 버리는 모습까지 뭔가 압도적으로 보이는 남자라니! 패배한 느낌이 드는 찰나였다. 조금 찢어진 쓰레기 봉지 틈으로 뭔가 낯익은 것이 보였다.

설마, 하는 생각이었다. 그런데 발걸음은 절로 그리로 옮겨갔다. 그리고 그것의 정체를 확인한 세왕의 표정이 딱딱하게 굳었다.

'이거 내가 선물했던 붓 케이스랑 똑같은 건데?'

꽤 고가의 붓이라 나인이 그걸 또 샀을 것 같지는 않았다. 혹시나 하고 마저 봉지를 풀어 케이스를 꺼냈다. 그리고 안을 열어본 세왕의 얼굴은 딱딱하게 굳어버렸다.

'아예 쓰지도 않았네.'

붓은 새것이었다. 그러나 케이스는 빛이 바래 있었다.

'내가 선물한 그 붓이 확실해.'

단 한 번도 쓰지 않고 간수했다면 감동이었을지도 모른다. 비록 써달라고 산 것이지만 그래도 나름 아까워서 쓰지 못했거니 생각했을 테니까.

그런데 이건 마치 있는지도 모르고 안 쓰고 있다가 이사를 하고 나서야 발견하곤 냅다 버린 기색이 역력한 물건이었다. 그것을 확신한 순간 머리가 핑하고 울렸다.

한 번도 쓰지 않은 고가의 붓을 버리다니. 그것도 아직 미술에 종사하고 있는 사람이.

"하…… 어젯밤 나하고 그래 놓고 오늘 이걸 버려? 그것도 다른 남자 손에 들려줘서?"

대체 무슨 의미일까. 이런저런 가능성을 떠올리는 머릿속이 점점 복잡해졌다.

한번 놀아보니 도저히 꽝이었던 걸까? 처음부터 남자가 있으면서 저를 갖고 놀아본 걸까? 설마 이걸 복수랍시고 하는 걸까? 저를 내쫓다시피 했던 건 수줍어서가 아니라 진심이었을까?

하필이면 아침 출근길부터 이런 꼴이나 볼 줄이야.

방금 전까지 꿈처럼 날아오르던 기분이 급추락하는 것도 순식간이었다.

죽 그릇을 싹 비운 인정은 침대 속으로 들어가 몸을 부르르 떨었다. 이불 속으로 들어오니 아직도 어젯밤의 기억이 선명하게 되살아났다. 아직 남아 있는 여운이 무리로 인한 몸살로 떨리는 몸을 더 괴롭히고 호흡곤란을 일으켰지만 기분만은 좋았다. 양 볼을 시뻘겋게 물들이고 애써 잠을 청해보는데, 자꾸 입술이 씰룩거렸다.

'이세왕이랑 내가……. 아, 창피해! 왜 자꾸 떠오르는 거야!'

이불을 걷어차며 어젯밤 생각을 지워 버리려던 찰나, 인정은 다리를 휘감은 이불을 아예 박차고 벌떡 일어났다.

"맞다! 붓!"

세왕이가 선물했던 붓!

처음에는 아까워서 쓰지 못했고, 키스 사건 후에는 그가 미워서 꺼내보지도 않았었다. 게다가 영영 만날 일 없을 거라고 쓰레기 봉지로 버리지 않았던가!

"헉! 맞다. 아까 감독님이 가져가셨잖아!"

그걸 왜 이제야 생각하냐고!

머릿속이 아찔해진 인정은 아픈 것도 잊고 외투만 걸친 채 부리나케 달려나갔다. 그리고는 쓰레기장을 샅샅이 뒤졌다.

"어! 이거다!"

마침내 익숙한 물건들이 보이는 쓰레기 봉지를 찾아낸 인정이 잽싸게 묶인 매듭을 풀어냈다. 그런데 이상한 일이었다. 한참을 찾았지만 주변에도 그 봉지에도 기다란 붓 케이스는 나타나지 않았다.

대체 왜 그것만 없어진 걸까.

혹시 다른 곳에 버린 건가, 생각했지만 혼자 사는 집구석에서 그럴 가능성이란 제로에 가깝지 않은가. 분명 이 봉투에 넣었을 텐데. 묘하게 찜찜하고 아까운 마음에 터덜거리며 1층의 로비로 들어섰을 때였다. 엘리베이터가 내려오고 있었다.

그리고 문이 열리자마자 인정은 눈을 동그랗게 뜨고 주춤거렸다.

"오! 나인정!"

십수 년간의 공백이 하나도 어색하지 않은 걸까. 명철은 바로 어제 만난 사람처럼 반갑게 그녀를 불렀다. 하지만 인정은 그가 반갑지 않았다. 친구라고 믿었고, 어쩌면 저를 좋아하고 있다고 생각했던 만큼 저를 이용한 명철이 괘씸했다. 세왕은 피해자라 쳐도 명철이만큼은 용서해 주고 싶지 않았다.

"오랜만이네."

전혀 반갑지 않은 티가 풀풀 나는 형식적이고 딱딱한 인사. 감정이라고는 없는 목소리였다. 지은 죄를 잘 알고 있는 명철은 반갑게 내민 손을 호주머니로 넣고 피식 멋쩍은 미소를 지었다.

"우리 참 웃긴다. 어떻게 이렇게 만나냐? 타이밍 끝내준다. 그지?"

"그러게."

건성으로 대꾸한 인정이 그대로 그를 지나쳐 엘리베이터에 올랐다. 더 이야기하고 싶지 않다는 뜻을 충분히 드러낸 것 같은데 명철은 문이 닫히려는 순간, 갑자기 돌아서더니 열림 버튼을 누르며 엘리베이터를 붙들었다.

"뭐야? 추워. 문 닫아."

쌀쌀맞은 인정의 말에도 명철은 빙글빙글 웃으며 미묘한 표정을 지어 보였다. 왠지 가늘게 뜬 눈으로 능글맞게 그녀를 살피는 눈빛이 심상치 않다, 생각한 찰나.

"너네 둘이 했지?"

한다는 소리하곤.

"뭐, 뭘?"

"왜 말을 더듬어? 뭐 죄졌어?"

"문이나 닫아."

"너 예뻐졌다."

"너한테 별로 듣고 싶지 않은 말이네."

"왜 게이가 해주는 칭찬은 별로 안 끌려?"

인정은 대답 대신 눈에 잔뜩 힘을 주고 명철을 노려봤다. 그의 입가에 뭔지 모를 조소가 어려 있었다.

"너무 그러지 마라. 나는 죽었다 깨어나도 이세왕이랑 섹스는 못하니까."

"야! 조용히 안 해!"

"세왕이 어때? 그 새끼가 맨날 나더러 발정난 개라고 하는데, 어땠어? 자기는 그렇게 점잖던가?"

"하……."

무슨 말 같지도 않은 소린지.

더는 대꾸도 하고 싶지 않아 인정은 고개를 홱 돌리며 팔짱을 꼈다. 그런데.

"나인정. 네가 이겼다."

끝내 튀어나온 말에 인정의 시선이 다시 그를 향했다.

"이겨?"

"나한테 화 많이 났잖아. 이세왕 쫓아다니느라 너한테 접근했을 거라고 생각하고 있지?"

"아니야?"

"맞아."

"하……!"

"그러니까 네가 이겼다고. 내가 어린 맘에 게이라도 원하는 남자 맘먹으면 가질 수 있을 줄 알았는데, 우린 종이 다르더라고. 애초에 시도조차 안 했어야 했는데, 너 같은 것보다는 내가 더 나을 줄 알았지."

"너 지금 혹시 나한테 화풀이하니?"

"그런 거지. 엄청 배알 꼴리거든. 내가 못 가져도 다른 년도 못 가지면 그런 대로 옆에 있을 만했는데……."

"어이없어."

"큭. 갈게. 꼴 보니까 안 하던 짓 해서 몸살 난 모양인데 미역국이라도 먹고 푹 쉬어라."

기막혀하는 그녀의 앞에서 명철은 끝까지 사과 한번 없이 빈정거리다 돌아섰다. 그 순간, 불현듯이 떠오르는 생각이 있었다.

"자, 잠깐!"

"왜?"

인정은 저도 모르게 엘리베이터를 나와 명철을 불러 세웠다. 갑자기 뭔가 불길한 생각이 들었다. 딱 꼬집어낼 순 없지만 이상하게 뭔가 가슴 한 켠에 걸리는 느낌. 아니, 세왕을 다시 만난 지 고작 하루 만에 이런 일로 전개가 되는 것부터가 어쩌면…….

"저기, 너희 둘 어쩌다가…… 같이 살게 된 거야?"

"그때 그 크리스마스 파티 이후로, 멘붕에 빠진 너 없는 동안 꽤 친해졌지."

"네가 들러붙은 건 아니고?"

"질투하냐? 역시 그렇구나. 싫다고 하면서도 너 예전부터 세왕이 좋아했잖아. 내숭 떠는 게 귀여웠는데, 이젠 그럴 나이도 아니고, 우연히 민난 세왕이랑 오해도 풀고 섹스도 해봤겠다. 이제 더 욕심이 나지?"

명철의 진지하지 못한 대답이 이어지자, 인정은 더 이상 참지 못하고 날카롭게 쏘아붙였다.

"내가 왜 이런 얘길 들어야 해? 난 너한테 그날 일 사과도 못 받았어. 친구라고 생각했는데, 나한테 미안하지도 않아? 네가 게이든 아니든, 나한테 넌 그냥 친구야. 근데 넌 나를 배신했어. 아주 치사하고 나쁜 방법으로. 그리고 덕분에 난 절친이었던 세왕이도 잃었었다고. 지금 나한테 따질 게 아니라 사과해야 할 때 아니야?"

"내가 너 때문에 쫓겨나게 생겼으니까. 이 추운 날."

"그거야 세왕이가 널 싫어하니까 그런 거지, 그게 왜 나 때문이야? 내가 널 쫓아냈다는 거야?"

"언제든지 여자친구를 침대로 데려오면 내가 나가겠다고 했거든. 이렇게 빨리 될 줄 몰랐는데. 에잇."

순간 인정의 머릿속이 멍해졌다. 무슨 말을 들은 거지. 아니, 그게 제가 해석한 뜻이 맞는 건가?

"그, 그게 무슨 말이야?"

"그 자식이 날 하도 내쫓고 싶어해서 말이지. 침대를 같이 쓰는 여자가 생기면 나가주겠다고 했더니, 이렇게 행동이 빠르네. 너희 둘이 설마 서로 화해하고 나서 나 쫓아내려고 작정한 거 아냐?"

이게 무슨 소리란 말인가. 발밑이 푹 꺼지는 느낌에 인정은 소리 없이 전율했다.

가슴이 철렁하고 눈앞이 깜깜해졌다. 제가 좋다고 귀엽다고 섹시하다고 속삭였던 말들은 다 뭐였단 말인가. 내기에서 이기기 위한 거짓말? 아니, 처음부터 명철이를 내쫓기 위해서 저를 이용한 것뿐?

"세왕이가 오늘 밤에 너 데려온다고 호언장담하던데, 좀 비싸게 굴지 그랬냐?"

"입 안 닥쳐! 그런 거 아냐!"

벌컥 소리를 지른 순간, 때마침 로비로 돌아온 엘리베이터 안에서 몇 명의 사람들이 내렸다. 인정은 그대로 몸을 돌려 엘리베이터로 뛰어들었다. 다급하게 문을 닫는 손가락과 꼭 다문 입술이 부들부들 떨렸다.

그렇게 문이 닫히자마자 쿵쾅거리는 심장에 손을 얹고 거울에 비친 자신의 얼굴을 쳐다보았다. 부끄럽고 한심해서 안절부절못하는 얼굴을. 아주 못나 보이는 얼굴이었다.

'그러니까…… 나, 나 아니라 어떤 여자라도…… 누구든 지……. 그런 거였어?'

그것도 모르고 저는 가슴이 터질 듯이 설레서. 그가 준 선물이 그냥 버려지는 게 안타까워서, 이 추위에 쓰레기통까지 뒤졌다.

부끄러웠다. 무턱대고 가벼운 말을 믿은 것이.

자존심 상했다. 기다렸다는 듯이 그를 용서하고 받아들인 것이.

이렇게 다시 만났는데, 또다시 이용만 당한 것이 치가 떨렸다. 이 배신감은 고3 크리스마스 때와 비교가 되지 않았다. 키스와 섹스라는 육체관계의 차이 때문만은 아니었다. 인정은 그와의 섹스에서 몸만 내줬던 게 아니었으니까.

그의 품에 안기고 그를 품에 안으며 얼마나 행복했던가. 얼마나 뜨겁게 서로를 느꼈던가. 그와 나누었던 즐거움이 한순간에 싸늘한 배신과 상처로 돌아왔다.

"나, 나쁜 놈."

이마에 오른 열이 더 심해졌다.

인정은 집에 들어오자마자 이불 속에 들어가 펑펑 울었다. 추웠다가 뜨거웠다가. 하루 사이에 바뀐 변덕스러운 그녀의 기분처럼 그녀의 몸도 그랬다. 끙끙 앓는 소리가 흐느낌으로 바뀌고 어느 순간 기절한 듯 조용해졌다. 잠이 들었지만, 나쁜 꿈이 계속돼서 꼭 감은 눈에서 눈물방울이 떨어졌다.

고슴도치 딜레마

"그러고 보니까 고슴도치는 어떻게 짝짓기를 할까?"

"어떻게든 하겠지?"

"아파도 붙어 있을 만큼 좋거나, 아픈 걸 모를 만큼 좋거나 그런 걸까?"

한창 성적 호기심이 왕성한 어느 날 예빈이가 나에게 묻고 저 혼자 대답했다.

"웬 고슴도치?"

"신기하잖아. 등에 가시가 잔뜩 돋아나 있는데 서로 찌르면서 짝짓기를 한다는 게."

"설마. 가시가 털처럼 눕겠지."

"흥분하면 머리카락이 바짝 선대. 가시도 그렇지 않을까?"

예빈이의 재치 있는 상상에 우리 둘은 배를 잡고 웃었다.

그때 나는 민망하게도 세왕이와 나를 떠올리고는 웃는 척 눈물을 훔쳤다.

꼭 우리가 가까워질 수 없는 고슴도치 같아서.

고슴도치 딜레마. 우리는 용기 없는 겁쟁이 못난이들이었다.

5. 가시 세우기

익숙한 전화벨 소리가 계속 울리고 있었다. 눈을 떠야 할 것 같은데 눈을 뜬다는 게 비현실적인 일처럼 눈꺼풀을 들어 올릴 의지조차 없었다. 어둠 속에서 인정은 점점 커지는 전화벨 소리를 붙잡고 힘겹게 눈을 떴다.

'아침?'

생각보다 밖이 환했다. 시간이 얼마나 지났는지, 오늘인지, 내일이 된 건지, 정신이 하나도 없었다. 힘겹게 협탁으로 손을 뻗어 핸드폰을 잡았다.

여보세요. 목소리가 나와야 하는데, 그게 어려웠다.

[여보세요? 너 목소리가 왜 그래?]

자신이 듣기에도 목소리는 너무 묵직하고 거칠고 알아듣기 힘들었다. 다행인 건 누구 목소린지는 알 것 같았다. 그리고 실망했다. 이 와중에도 그녀는 혹시 세왕이 전화라도 해주지 않을까 기대하고 있었던 것이다.

"감독님⋯⋯."

[아직도 아파? 정신 좀 차려봐.]

"저⋯⋯ 아파 죽겠⋯⋯."

머리가 깨질 것 같았다. 다시 소리가 멀어지고 우울한 어둠이 그녀를 악몽 속으로 데리고 갔다.

아파 죽겠다는 것치고 인정의 병명은 가벼웠다. 감기 몸살에 과로가 더해진 것. 인정은 두꺼운 옷을 몇 겹이나 껴입고 뒤뚱거리며 차에서 내렸다. 목도리를 칭칭 감고 마스크로 얼굴까지 덮고 있었다. 운전석에서 내린 김 감독이 굴러갈 것 같은 그녀의 모습을 보고 '픕' 하고 웃음을 터트렸다.

"웃지 마세요. 자기가 이렇게 입혀놓고⋯⋯."

"빨리 나아야 할 거 아냐. 진작 병원에 갈 것이지. 사람 귀찮게 하고 있어. 수액 맞고 금방 괜찮아졌잖아. 너 일하기 싫어서 일부러 병원 안 갔지?"

"저 아직 아파요. 대답할 기운도 없어요."

김 감독은 미간을 찌푸리며 투덜거렸다.

"내가 왜 까마득한 후배를 병원까지 데려다줘야 해? 이게 무슨 상황이냐고 도대체?"

이사하느라 힘든 애한테 왜 큰일까지 떠맡겨서 병들게 했냐고 부인으로부터 한바탕 잔소리를 들은 게 억울했다. 후배에게 좋은 기회를 내주고도 산재니, 악덕사장이니, 하는 소리를 들었으니 말이다.

"제기 데려다 달라고 한 것도 아니고⋯⋯."

억울하기는 인정도 마찬가지다. 저는 그냥 잘은 기억이 나지 않지만 너무 아파서 오늘은 일을 못 나가겠다라고 말했을 뿐이었다. 아파서 죽을 것 같다고 했던 기억이 어렴풋이 나는 것도 같지만 그거야 뭐, 흔히 하는 말버릇 아닌가? 죽겠다는 말에 놀라서 차를 몰고 달려온 거지, 제가 부른 건 아니었다.

"아픈데 병원도 안 가고 미련하게 왜 그러고 있었냐고?"

"밤도 늦었는데 아침에 병원가려고 했죠."

"밤에 병원 데려다줄 친구 없어? 친구가 없으면 남자를 사겨! 아니면 차를 사!"

인정은 속으로 '둘 다 형편이 안 되네요.' 라고 대답했다.

"아무튼 고맙습니다. 내일은 꼭 나아서 출근할게요. 들어가세요."

"너 집에까지 데려다주고 오래. 우리 마누라가."

괜찮다는데도 감독은 그녀를 집에 데려다줘야 한다며 안으로 따라 들어갔다.

그런데 공교롭게도 일찍 퇴근해서 현관 앞에서 인정을 기다리고 있던 세왕과 딱 맞닥뜨리고 말았다.

"……!"

세왕은 화난 표정으로 말도 하지 않고 인정을 쏘아보고 있었다. 하루 종일 일이 손에 잡히지 않았다. 저 혼자 오해한 거라고 믿고 싶어서 이야기라도 해볼까 하고 찾아왔는데, 어제 아침 그 남자와 같이 들어오는 걸 보고 말문이 막혀 버린 것이다.

"누구야? 아는 사람?"

인정도 말없이 노려보고 있자, 김 감독이 조심스럽게 물었다.

"네. 그냥 아는 사람요."

"뭐?"

세왕은 인정이 제가 예전에 했던 말을 돌려준다는 걸 알고 더 화가 났다. 지금 화낼 사람은 제가 아닌가!

도저히 이해할 수가 없었다. 분명히 그녀는 처음이었다. 그런데 이 남자와는 꽤 오래 사귄 사이처럼 보인다. 이렇게나 익숙해 보이는 사이인데 왜 여태 관계를 맺지 않은 걸까? 그러면서 저하고는 사귀는 사이도 아닌데 왜 그런 걸까?

설마 그 욕구불만을 저를 통해 해소한 걸까? 아니면 저를 가지고 논 건가?

생각이 많아지다 못해 머릿속이 혼잡하다.

"나인정. 나하고 얘기 좀 하자."

인정은 그의 말을 무시하고 김 감독의 손을 잡았다. 물론 이렇게 감독님의 손을 잡는 건 처음이었다. 감독이 움찔하는 걸 느끼면서도 인정은 손을 잡아끌며 붙임성 있게 말했다.

"추운데 커피 드시고 가세요."

오기였다. 하룻밤 잔 걸로 질척거리지 않겠다, 나도 남자가 있다. 순간, 그렇게 보여주고 싶었나.

다행히 유부남 감독은 그녀의 액션을 눈치챘다. 풋풋한 것들이 썸인지 쌈인지 밀당하는 게 눈에 보이는데, 이용당하는 줄 뻔히 알면서도 상황을 즐겨주기로 했다.

"좋지. 전에 그 커피 맛있더라."

인정은 문 앞에 선 세왕을 바라보며 비켜달라는 눈짓을 보냈다.

"얘기 좀 하자."

"할 얘기 없어."

"난 있어."

"비켜."

세왕은 이를 악물고 화를 억누르나 싶더니, 갑자기 인정의 손목을 잡아끌었다.

"잠깐이면 돼!"

"놔!"

그 실랑이를 지켜보던 김 감독은 점잖게 세왕의 손목을 잡으며 말했다.

"얘 지금 많이 아픈데, 나중에 얘기하지 그래요?"

"……."

"병원에서 수액 맞고 지금 오는 건데, 일단은 좀 쉬게 해줘요."

아픈 줄 몰랐다. 하지만 그것보다 당황스럽고 화나는 건, 이 남자가 저보다 더 인정에 대해 많이 알고 많이 보살펴 주고 있다는 사실이었다. 세왕은 불쾌하다는 듯 그의 손을 뿌리쳤고 인정의 손도 놓아버렸다.

"사귀는 사람 없다더니, 너 이렇게 가벼운 애였냐?"

경멸의 눈빛. 인정은 그 눈빛에 가슴이 서늘해졌다. 그가 한번도 저를 무시하거나 한심하게 생각한 적이 없다는 걸 이제야 알 것 같았다. 그는 이런 눈으로 저를 본 적이 없었다. 하지만 그녀는 조금도 주눅 들지 않은 것처럼 당당하게 쏘아붙였다.

"그게 중요해? 내가 어떤 애건 너랑 무슨 상관인데?"

어차피 명철이를 내쫓기 위해서 침대에 끌고 갈 여자면 되는 거 아닌가. 김 감독만 없었다면 인정은 그렇게 말하고 싶었다.

그 뜻을 모르는 세왕은 시니컬한 반문에 기가 막혀 코웃음을 쳤다.

"아니, 안 중요해. 혹시 네가 신경 쓰고 있을까 봐 와봤는데, 안 그래도 될 뻔했네."

인정은 더 서럽고 분노했다. 좋아한다는 거짓말, 첫 경험. 그런 것들 때문에 부담스러웠는데 잘됐다는 뜻으로 들렸다.

"신경 안 써. 그러니까 가."

싸늘한 인정의 말에 세왕은 잠시간 그녀를 노려보다 휙 하니 몸을 돌렸다. 그렇게 그가 눈앞을 벗어나자마자 인정은 뒤도 돌아보지 않고 그대로 현관문을 열었다. 지금껏 전화는커녕 문자 한 통 없어놓고선.

어쩌면 명철이가 그에게 이미 소식을 진했을지도 모른다. 그런 속셈을 이미 제가 다 알게 되었다고. 그래서 그가 명철이 말만 믿고 이러는 거냐고 화가 났을지도 모른다. 그런 거면 좋겠지만, 어제오늘 그는 바로 아래층에 사는 저를 한번도 찾아오지 않았다. 아파서 열이 펄펄 나고, 마음이 만신창이가 됐는데, 정작 저를 아프게 만든 장본인은 필요할 때만 저를 찾았다.

'명철이 쫓아내려고 찾아왔겠지. 뻔해. 내가 처녀인 거 알고 도망쳤다가, 당장 명철이부터 해결하려고 찾아온 거야. 그게 아니면 어제저녁에 보자고 해놓고 연락도 없다는 게 말이 안 되잖아?'

어릴 때부터 세왕은 착실하고 인간성이 좋았었다. 저한테만 유독 짓궂었지만 성격이 나빠서는 아니었다. 그런 세왕이 어째서 이렇게 사람 마음 가지고 장난치고 이용해 먹는 놈이 된 걸까. 어릴 때 모습만 생각하고 사람을 쉽게 믿은 게 잘못인 걸까?

순식간에 수만 가지 생각이 떠올랐다.

계단을 올라가는 그의 발자국 소리를 뒤로하고 문을 닫으려는데, 들으라는 듯이 통화하는 세왕의 목소리가 들렸다.

"예. 어머니. 화 많이 나셨어요? 화 푸세요. 저 그 선볼게요. 빠르면 빠를수록 좋아요. 예. 그렇게 해주세요."

쾅. 현관문 닫는 소리에 세왕의 목소리가 묻혔지만 이미 쓸데없는 것을 들어버린 후였다.

"뭘 멍하니 서 있어? 커피 안 끓여?"

어느새 식탁에 앉은 감독의 물음에 추측은 더 이어지지 못했다. 인정은 쭈뼛거리며 감독의 눈치를 살폈다.

"화…… 나셨죠?"

"커피 준다는데 왜 화가 나?"

"……죄송합니다."

"와! 너 첨 봤을 때는 완전 숙맥이었는데, 이젠 연애질에 남자 이용할 줄도 아네."

연애질. 그 얼토당토않은 추측이 왜 이렇게 서러울까. 인정은 갑자기 눈물을 뚝뚝 흘리며 울기 시작했다.

"야, 야! 나 아는 오빠 아니다. 엄연히 사장이야!"

당황한 김 감독이 정색하며 달래는데, 인정은 뜻밖의 소리를 꺼냈다.

"아는데요…… 아는데……. 흑. 감독님. 남자가 보기에 제가 그렇게 완전 꽝이에요?"

"······."

"못생기고 뚱뚱하고 한심하고 매력 없고 그래요? 아니면 잘난 남자 상대로는 아닌 거예요?"

김 감독은 한숨을 푹 쉬더니 휴지를 건넸다.

"아까 그놈이 그 잘난 남자야? 뭐 생긴 건 괜찮더라."

"솔직하게 대답해 주세요. 저 같은 여자는 잘난 남자들 눈에 안 차는 기죠? 갖고 놀다 버리기에도 부족한 거죠?"

"진짜 잘난 놈들은 여자를 그따위로 생각하지 않아. 그리고 너 그런 소리만 안 하면 괜찮아. 왜 자기 자신을 비하해서 못난이로 만들어?"

"못났으니까요."

"이제 보니까 그놈 때문에 병난 모양인데, 정신 차려. 지금은 진짜 한심해 보이니까."

인정은 눈물을 닦았다. 아무리 친한 선배 남편이고 가깝게 지내는 사이라지만, 이런 이야기는 처음이었다. 회사에서나 일할 때는 늘 엄격한 거리를 유지하고 있었는데, 너무 못 보일 꼴을 보이고 말았다.

"아무튼 죄송합니다. 내일은 출근 꼭 할게요. 그리고 이거 선배님한테는 비밀이에요. 말하지 마세요."

자기 남편을 이런 일에 끌어들인 걸 알면 어떤 여자가 좋아할까. 제가 생각해도 오늘 제 행동은 아주 괘씸했다.

"알았으니까, 죽 데워 먹고."

김 감독은 그가 그녀를 위로해 줄 입장도 사생활을 간섭할 상황도 아니라는 걸 잘 알고 있었다.

하지만 문밖에 나왔을 때 계단에 앉아 있는 세왕을 보고 마음이 바뀌었다.

"왜 다시 왔어요?"

"물어볼 게 있어서요."

"물어봐요."

"사귄 지 오래됐어요?"

단도직입적인 질문에 김 감독은 피식 웃음을 터트렸다. 나이 마흔에 색다른 경험이었다. 답답한 놈들이 뭐가 문제인지 서로 좋아하면서도 이러고 있었다. 뭐라 대답하는 게 이 남자의 머리에 충격과 깨달음을 안겨줄 수 있을까 고민하는 사이 전화벨이 울렸다. 핸드폰 액정 화면에 '안에 뜨는 해'라는 문구를 보고 그는 씨익 웃으며 전화를 받았다.

"어. 지금 집에 가는 길. 저녁은 자기랑 같이 먹으려고 참고 있지. 뭐 맛있는 거 했어? 그래? 그럼 빨리 들어가야겠네."

통화 내용을 듣던 세왕은 닭살 돋게 만드는 목소리에 오그라드는 게 아니라, 화가 나서 굳어버렸다. 김 감독이 전화를 끊고 핸드폰을 주머니에 넣을 때까지 그는 눈을 부릅뜨고 그를 노려볼 뿐이었다.

"사귄 지 오래됐냐고 물었던가?"

"뭐야, 당신."

"넌 뭔데?"

"언제 봤다고 반말이야?"

"좀 전에."

"말장난하지 마. 방금 그 전화 뭐야? 애인이야?"

상대가 흥분하는 걸 보니 김 감독은 자꾸 웃음이 터졌다. 뭔가 둘이 오해가 있거나, 이 남자가 뒤늦게 후회하는 분위기 같았다. 오랜만에 연애하던 때가 떠올라 히죽거리기만 하자 마침내 상대가 분노를 터트렸다.

"애인이 아니라 결혼한 거야? 설마 그런 거야!"

"아 놔. 이것 참! 귀엽게들 노네."

"뭐! 지금 당신 뭐라고 했어?"

"나야말로 묻고 싶네. 우리 인정이 데리고 논 거냐?"

"우리 인정이?"

"너도 데리고 놀았으면서 나는 그러면 안 되나?"

"이런 개새……!"

"……!"

세왕의 주먹이 김 감독의 얼굴로 날아가 그대로 '퍽' 소리를 내고 꽂혔다. 설마 이렇게까지 화낼 줄 몰랐던 김 감독은 그의 주먹을 고스란히 맞고 뒤로 밀려 나갔다가 넘어지고 말았다. 그런데도 세왕은 분이 안 풀리는지 넘어진 김 감독의 멱살을 잡고 일으켰다.

"데리고 놀아? 나인정, 그 바보 같은 게 더럽게 순진한 건 맞는데, 너 같은 개새끼가 함부로 갖고 놀아도 될 만한 애는 아니야! 유부남 주제에 이런 짓을 해?"

"와. 뭐 이런! 다짜고짜 주먹질이야? 내가 손으로 먹고사는 놈만 아니었어도 너 죽었어."

"말 돌리지 마! 나인정 속여서 어쩌자는 거야? 차라리 갖고 놀기라도 했으면……! 넌 쟤 여자로도 안 보잖아! 그럼 그냥 끝내! 저 녀석 마음 다치게 하지 말고 솔직히 말하라고!"

"아 놔! 진짜! 오늘 일진! 에잇! 너 이거 놓는 게 좋을걸? 내가 나인정하고 무슨 사인지 알면 너 후회할 거다."

"내가 듣고 싶은 게 그거야! 무슨 관계냐고! 도대체 무슨 사이기에, 나인정이 저러는 거냐고!"

두 사람은 큰 소리로 싸우느라 문이 열리는 소리도 듣지 못했다.

"감독님!"

인정의 목소리를 듣고 그제야 그녀가 다가오는 것을 발견했지만 세왕은 멱살을 쥔 주먹을 펴지 않았다.

"미쳤어? 감독님 때린 거야?"

"감독?"

"그건 우리끼리 하는 호칭이고, 정확히는 대표님."

"이거 안 놔!"

인정은 세왕의 주먹을 억지로 떼어내고 김 감독의 찢어진 입술을 보며 어쩔 줄 몰라 했다.

"감독님, 괜찮으세요? 어떡해요? 어쩜 좋아! 어떡해!"

김 감독은 이를 악물고 세왕을 노려보며 대답했다.

"내가 오늘 참 좋은 구경하고 피의 대가를 치렀다. 그렇지?"

"감독님, 죄송해요. 제가 대신 사과드릴게요. 정말 죄송해요!"

"대신 사과할 게 아니라 그냥 사과해. 너도 잘한 거 하나도 없으니까."

"……."

"뭐야? 무슨 상황이야? 감독이라니? 대표? 호, 혹시. 말로만 듣던…… 스폰 같은……."

"야 이 미친놈아!"

인정이 빽 소리를 질러 세왕의 말도 안 되는 추측을 봉쇄시켰다. 그리고 김 감독은 정색한 표정을 유지하느라 웃음을 참기 힘들어졌다.

"뭔지 모르겠지만, 둘이 해결해라. 나는 도저히 여기 더는 못 있겠다."

인정은 그가 웃음 때문에 도망가는 줄은 모르고, 많이 화난 것 같아 여러 번 허리를 굽실거리며 배웅했다. 그러고 나서 그가 탄

엘리베이터 문이 닫히자마자, 세왕을 향해 도끼눈으로 돌아보았다.

그 기세에 움찔한 세왕은 작은 헛기침을 한 번 하고 입을 열었다.

"둘이…… 무슨 사인데?"

"너 왜 나한테 신경 써?"

"무슨 소리야, 그게!"

"나한테 신경 꺼줘. 난 다시 너랑 더 얽히고 싶지 않아. 네가 내 옆에 없었던 그 시간들이 평온하고 좋았어. 내 인생에 네가 끼어든 순간부터 다시 불편해졌어. 정말 지긋지긋해. 너 때문에 감정 상하는 거 피곤해서 더는 못하겠어. 부탁이니까 일부러 찾아오지 말아줘."

인정의 독설은 세왕에게 큰 충격이었다. 어릴 때부터 쭉 함께해온 그녀는 저의 일부분 같았다. 그런데 그녀가 그 세월 전부를 부정하는 건 단순히 자존심 문제가 아니었다. 자신에게는 추억이었던 순간들이 그녀에게는 악몽이라는 것과 같았다. 본의 아니게 저 혼자 착각했던 아름다운 시간들이 전부 변질되고 있었다.

'그랬구나……. 그래, 그러니까 내가 준 선물도 그렇게 쓰레기통으로 간 거겠지?'

세왕은 침울하게 가라앉은 얼굴로 그러나 화난 표정으로 말했다.

"너는 나를 아주 쓰레기 보듯 했었구나."

"하! 그렇게까지 비약할 건 없는데, 그래. 마음대로 생각해. 그리고 너야말로 사람 갖고 놀았으면 이제 그만 제자리에는 갖다 놔. 나도 거기까지만 할 거야. 특별히 너한테 바라는 거 없으니까 나한테 신경 쓰지 말아줘. 제발."

"왜 그러는지 이유나 알자! 내가 왜 널 갖고 놀았다고 생각하는 긴데! 나야말로 그런 생각이 든다고! 하루아침에 너는 날 싸늘하게 대하고, 웬 놈이랑 아침부터 시시덕거리는데 내가 그걸 어떻게 이해해야 하냐고!"

인정은 경멸이 담긴 시선으로 세왕을 바라보며 단호하게 말했다.

"우연히 마주치면 인사나 하자. 그 이상은 어떤 관계도 싫어."

예쁘고 똑똑한 여자였다. 지루할 만큼 착하고 개성이라고는 없는 그냥 여자. 세왕의 눈에는 어머니가 말씀하신 1등 신붓감이 그렇게 보였다.

"제가 지루하죠?"

여자의 목소리에 세왕은 뜨끔한 표정을 감추지 못했다.

"아, 아닙니다. 이런 자리는 처음이라 어떻게 해야 할지……."

"네……. 그럼 세왕 씨는 제가 마음에 안 드시나 봐요."

"예? 그런 의미가 아니라……."

"억지로 끌려 나온 사람 같아요. 그래서 저한테 궁금한 게 없으신 거죠."

"그게……. 그렇네요. 죄송합니다."

"괜찮아요. 사실 제가 좀 재미없는 여자기도 하고요."

세왕은 그렇지 않다고 말해줘야 할 타이밍을 놓쳐 버렸고, 커피 잔을 만지작거리는 여자의 손이 부끄러워 보였다. 그 손가락이 멈칫하더니 여자의 목소리가 들렸다.

"저……. 사실은 저, 선 자주 봤어요."

"아. 그래요?"

"네. 근데……. 그중에 오늘이 젤 제가 말을 많이 한 날이네요."

"……그건……. 죄송합니다. 제가 너무 말이 없었죠?"

"그것보다 제가 세왕 씨한테 궁금한 게 더 많았나 보죠."

조심스럽게 그러나 미소로 대답하는 그녀는 누가 봐도 청순하고 우아해 보였다. 그러나 세왕은 이 와중에도 나인정 생각뿐이었다. 싸우고 그렇게 돌아서는 게 아니었다. 왜 제가 준 붓을 버리고, 저한테 차갑게 구는 건지 제대로 물어봤어야 했다. 그렇게 감정적으로 굴 게 아니라. 이런 분위기 좋고 조용한 곳에서 차분히 대화를 나눴어야 했다.

"세왕 씨?"

"아, 예?"

"저, 뭐 하나 물어봐도 돼요?"

"예. 물론입니다."

"아까부터 자꾸 딴생각하시더라고요. 혹시, 사귀는 분 있는데 나오신 건가요?"

"그게……."

예쁘기만 한 게 아니라 눈치까지 빠른 여자였다. 나인정과 사귀는 건 아니지만 그녀 생각으로 머리가 복잡하니, 뭐라 대답해야 할지 막막했다.

"말씀 못하시는 거 보니까, 헤어졌는데 정리가 안 됐거나, 좋아하는 사람이 있는데 잘 안 되고 있거나……. 그런가 봐요."

"하……. 눈치가 빠르시네요. 뭐라 설명하기 곤란한 그런 사람이 있긴 합니다."

"그럼 제가 파고들 틈은 있는 건가요?"

"예?"

그때였다.

"죄송한데, 이 남자 비집고 들어갈 틈 전혀 없습니다."

갑자기 들려온 남자의 목소리에 여자와 세왕의 고개가 동시에 돌아갔다. 그리고 세왕은 뺀질거리는 명철의 얼굴을 발견하고 눈을 크게 뜨며 외쳤다.

"강명철! 너 여기 웬일이야!"

"할 말이 있어서 찾아왔어."

"아는…… 분이세요?"

선 자리에 불쑥 찾아온 남자가 황당한 건 여자가 더할 것이다.

"예. 죄송합니다. 나 지금 선보는 거 안 보여?"

"보여. 보이니까 이러지."

"뭐 하는 짓이야? 할 말 있으면 집에서 하면 되잖아."

"나한테 얘기한 거랑 다르잖아."

"무슨 얘기!"

"너 이러는 거 이 여자분께도 실례야."

세왕은 명철이 하려는 이야기가 불안했다. 이 미친놈이 아직도 저를 포기 못 한 건가, 맞선 자리에 여자도 아니고 남자가 찾아와서 훼방 놓는 건 무슨 시츄에이션?

"무슨 얘기하려고 이래? 저기, 죄송합니다. 이 친구가 좀 정상이 아니라서……. 일단 보내고 다시 오겠습니다. 나가자. 여기서 이러지 말고 나가서 얘기하자."

"여기까지 왔는데 확실히 하고 갈게. 이세왕. 현실을 직시해. 도망가지 말고. 너 이 여자 안아도 안 꼴려. 지금까지 다른 여자들 하고도 그랬던 것처럼."

"야! 지금 무슨 소리를……!"

결국 터졌다. 욕지거리가 목구멍을 넘어오는데, 앞에 앉은 여자의 경악한 얼굴을 보니 할 말이 쏙 들어갔다.

"아닙니다. 그런 게 아니고! 저기⋯⋯. 저 진짜 아닙니다!"

"아⋯⋯. 그게⋯⋯. 아까 그 설명하기 곤란하다는 분이⋯⋯."

"아뇨! 아닙니다! 저기, 오해입니다!"

"저, 저, 저는⋯⋯. 어⋯⋯. 전 괜찮습니다. 저기⋯⋯. 그럼 두 분⋯⋯ 해, 행복하시길 빌게요."

패닉에 빠진 것처럼 혼란스러워하던 여자는 얼굴이 하얗게 질려서 자리를 박차고 일어났다.

"아니라고요!"

세왕의 절규가 들리지 않는지, 여자는 뒤도 돌아보지 않고 밖으로 나갔다.

"아⋯⋯! 아! 진짜!"

이 상황이 너무 기가 막히고 억울한 세왕은 이마를 감싸고 뒤로 기대앉으며 부글부글 끓어오르는 화를 신음으로 삭이고 있었다. 그러지 않으면 명철의 목을 조를 것 같았기 때문이다.

"나 틀린 말 한 거 없다."

그렇게 화를 억누르고 있는데, 명철이 뻔뻔한 소리를 하자, 세왕은 결국 참지 못하고 화를 터트렸다.

"이 미친 새끼!"

"내 얘기 아니었어. 나인정 얘기지."

"뭐?"

"나인정은 너 없이도 살 수 있는데, 넌 나인정 없이 안 돼. 나인정 말고 다른 여자 만나서 잘된 적 있어? 여태까지 제대로 된 연애도 못하고, 저렇게 예쁜 여자 앉혀놓고 지루한 표정으로 있는데, 어떻게 다른 여자를 만나겠어?"

"하! 웃기지 마. 머리가 복잡해서 그런 거뿐이야. 어쩔 거야. 저 여자가 우리 어머니한테 이상한 소리라도 하면 어쩔 거냐고!"

"그러니까 나인정을 만나. 그럼 되겠네."

"내 입으로 진짜 인정하고 싶지 않고 자존심도 상하는데, 나인정이 내가 싫다잖아! 지긋지긋하대! 나더러 더 어쩌라고!"

"나인정이 다른 말은 안 했지?"

"무슨 말! 또 무슨 독설이 남았어? 내가 뭘 그렇게 잘못했는데!"

"일단, 선본 거부터가 잘못 아닐까?"

세왕은 뜨거운 한숨을 뱉어냈다. 홧김에 선보겠다고 한 건 잘못은 잘못이었다.

"크흠. 그리고……. 나인정이 아직 말을 안 한 것 같은데, 가서 얘기 좀 들어봐."

"뭘?"

"글쎄. 진지하게 얘기 좀 나눠봐. 너희 둘은 대화가 부족해. 자존심 죽이고 진심으로 솔직한 대화를 해보라고. 내가 보기에 나인정 아직 너한테 관심 있어. 진짜 지긋지긋한 것들. 그동안 안 보고 어떻게 살았대!"

그러고 보니 어떻게 살았을까. 생각해 보면 나인정을 다시 만난 일주일 동안 제 심장이 오랜만에 살아 있는 것처럼 세차게 뛰고 있었다.

인정은 오늘같이 우울한 날은 자신의 직업이 싫었다. 새 영화가 들어가면 정신없이 바빠서 주말이고 평일이고 밤늦게까지 일해야 했다. 아직 몸도 완전히 나은 게 아닌데다 기분도 바닥이라 이불 속에 들어가서 잠이나 자면서 시간을 보내고 싶었다. 원래 시간이 지나야 아픈 게 낫고 시간을 워프하는 건 잠보다 빠른 게 없으니까. 그렇게 지친 걸음을 끌고 오피스텔 건물로 들어갈 때였다.

"안녕?"

"……."

"오며 가며 마주치면 인사는 하자며?"

멈춰 있는 엘리베이터 앞에서 우연히 만났을 리는 없었다. 인정은 세왕을 무시하며 엘리베이터를 탔다. 그도 자연스럽게 올라타자 어색함을 깨기 위해서라도 아무렇지 않은 듯 행동해야 했다.

"선은 잘 봤니?"

인정은 가식적인 웃음을 지으며 말꼬리를 올렸다.

"나 오늘 선본 거 어떻게 알았어?"

"명철이가 사진 보여주더라. 되게 예쁘던데? 너랑 잘 어울리겠다."

"질투하는 거야?"

"하! 왜? 솔직하게 말하는 거야. 잘난 너랑은 잘난 여자가 어울리니까."

"난 그렇게 생각 안 하는데? 나한테 젤 잘 어울리는 건 어릴 때부터 쭉 너밖에 없었어."

갑자기 달라진 세왕의 태도에 인정은 고개를 설레설레 저으며 어이없어했다. 어릴 때처럼 또 이렇게 살살 건드리며 무례하게 굴었던 일들을 대강 넘어가 보려는 건가. 이제 저는 어린애가 아니라서 미안하지만 그냥 넘어갈 수가 없었다.

"선본 여자가 사진보다 별로였어? 왜 이래?"

"사진보다 예쁘더라."

"하……!"

"그래서 알았다. 그렇게 예쁜 여자가 앉아 있는데도, 나인정이 여기 있었으면 좋겠다는 생각만 들어서, 그때 알았어. 내가 눈에 뭐가 씌었구나!"

무슨 개소리냐 일침을 가할 가치도 없었다.

"그래서 이제 제대로 깨달았으니까 두 번 다시는 나 귀찮게 안 하겠다고 다짐 전하러 왔니?"

"김나인."

인정의 눈썹이 꿈틀거렸다.

"나인정."

제대로 이름이 불리자 찌푸렸던 인정의 미간이 펴지고 새침하게 돌아섰다.

"이게 뭐가 달라? 둘 다 내가 좋아하는 사람 부르는 호칭인데."

인정은 난데없는 세왕의 고백에 당황하며 뒤도 돌아보지 않고 엘리베이터에서 내렸다. 그러나 세왕이 따라 내리며 그녀의 손목을 잡았다.

"봐. 이건 그냥 인사가 아닌 것 같은데?"

"하나만 물어보자."

"뭔데?"

"그날 아침에 말이야. 그날…… 아침이 뭔진 알지?"

"알아. 무슨 날인지. 빨리 말해."

"그 남자가 아침부터 찾아와서 너랑 얘기하는 걸 봤어. 그래서 순간 널 의심했어."

"아팠어. 아파서 회사를 못 가게 돼서……. 아니, 내가 왜 이런 얘기를 너한테 해야 해!"

"하지 마. 안 해도 돼. 내가 궁금한 건 그게 아니까."

"그럼 뭔데?"

"그 남자가 가져간 쓰레기봉투에서 내가 준 붓을 봤어. 그게 정말 너한테 그렇게 가치 없는 거였어? 왜 전날 밤이랑 그다음 날이랑 네 태도가 달라진 건지, 난 도무지 이해가 안 가. 그것만 납득시켜 줄 수 없어?"

"붓? 아……!"

인정은 그날 아침에 쓰레기장을 뒤져 가며 찾아 헤맨 붓을 이미 세왕이 찾아갔다는 걸 알아차렸다. 그리고 붓 때문에 이미 마음이 상해 있었다는 것도.

'그래서 그날 저녁에 나한테 연락이 없었던 거야?'

설마 하는 마음이 들었지만 그녀는 더 싸늘한 표정으로 말했다. 그 붓이 없어져서 얼마나 당황했는지, 미안했는지, 그런 변명을 하면서까지 제 자존심을 무너트릴 이유는 없었으니까.

"나한테 그런 걸 묻기 전에 네 스스로에게 먼저 물어봐야 하지 않을까? 선이 잘 안 돼서 이러나 본데, 내기에서 이기고 싶으면 명철이 입단속부터 해."

"내기? 그게 무슨 소리야?"

인정은 대답하지 않고 그를 스쳐 지나 집 안으로 들어가 버렸다.

문을 두드리려는 순간 세왕의 머릿속에 불현듯 떠오르는 게 있어 멈칫했다.

그리고 갑자기 매서운 표정으로 변해 계단을 뛰어 올라갔다.

'강. 명. 철. 너 헛소리한 거면 죽었어!'

"미안하게 됐다."

"……."

"헛소리해서 미안하다고."

문 앞에 얼굴이 만신창이가 된 명철이 멋쩍은 듯 호주머니에 손을 찔러 넣고 있었다. 그 얼굴로 사과를 하는 걸 보니 대강 상황이 이해됐지만, 화를 낼 수가 없었다.

물론 두 번이나 명철에게 속은 자신이 바보 같기도 했다. 세왕이에게 솔직하게 '너 나 걸고 내기했냐?' 라고 따졌어야 했지만, 속았다는 걸 들키면 너무 창피하고 비참할 것 같았다. 그냥 사신도 너 아무것도 아니었다, 먼저 등을 돌리는 게 덜 아플 것 같아서 비겁하게 도망친 거였다. 그러니까 명철이가 무슨 소리를 지껄였건, 일차적으론 거기에 놀아난 제 잘못이 제일 큰 거였다.

"뭐라고 말 좀 해라. 미안해! 세왕이 진심이라니까, 너무…… 그러지 마라. 킁."

멀뚱하니 선 채 말을 잇던 명철이 코를 훌쩍거렸다. 쫓겨난 게 확실한지, 커다란 짐 가방까지 내려놓고 불쌍하기 짝이 없는 몰골이었다.

"울어?"

"미쳤냐! 내가 무슨 실연이라도 당한 줄 알아! 동정하는 눈길 치워라!"

"아니긴. 나 세왕이한테 떼놓으려고 거짓말한 거잖아."

"거짓말은 아니야. 그런 내기 한 적은 있다고. 그건 그놈도 아니라곤 못할걸."

잠시 침묵이 이어졌다. 사과를 한 명철은 괜찮다는 대답을 듣지 못했고 인정은 화를 내야 할지, 위로를 해야 할지 갈피를 못 잡고 있었다.

"일단, 들어와."

"들어오라고? 너희 집에?"

"추워. 안에서 얘기해."

"이세왕 알면 지랄할 텐데."

"냅둬. 걔가 무슨 상관인데? 여긴 우리 집이야."

명철은 가방을 들고 쭈뼛거리며 인정의 집에 들어왔다. 아무래도 그녀에게는 미안한 게 많은지 저도 양심은 있어서 조심스러운 기색이었다.

"앉아."

"어디……?"

아직도 그녀의 방은 정리가 덜된 상태라, 명철은 조금 한심한 눈길로 물었다.

"나 아팠었다니까? 지금 청소하던 중이었어!"

"누가 뭐랬나……. 여기 앉으면 되지?"

명철이 식탁 앞에 앉아 있자 인정은 약상자를 찾아왔다.

"됐어. 치워!"

"되긴 뭐가 돼! 믿을 건 얼굴밖에 없는 주제에. 넌 얼굴까지 망가지면 진짜 큰일이라고!"

"너한테 그런 소리 듣고 싶진 않거든?"

"남자는 많지만, 게이 남자는 얼마 없잖아?"

"……."

맞는 말이라 그런 건지, 소독약이 따가웠는지, 명철은 입을 다물었다.

"왜 그랬어? 너 아직도 세왕이 좋아하니?"

"하. 그 답답한 놈을? 내가?"

"근데 왜 그랬어?"

"너희 둘 짜증나서."

"뭐?"

"아무 문제 없잖아. 근데 왜 그래? 뭐가 그렇게들 대단해서 서로 좋아하는데 어렵냐고! 둘 중 하나가 동성애자야? 남자 여자! 둘이 만나서 안 될 게 뭐가 있는데! 뭐가 어려워서 여태 그러고 있냐고. 내 눈에는 어떻게 보이는지 알아? 니들 이러는 게 서로 즐기는 것 같아. 남들 다 하는 연애 특별한 것처럼 유난 떠는 걸로 보인다고. 어릴 때부터 쭉, 남들이랑 뭔가 다른 것처럼 도도하게 구는 거 재수 없어. 누가 봐도 두 사람 문제 될 거 아무것도 없잖아."

명철의 비난에 인정은 가슴이 따끔했다. 남들 눈엔 그렇게 보일 수도 있겠구나, 부끄러워졌다.

"나 같은 게이 새끼도 비난받을 각오하면서 솔직하게 사는데,

너희 둘 사랑한다고 아무도 비난 안 해. 뭐가 무서워서 이러고들 있냐고?"

"미안……."

"내가 옆에서 무슨 수작을 부려도 상관없는 거잖아. 서로 좋아하는 것만 확인하면 되는 거 아냐?"

인정은 씁쓸하게 웃어 보였다. 명철의 말을 이해하고 제가 잘못하고 있다는 건 알지만 그래도 이상하게 세왕이와는 감정적으로 꼬인 게 많아서 솔직해지기가 어려웠다. 한두 해도 아니고, 거의 이십 년 가까이 꼬이고 꼬여 버린 관계 아닌가.

"그게 어려우니까. 서로 좋아하는 걸 확인하는 게. 못 믿겠어. 나는 세왕이를 못 믿겠고, 세왕이는 날 못 믿는 거지."

"그러니까 왜!"

"친구였으니까. 서로 못 잡아먹어서 안달나 으르렁거리던 친구가 애인이 되는 게 생각보다 어렵다고. 그냥 왜 그런지 모르겠어. 세왕이만 보면 화가 나. 근데 네 말대로 싫은 것도 아냐. 그냥 내가 그 녀석한테 자격지심이 많아서 그럴 거야. 그러니까 음…… 상처받기 싫어서, 내가 먼저 다가갔다가 상처받을까 봐 그러는 걸 거야. 차라리 내가 먼저 상처를 주자. 내 주제 파악은 하는데, 지는 건 싫으니까 세왕이한테 관심 있는 척도 하지 말자. 그런 거야."

인정이 솔직하게 자신의 심리를 꼬집자 명철은 버럭 화를 냈다.

"난 그게 화가 난다고! 그깟 자존심 좀 꺾이면 어때? 세왕이가 너 같은 거 질색이라고 하면 또 어떡냐고? 잠깐 상처받는 게 겁나서 이런다는 게 짜증나. 나 같은 놈은 고백 한번 하려면 상처가 아니라 쓰레기 취급받으면서 세상 사람들에게 비난받을 각오까지 해야 한다고!"

흥분한 명철의 입술이 다시 터졌지만 못 본 척, 약상자를 닫은 인정이 담담하게 대답했다.

"다 그런 건 아니야."

"뭐가?"

"난 너 비난 안 해. 세왕이한테 키스한 날, 솔직히 충격이었지만, 내가 너한테 화난 건 그런 게 아니야. 난 네가 세왕이 때문에 나한테 접근했다는 사실이 화가 났던 거야. 그리고 그건 잊은 지 오래야. 지금은 너 멋있어. 그러니까 지금처럼 당당하게 살아. 예전에 어딘가 음침했던 너보다 지금이 훨씬 낫긴 해. 너 동성애자 아니면 내가 너한테 반했을 것 같아."

상대가 세왕이만 아니면 인정은 꽤 솔직한 편이었다. 설마 이런 말을 들을 줄 몰랐던 명철이 뺨을 붉혔다.

"……큼. 그건…… 세왕이 때문에 접근한 건 맞지만 너도 좋았어. 세왕이 자식 때문에 너랑 붙어 다닌 건 아니었다고."

"그지? 아무리 생각해도 그건 아닌 것 같더라고."

인정은 냉장고에서 맥주를 꺼내왔다.

"너 나 게이라고 그냥 여자친구 대하듯이 한다? 아무 일 없을 거라 장담하는 거지?"

"취하면 쫓아낼 거니까 걱정 마."

"위층에 기사님 불러서 끌어내겠지."

"픕."

"웃지 마. 저 새끼는 너무 폭력적이야. 벌써 이게 몇 번째냐고? 어차피 쫓아낼 거면서 왜 격한 스킨십으로 사람 설레게 하냐고."

명철은 농담인지 진담인지 알 수 없는 소리를 해대며 맥주를 비워 나갔다. 인정은 아무 생각 없이 깔깔거리며 웃었다. 세왕이 일도 아픈 것도, 아무것도 생각하고 싶지 않았다. 그렇게 웃다 보니 어느새 좁은 식탁에 맥주 캔이 잔뜩 쌓였고, 인정은 그 위로 엎어지고 말았다.

막 마지막 캔을 마저 들이켠 명철은 당황한 기색 없이 인정의 핸드폰을 찾아서 전화를 눌렀다. 통화 연결음은 아주 짧게 끝나고 다급한 세왕의 목소리가 들렸다.

[나인정?]

"강명철이다."

[너 뭐야! 안 가고 왜 거기 있어!]

"나인정이 들어오라고 해서. 근데 얘 맥주 세 캔에 뻗어버렸는데?"

[야!]

"아무튼 어떻게 해? 나 여기서 자?"

[이 미친놈!]

"얘가 넌 너무 잘난 놈이라 재수가 없대."

[뭐, 뭐?]

"와서 설명해. 너는 나인정 아니면 끌리는 여자가 없어서 여태 경험도 못했다고."

[너, 너, 알고 있었냐?]

"모르면 병신이지. 잘난 척 그만하고 너도 나인정 앞에서 못난 꼴 좀 보이라고."

[……]

"문 열어줄 테니까 내려와."

[……그리고 너는 다시 올라오겠다는 거냐?]

명철이 쿨하게 되물었다.

"당연한 거 아니야?"

인정은 고소하고 정겨운 냄새에 눈을 떴다. 천장은 아주 익숙한데, 집 안의 온기와 포근함이 남의 집 같았다. 아직 몽롱한 눈으로 주변을 둘러보니, 엉망이던 집이 깨끗하게 정리되어 있었고, 주방 쪽에서 보글보글 뭔가가 끓고 있었다.

'우리 집이 맞지?'

가만히 생각해 보니까, 명철이와 술을 마시다가 뻗었다. 욕실에서 물소리가 나는 걸 보면 안에 그가 있는 모양이었다. 왜 제 집 정리까지 다 해준 걸까, 설마 여기서 눌러살 작정인가? 따지려고 일어나려는데 몸이 무거워서, 그냥 욕실 문 쪽을 향해 돌아누웠다. 술을 괜히 마셨다 싶었다. 몇 시쯤 됐을까, 내일 회사는 갈 수 있는 건가, 이런저런 걱정들이 이제야 덮쳐 왔다.

'세왕이도 나한테 화가 많이 났겠지?'

명철이 말만 믿고 세왕이를 밀어냈다. 게다가 제가 버린 붓 때문에 세왕은 그전에 이미 오해하고 있었던 것 같다. 그러니 이번엔 자신이 먼저 사과해야 옳았다. 그 생각을 하니 긴장해서 위가 따끔거렸다.

철컥.

그때 화장실 문이 열리며 수건으로 젖은 머리를 닦으며 나오는 명…… 아니! 세왕이 보였다. 인정은 제 눈을 의심하며 몇 번이나 깜빡거려 봤지만, 아무리 봐도 다시 봐도 걸어나오는 건 분명히 명철이 아니라 세왕이었다.

"깼어?"

더군다나 그는 너무 태연했다. 아무 일도 없었던 것처럼.

"내가 죽 끓여봤는데 먹어볼래? 그렇게 자고 일어나면 배고플걸? 너 네 시간이나 코 골고 잔 거 알아?"

"나 코 안 골아!"

"소리 지르는 거 보니까 안 아픈 모양이네."

"……너, 여기 전부 치운 거야?"

"침대에만 눕혀놓고 가려고 했는데, 심란해서 발이 안 떨어지더라. 이러고 잠이 오냐?"

세왕은 싸우고 돌아서면 아무렇지 않았던 예전처럼 행동했다. 그래서 여태 인정은 세왕에게 사과를 해본 적이 없었다. 친구니까, 그래도 된다고 생각했다. 먼저 잘못한 건 세왕이니까, 간혹 자신이 못되게 굴거나 매정하게 대해도 세왕은 돌아서면 다 잊을 거라고 생각했었다.

그래. 친구는 그럴 수 있었다. 친구였으니까…….

"저기…… 미안."

하지만 친구니까 아무렇지 않게 넘어갔던 일도 이젠 그러고 싶지 않아졌다.

"응?"

"붓 버린 건 실수야. 미안해. 없어진 거 알고 찾으러 나갔는데 쓰레기장을 다 뒤져도 안 나오더라고."

"야! 이렇게 추운 날, 몸도 안 좋은데 나가서 쓰레기장을 뒤졌냐! 그러니까 몸살이 더 심해졌지!"

큰맘 먹고 어색한 걸 참으며 사과했는데, 세왕은 그녀의 사과를 듣긴 했는지, 딴소리다. 새침해진 인정이 한숨을 쉬며 물었다.

"지금 할 말이 그것밖에 없어?"

"뭐? 미련하게 왜 병을 키우냐고 물을까?"

"미련한 건 너지! 내가 지금 사과했잖아! 그럼 괜찮다던가, 화를 내던가, 뭔가 있어야 할 거 아냐!"

"눈치도 없지! 아프니까 봐주려고 넘어갈까 했더니, 그렇게 원한다 이거지?"

"뭐…… 뭘?"

세왕은 이상한 소리를 하며 침대 앞으로 성큼성큼 다가왔다. 털썩 침대에 앉고도 고개를 들이민다. 코앞에까지 바짝 다가온 그의 물기 젖은 머리카락이 눈앞에 찰랑거리자, 샴푸 향이 진하게 코를 자극했다. 늘 맡던 똑같은 샴푸 향인데, 느낌이 달랐다. 좀 더 시원하고 상쾌한 향기. 젖은 입술이 매끄럽게 말아 올라간다.

"진짜 내가 뭘 할지 몰라서 물어?"

어떻게 모를 수 있을까. 인정은 마른침을 꿀꺽 삼켰다.

"해도…… 돼."

쿨한 척하고 싶은데 목소리가 떨려서 쉽지 않다. 그래도 자신 없는 목소리를 눈치채지 못했던 것 같다. 그의 자신만만하던 표정에 흠칫하고 놀람이 지나갔다.

"해도 된다고."

이번엔 좀 더 목소리가 정돈됐다. 그도 저처럼 쿨한 척하는 거라 생각하니 쉬워졌다.

"어디…… 까지?"

코끝을 찡그리며 인정은 베개를 휘둘러 그의 얼굴을 후려쳤다. 퍽 소리와 함께 세왕의 몸이 휘청거렸다.

"갑자기 왜 또 성질이야! 사람 맘을 들었다 났다 할래?"

"나 아직 아프거든!"

"아픈데 술을 마셨다고?"

"그건⋯⋯!"

"몰라. 네가 책임져!"

"흡!"

인정은 가벼운 키스 정도를 허락했지만 해도 된다는 인정의 다소곳한 목소리는 세왕의 다른 부위까지 전달되고 말았다. 세왕은 찍어 누르듯이 그녀의 입술을 짓누르며 침대 위로 엎어졌다.

이런 건 아니었다고 그를 뿌리치려던 인정은 메마른 입술을 살살 녹여주는 그의 입술을 내버려 두었다. 막 씻고 나온 세왕의 상쾌한 촉촉함이 그녀를 적셨다. 아직 잠이 덜 깬 인정은 야릇한 몽롱함에 빠져들기 좋은 상태였다. 혀가 감기는 순간 찌릿함이 그녀의 은밀한 곳을 함께 건드렸다. 그녀와 맞닿은 그의 것도 더 단단해지며 그녀를 자극했다.

차갑기만 하던 그의 몸이 뜨거워지고 있었다.

세왕의 손은 커다란 거미처럼 그녀의 몸을 더듬어 올라가 티셔츠 속으로 파고들어 갔다. 간지러움을 느낀 인정의 꿈틀거리는 몸짓은 그의 아랫배를 마찰시켜 더 불을 지필 뿐이었다.

브래지어를 벗길 정신도 없었다. 가슴 위로 말려 올라간 셔츠와 브래지어 때문에 인정은 배꼽 위부터 가슴까지만 살색이 되었다.

세왕은 잠시 몸을 일으켜 벗다 만 누드를 감상했다. 원래 전부 다 벗은 것보다 이런 모습이 더 야하게 느껴지는 법이다.

그의 시선을 느낀 탓인지, 옷 속에 숨겨져 있다가 서늘한 공기에 노출된 탓인지, 젖꼭지는 주름이 잡히며 단단하게 솟아올랐다. 그는 자신이 그렇게 만들어놓았으면서 도발적인 그녀의 모습이 괘씸하다는 듯이 손가락으로 젖꼭지를 튕겼다.

"아!"

얇은 겉피에 싸인 붉고 동그란 살덩이는 무방비하게 자극을 감내해야 했다. 따끔거리는 아픔에 가슴을 웅크려 보지만 부르르 떨며 아픔에서 이어지는 묘한 쾌감을 받아들였다.

세왕은 이걸로는 다 풀 수 없다는 듯이 젖가슴을 움켜쥐고 젖꼭지를 깨물었다.

짧지만 강렬한 자극에 인정은 몸서리쳤다.

"앗! 아프잖아!"

"나쁜 년!"

처음 듣는 세왕의 욕설이었다. 뭣 때문에 저러는지 알 것도 같았다. 긴 시간 오해하고 미워하며 그를 애태운 것에 대한 질책인 듯했다. 인정은 그의 목에 팔을 두르고 봐달라는 듯이 투정을 부렸다.

"난 너 때문에 많이 아팠어."

"너 진짜 나한테만 나쁜 년이야. 알아?"

"하앗!"

세왕이 그녀의 젖꼭지를 비틀자 인정은 숨넘어가는 소리를 내며 세왕의 목을 꼭 끌어안았다. 그러고는 그의 귓가에 속삭였다.

"너, 넌 욕하는 거…… 안 섹시해. 안 어울린다고."

"그래? 그럼 확인해 보자."

세왕은 그녀가 입고 있는 고무줄 바지를 팬티와 함께 한번에 내렸다. 허벅지까지만 끌어 내리자 이제 그녀는 꼭 가려야 할 곳만 훤히 드러낸 상태가 돼버렸다. 그리고 그는 꼬여 있는 인정의 다리 사이로 손을 찔러놓고 검은 수풀 사이를 억지로 비집고 들어갔다. 허벅지에 눌린 그의 손은 의도하지 않아도 그녀의 속살을 눌렀다.

"흐웃. 나, 난 진짜 이러려던 게 아니라……."

하지만 지분거리는 세왕의 손은 이미 속살을 적신 물기를 손가락에 묻히고 클리를 찾아 동그랗게 굴리고 있었다.

"이건 어떻게 설명할 건데?"

"모, 몰라. 난!"

입술을 깨문 인정은 힘껏 몸을 뒤틀다가 엎드리고 말았다. 유연한 등선과 복숭아처럼 뽀얀 엉덩이에 잠시 넋을 놓고 있던 세왕은 단숨에 티셔츠를 벗어버렸다.

"이렇게 나온다 이거지?"

엎드린 그녀 위로 포개어 눕고 허리와 가슴을 양팔로 감았다.

인정은 꼼짝없이 세왕에게 묶인 꼴이 돼버렸다.

"왜 도망가? 그래 봐야 이불 속이면서?"

"자꾸 부끄럽게 하니까 그렇지……."

"네가 부끄러워하는 게 귀여우니까 자꾸 놀리고 싶잖아."

"귀엽긴……."

"진짜야."

세왕은 속삭이던 입술을 그녀의 귓불로 가져가 깨물어 버렸다.

"앗!"

부르르 떠는 그녀의 몸으로부터 진동을 느끼며 목덜미를 핥았다. 가슴을 안은 손을 주물러 손안에 차오르는 말랑한 촉감을 한껏 느껴보기도 했다. 그리고 허리를 안은 반대쪽 손은 배를 쓰다듬다가 좀 더 아래를 문질렀다.

"하아…… 하아!"

너무 꽉 껴안은 탓에 숨을 헐떡거리는 건지도 몰랐다. 그러나 자신의 품에서 꿈틀거리는 보드라운 여성의 몸이 헐떡이는 건, 그의 심장박동 역시 빨라지게 만들었다.

세왕은 서서히 손을 풀며 그녀의 목덜미와 등 곳곳을 깨물어 붉은 반점을 만들어 나갔다.

당하는 인정은 그렇게 아프지 않았다. 하지만 예상할 수 없는 여기저기에 작은 뜨거움이 불씨처럼 번져 갔다.

그리고 마침내 세왕은 몸에 비해 조금 통통한 편인 그녀의 엉덩이에 입술을 가져갔다.

"그, 그러지 마!"

뜨거운 숨결이 엉덩이 사이의 계곡까지 느껴지자 인정은 당황하여 손을 저었다. 세왕은 그 손을 잡아채 팔을 등으로 꺾어놓고, 지금까지와는 다르게 크게 입을 벌려 강하게 엉덩이를 깨물었다.

"하윽!"

인정은 크게 신음하며 허리를 뒤로 젖히려고 했지만, 등 뒤로 돌려진 팔 때문에 들썩거리는 몸짓이 전부였다.

"아프기만 해?"

"왜 자꾸 깨무는 건데?"

"귀여우니까. 깨물어주고 싶게."

"화풀이하는 건 아니고?"

"겸사겸사."

세왕은 그녀의 엉덩이에 남긴 빨간 자국을 흐뭇하게 바라보았다.

"이, 이거 놔. 이건 불공평해. 왜 나만!"

"그런 거였어? 그럼 공평하게 나도 너한테 똑같이 당해줄게."

"싫어! 누구 좋으라고!"

인정은 발버둥 치며 그에게서 벗어나려고 했지만, 세왕은 괘씸한 엉덩이를 잡아채며 양쪽으로 벌렸다.

"하, 하지 마! 무슨 짓이야!"

"너 좋으라고 하는 짓. 아니면 여기가 왜 이렇게 젖었을까?"

번질거리는 여성을 빤히 바라보자 인정은 졌다는 듯이 얌전히 엎드렸다.

"흐웃! 부, 부끄럽다니까!"

"부끄러워하지 마. 엄청 예쁘니까."

"……."

숨죽인 채 엎드린 모습이 너무 사랑스러웠다. 그녀의 발목까지 내려온 거추장스러운 옷을 치워 버리고 말려 올라간 티셔츠도 벗겨줬다. 그녀는 하지 말라고 바동거리지 않았다.

토실토실한 엉덩이를 쓰다듬다가 갈라진 틈으로 손가락을 넣고 아래로 내려왔다. 애널을 스치는 손길에 깜짝 놀란 인정이 엉덩이를 수축시키는 걸 보고 또 한 번 귀여워서 깨물고 싶었지만 참았다. 여성의 입구에 가까이 가자 뜨겁고 습한 피부가 닿았다. 갈 듯 말 듯 주변을 맴도는 것만으로도 긴장한 꽃잎이 오므라들곤 했다.

"흐…… 웃."

그녀의 신음 소리는 솔직하지 못했다. 좀 더 콧소리를 내고 즐겨주길 바라지만 잇새로 새어 나오는 소리는 불안과 기대가 반반씩 섞여 흥분을 감추느라 애쓰는 신음이었다.

'내가 부족해서야? 아니면 나인정 자존심이야?'

뭐가 됐든 한번 끝까지 가보고 싶은 세왕은 의욕에 불타올랐다. 분명 자신이 서툰 탓도 있을 것이다. 경험이 없다는 건 뭐든 잘해야 직성이 풀리는 세왕에게 치명적이었다. 친구들에게 들은 것도 많고, 그때마다 저도 해본 것처럼 리얼하게 상상하며 다 안다는 듯이 고개를 끄덕이지 않았던가. 게다가 본능은 무서웠다. 그날 밤 본능이 이끄는 대로 훌륭하게 일을 잘 치렀다. 그러나 세왕은 처음보다 두 번째가 훨씬 더 좋아야 한다고 욕심을 부렸다.

감질나게 다가가던 손가락은 미끈거리는 따뜻한 살 속으로 파고들었다. 마치 자신의 분신이 그 두터운 살에 감싸진 것처럼 역시 뜨겁게 흥분됐다. 슬쩍 입구를 건드리자, 흠뻑 젖은 그곳이 움찔거렸다.

그곳을 스치기만 하고 꽃 속에 숨겨진 딱딱한 돌기를 건드려 본다. 천천히, 닿을 듯 말 듯 조심스럽게 위아래로 문지르던 손가락은 점점 빠르고 강하게 움직였다. 그러나 안으로 곧장 들어갈 것처럼 입구까지 강하게 밀고 내려오다가 스윽 그곳을 지나치곤 했다. 그러면 인정이 몸서리치게 떠는 것을 느낄 수 있었다.

"허, 허읏……!"

세왕은 그녀가 숨넘어갈 듯하면 격렬하게 움직이던 손가락을 멈추고 간질이듯 살살 문지르기만 했다. 팽팽하게 조여드는 입구가 만져졌지만 아직 아니었다.

인정은 뭔가 갈 듯 말 듯 감질나자 안달나기 시작했다. 저도 모르게 엉덩이를 움직여 그의 손을 조금이라도 더 느끼려 했다. 그러다 마침내 손끝이 입구를 찔렀고 그녀의 은밀한 속살들은 그를 놓칠세라 그것을 꽉 물었다. 그러나 아쉽게도 금세 빠져나가 버렸고, 그게 다가 아니었다. 그는 고문하듯이, 아니면 짓궂은 장난을 치려는지, 그녀가 애액으로 흠뻑 젖어 있는데도, 조금 들어갔다가 금세 나와 버리곤 했다.

"저, 저기……."

"응?"

"저기…… 왜 자꾸 하다…… 마는 거야?"

"뭘? 너 별로 하고 싶지 않다며? 이제 생각이 바뀌었어?"

"……."

"대답을 안 하네?"

세왕은 갑자기 손가락을 쑤욱 넣어버렸다.

"허윽!"

바라고 있던 인정의 몸은 갑작스러운 강한 자극에 놀랐지만 곧 흥분해서 신음을 토했다.

"하아아아."

그녀가 마음껏 느낄 수 있도록 세왕의 손가락은 그녀의 질척거리고 새빨간 성감대 속에서 크게 진동하며 들락거렸다.

인정은 발가락을 달싹거리며 마구 튀어 오르는 짜릿한 전율을 이겨보려고 애쓰고 있었다.

"흐으응……."

마침내 그녀가 비음을 흘리며 몸을 배배 꼬았다. 세왕은 폭발할 것 같은 욕망을 억누르고 손을 빼버렸다.

"……!"

인정은 방금까지 저를 달아오르게 만든 것이 사라지자 당혹스러웠다. 아직도 열기는 고스란히 남아 있었다. 뭉게뭉게 피어오른 열망이 말초신경까지 건드리며 기대감에 차 있는데, 아우성대는 욕구를 풀 수가 없게 돼버렸다.

"세, 세왕아……."

"왜?"

부끄러워 폭발할 것 같았지만 다리 사이에 응어리진 무언가를 터트려 버리지 않으면 안 될 것 같았다. 인정은 모기만 한 목소리로 사정했다.

"나, 나 지금 좀…… 이상해. 기분이 좀……. 나 좀 어떻게 해줘."

"어떻게?"

"……."

"넣어줬으면 좋겠어?"

보일 듯 말 듯 고개를 끄덕이면서 그녀는 생각했다.

'그래. 뭔가 가득 찼으면 좋겠어. 거기를 막 사정없이 긁어줬으면 좋겠어.'

아팠던 첫 경험의 고통은 잘 떠오르지 않고 안으로 밀고 들어오던 아찔한 쾌감만이 생각났다.

"말해봐. 어떻게 해줬으면 좋겠어?"

그가 일부러 이런다는 걸 눈치챘지만 인정은 제 손이라도 넣어 문지르고 싶은 지경이라 마른침을 꿀꺽 삼키고 대답했다.

"넣어줘! 해줘!"

"엎드려 봐."

"으, 응? 지금 엎드려 있잖아."

세왕은 혼란스러워하는 인정의 허리를 들어 올렸다. 가슴은 침대에 붙인 채 엉덩이만 쑥 위로 내밀자, 자연스럽게 엉덩이는 팽팽하게 당겨져 벌어지고, 그 사이에 자리 잡은 은밀한 숲이 붉은 속살을 내비치며 세왕을 유혹했다.

"이렇게 섹시하게 엉덩이 들고 엎드려 보라고."

"너, 너무해!"

바지의 버클을 풀었다.

"너무한 건 너지. 날 미치게 만드니까."

나지막한 목소리와 함께 그는, 손가락으로 번들거리는 붉은 속살을 벌리며 클리토리스를 꾸욱 눌렀다. 그와 동시에 벌어진 입구 안으로 자신의 페니스를 꽂아 넣었다.

"으…… 흐읏……."

채워지길 갈망했지만, 인정의 입구는 아직 좁았다. 괴로워서 시트를 힘주어 붙들며 그를 힘겹게 받아들였다.

세왕은 페니스가 그녀의 속에 삼켜지는 쾌감의 순간에 숨 쉬는 것을 잊었다. 완벽하게 맞물려, 그녀의 내벽이 꿈틀거리며 저를 붙잡는 것 같았다. 숨 막히게 조여드는 이 느낌이란!

그녀의 가슴으로 팔을 돌려 보드라운 젖가슴을 만지작거렸다. 유두가 꼿꼿하게 서서 그의 손바닥을 누르는 걸 느끼며 저도 모르게 중얼거렸다.

"사랑해……."

인정의 귀에도 그의 목소리가 들렸다. 묵직한 그 목소리는 주문처럼 그녀의 아랫배까지 찌르르하게 울렸다. 그리고 그녀가 뭐라 대답할 새도 없이 세왕이 빠르게 허리를 움직였다. 그녀의 엉덩이와 세왕의 아랫배가 연신 찰박찰박 부딪쳤다. 정신이 혼미해지고 엉덩이 사이에서 느껴지는 쾌감에만 온 신경이 집중됐다. 세왕은 그녀가 간지러워하던 곳, 뜨거워서 어찌해야 할 바를 모르는 그런 곳을 잘도 훑으며 파고들었다. 엉덩이는 기쁨에 겨워하듯 흥분을 감추지 못했다.

"하아……. 하앗! 흐응……."

부끄러움을 잊은 인정의 촉촉한 신음 소리는 세왕을 더 불끈거리게 만들었고, 꽉 물고 당겨오는 그녀의 동굴은 그의 남성을 쥐어짜 내고 있었다.

힘차게 허리를 밀고 헐떡이던 숨마저 안으로 말아 넣은 순간이었다. 그녀의 안에서 커다란 열기가 더 이상 팽창하지 못하고 꽉 들어찼고 그가 맹렬한 기세로 그곳에 불을 지폈다.

"어흑!"

펑. 인정은 들리지 않은 그 소리가 들리는 것 같았다. 폭발과 함께 전신의 신경을 타고 퍼져 나간 불꽃이 온몸의 근육을 당겼다. 세상이 하얗게 변하고 믿을 수 없는 쾌감에 팔다리가 녹아내렸다.

"하아…… 하아……."

부들부들 떨리는 몸이 축 처졌다. 그러고도 한참이나 간헐적인 작은 불꽃들이 여기저기에서 여운처럼 터져 나갔다.

털썩. 세왕이 그녀의 옆에 나란히 누웠다. 그리고 그는 그녀의 뺨을 쓰다듬으며 사랑스럽다는 듯이 이마와 콧잔등에 입을 맞추었다. 눈을 깜빡이며 방금 전 저의 모습을 떠올리던 인정은 얼굴을 붉히고 수줍게 눈을 감았다. 하지만 인정은 그가 다가오는 걸 느낄 수 있었다. 그의 숨결이 입맞춤을 위해 다가오는 것을 말이다. 상쾌했던 향은 없어졌다. 그의 입술 온도는 그녀와 같았고 그녀와 같은 향이 났다. 그래도 좋았다. 그에게서 나는 저의 냄새가 익숙했다.

'그래. 우리가 어릴 때는 똑같이 모래밭에서 뒹굴고 똑같이 먹고 마셨어. 서로 다를 게 없었지. 네가 나였고, 내가 너였고.'

늘 싸웠지만 늘 붙어 다닐 수 있었던 건 서로를 남이라고 인식하지 못했기 때문일까.

뜨겁게 타오르던 쾌감이 지나가고 그녀의 마음에 따뜻한 정이 맴돌 때였다. 세왕의 한마디가 그녀의 푸근한 기분을 산산이 깨부

쉈다.

"미안. 안에다 해버렸어."

"……!"

인정은 눈을 부릅뜨고 벌떡 일어났다. 방금 아주 불길한 소리를 들었는데, 설마 농담이겠지, 라는 눈빛이었다.

세왕은 매우 씁쓸하고 미안해하며 덩달아 일어나 앉았다.

"미안. 타이밍을…… 놓쳐 버렸어."

인정의 머릿속은 계산으로 바빴다. 날짜, 날짜가 중요했다! 그리고 계산을 끝낸 인정은 찜찜하긴 하지만 나름 안도했다. 그러고 나서야 그녀는 화를 낼 수 있었다.

"이 나쁜 새끼!"

"갑자기 불이 붙는 바람에……."

"그러니까 내가 하지 말라고 했잖아!"

"하지 말라는데 꼭 하라는 소리로 들리는 걸 어쩌라고!"

"그래도 안 했어야지!"

"왜 안 해! 결혼하면 되잖아!"

"……!"

"결혼하자. 우리 둘 다 그럴 나이 됐잖아. 이제 와서 다른 짝 찾을 거야?"

세왕의 결론은 인정을 할 말 없게 만들었다. 사랑해서 네가 없으면 미칠 것 같아서 결혼하자도 아니고, 지금 이 분위기에서 저런 소리가 나오는지, 짜증이 확 올라왔다.

"그러니까. 네 말은 내가 다른 괜찮은 남자를 찾을 수도 없으니까 그냥 너랑 결혼하라고?"

"왜 말을 그렇게 비꼬냐? 우리 둘이 잘 맞잖아. 어릴 때부터 서로 잘 알고. 모르는 게 없으니까 결혼해도 달라질 건 없을 거 아냐?"

인정은 숨을 크게 들이쉬고 차분하게 마음을 다스렸다. 그리고 베개를 들어 그를 후려치며 소리쳤다.

퍽.

"나가!"

"앗! 야!"

버럭 소리를 지른 세왕이 그녀의 손목을 잡고 눈을 부릅떴지만 인정의 기세는 수그러들지 않았다.

"나가라고. 당장!"

"야, 왜!"

"아무것도 달라질 게 없을 거라고? 그래! 그게 문제야. 이 자식아! 나가!"

"옷은 입고 가야 할 거 아냐!"

조금 전까지 서로 꼭 붙어 있던 두 사람은 그렇게 또다시 다투고 있었다.

고슴도치 딜레마

"내가 어제 뭘 좀 읽었는데, 고슴도치는 죽을 때까지 계속 몸이 자란대."

"그런데?"

덩치에 어울리지 않게 독서가 취미인 동훈이 뜬금없이 중얼거렸다.

"성장을 계속하면 계속 어른이 못 되는 걸까? 그런 생각을 하다가 나인이랑 너 싸우는 거 보니까 얘들은 언제 크나 싶더라고."

"뭐?"

"생각이 꼬리에 꼬리를 물어서…… 만약에 만에 하나 너네 둘이 잘돼가지고 짝짓…… 헉! 야. 농담이야! 농담!"

그때 나는 만약의 경우를 상상하고 있었다.

우리가 정말 어른들의 사랑을 나눌 때가 올까?

그때도 우리가 싸우고 있을까?

고슴도치 딜레마. 우리는 그저 철부지 못난이들이었다.

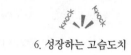

6. 성장하는 고슴도치

욕실에서 몸을 씻던 인정은 뿌옇게 흐려진 거울을 손으로 스윽 문질렀다. 늘 보던 몸인데, 오늘따라 조금 달라 보였다. 자신의 눈에도 조금 섹시해 보인달까. 어쩌면 그가 곳곳에 남긴 붉은 자국 때문일지도 몰랐다.

"뭐야, 이거. 자기 거라고 도장 찍은 거야?"

지워지지 않는 자국을 문지르면서 투덜거리고 있지만 그녀의 표정은 좀 묘했다. 정말로 싫고 난감한 기색은 아니었던 것이다. 자신의 얼굴을 발견한 인정은 샤워기를 거울에 뿌려댔다.

"아무리 그래도 그렇지, 갑자기 결혼? 쟤 정말 어떻게 된 거 아냐?"

순식간에 한 몸이 되어 나뒹군 건 자신의 선택이었지만 즐긴 것과 결혼은 다른 거였다. 애초에 사귀는 건지, 그냥 원나잇인 건지도 애매한데 말이다.

"이거 꼭 내가 나쁜 년이 된 기분이네? 즐겨? 내가? 하! 그럼 도대체 너 뭐 한 거니, 인정아!"

혼란스러운 머리를 분노의 샴푸질로 식혀보지만, 도무지 스스로의 마음조차 뿌연 수증기에 가려진 것처럼 확실히 보이지가 않았다.

다음날 인정은 하루 종일 혼란스러워서 회사에서도 실수가 잦았다. 김 감독의 핀잔과 갈굼을 참아내며 고단하고 지친 몸을 이끌고 퇴근하던 그녀는 문득 친구 예빈이가 보고 싶어졌다. 일찌감치 결혼해서 애도 둘이나 낳고 잘살고 있지만, 마지막으로 본 게 둘째 돌잔치였다. 흔들리는 지하철 안에서 그녀는 지우고 쓰기를 반복하며 예빈이에게 어렵사리 한마디를 보냈다.

「예빈아, 넌 어쩌다가 결혼했니?」

대답은 곧장 오지 않았다. 한창 바쁜 저녁시간에 애들 챙기느라 정신도 없겠지만, 인정의 질문이 황당한 것도 있었다.

인정이 내리기 한 정거장 전이었다. 카톡 알림음과 함께 황당한 이모티콘, 화난 이모티콘 등이 쏟아지더니, 마지막에 강렬한 한마디가 올라왔다.

「나도 모르겠다, 이년아!」

결혼은 원래 그렇게 아무것도 모르는 사이에 되는 걸까. 그러고 보면 저런 이야기를 자주 들은 것 같았다.

터덜터덜 집으로 가는 길이었다. 인정은 오피스텔 입구 앞을 서성거리는 한 아주머니를 보고 고개를 갸웃거렸다.

'어디서 본 것 같은데……'

고상한 옷차림과 인자한 얼굴이 매우 낯익었다. 곁눈질로 아주머니를 살피며 지나가려는데, 아주머니가 오히려 그녀를 발견하고는 큰 소리로 불렀다.

"인정아!"

"에? 예?"

"나인정 맞지? 나야, 나 세왕이 엄마!"

"아……! 이모!"

"어머. 이게 얼마 만이니! 넌 너무 예뻐졌다. 나 못 알아볼 뻔했어!"

"저도요. 설마 이모일 거라곤 생각도 못했어요!"

두 사람은 손을 붙잡고 반가워했다. 세왕은 미워했지만 그의 어머니에게는 아무 감정이 없었다. 엄마 친구라 잘해준 것도 있지만 정말로 친이모처럼 좋아했던 분이었다.

"근데 넌 여기 어쩐 일이니?"

"저 얼마 전에 여기로 이사 왔어요. 이모는 세왕이 때문에 오신 거예요?"

"어머! 그래? 설마 너 우리 세왕이 여기 있는 거 알고 온 거니?"

"아니에요! 그런 거 절대 아니에요. 저도 여기 와서 알았어요. 얼마나 놀랐는데요!"

인정은 혹시 이모가 오해하실까 봐 손사래를 치며 정색했다. 저를 예뻐한 건 예뻐한 거고, 이모 입장에서는 저랑 세왕이가 사귄다는 게 환영할 일이 아니었으니까. 그런데 이상한 건 이모의 표정에 실망한 기색이 보이는 것이다.

"그래……? 후……. 그렇구나."

"왜 그러세요? 왜 여기서 이러고 계세요? 들어가시지 않고요."

"인정아, 너 나랑 얘기 좀 할래?"

이모의 다급한 표정을 보니 무슨 일이 생긴 것 같았다. 인정은 이모를 모시고 자신의 집으로 들어갔다.

따뜻한 커피를 타는 동안 이모가 그녀의 집을 둘러보았다. 인정은 어제 세왕이 그녀의 집을 치워주지 않았다면 꽤 난감했겠구나, 가슴을 쓸었다. 그러다가 이모의 시선이 어젯밤 그녀의 아들과 뒹굴었던 침대로 향하자 괜히 뜨끔해서 얼른 커피를 가져왔다.

"추우시죠?"

"아니야. 괜찮아."

커피를 받은 손이 새빨갛게 얼어 있는데도 이모는 웃으면서 괜찮다고만 하셨다. 얼마나 밖에 계셨던 걸까.

"이모, 왜 거기 계셨어요? 세왕이 집을 모르는 건 아니시잖아요."

"그렇지……."

"하실 말씀이라는 게 세왕이 일인가요?"

어깨를 축 늘어트린 이모가 무거운 한숨을 쉬었다.

"인정아."

"예."

"너 우리 세왕이랑 왜 헤어졌니?"

"예? 그, 그게 무슨 말씀이세요?"

"너희 둘 헤어져서 꽤 오랫동안 안 만났잖아. 지금도 그런…… 거지?"

"이모, 뭔가 오해하셨나 봐요. 전 세왕이랑 사귄 적이 없어요."

"얘는. 그게 사귄 게 아니면 뭐니. 내 눈에는 계속 사귄 걸로 보였어."

"말도 안 돼요!"

"안 되긴! 생각해 봐라. 주말이며, 크리스마스며 항상 너 만나러 간다고 나가던 애야. 소풍 때도 너 먹을 것까지 도시락을 싸가던 녀석이, 어느 날 갑자기 너랑 끝났다는데, 그게 사귄 게 아니면 뭐니?"

"어…… 그, 그건……."

이렇게 말씀하시면 할 말이 없다. 세왕이 그렇게 집에서도 제 이름을 자주 불렀는지 몰랐다. 그냥 세왕이가 놀자고 하면 나갔고, 세왕이가 같이 먹자고 한 도시락이 맛있었다. 그뿐이라고 생각했다. 그때는 주변에 다른 친구도 많아서 딱히 둘이 만난 건 아니었으니까. 그런데 집에는 그렇게 말해왔나 보다. 다른 친구는 안중에도 없이, 나인이, 나인이, 그렇게 불렀던 모양이다.

이모는 또 한 번 세상이 멸망이라도 할 것처럼 긴 한숨을 쉬었다.

"나 실은 세왕이 집에 들어가기가 겁난다."

"예?"

"너랑 헤어진 후로 바로 대학을 갔잖니. 그때부터야. 쟤가 이상한 애랑 어울리더니, 통 여자를 안 만나는 거야."

"이, 이상한 애요?"

왠지 그 순간, 불길하고도 확실한 촉이 왔다.

설마.

"한두 번이 아니야. 내가 세왕이 집에 올 때마다 걔가 있었어. 심지어 걔…… 내가…… 얼마 전에, 어쩌다가 걔, 걔가 어떤 남자랑 껴안고 있는 걸…… 본 적이 있어……. 나, 남자가, 남자를 말이야."

"이, 이모!"

명철이 얘기가 확실했다. 인정은 이모의 어마어마한 오해를 풀어드리고자 그녀를 불렀지만, 이모는 다른 뜻으로 그녀의 부름을 해석했다.

"진짜야. 보통 사이가 아니었다고. 내가 그런 걸 이해 못하는 건 아닌데……. 그래도 우리 세왕이는…… 우리 아들만큼은 아니길 바라는 거야. 내 맘 알겠니?"

"저기, 뭔가 오해하신 것 같아요."

"내 친구들 사이에서도 가끔 그런 이야기가 나오나 봐. 생긴 거 멀쩡한 애가 숫기가 없는 것도 아닌데, 여자친구 한번 사귄 적이 없고, 선을 보라고 주선을 해도 질색하고, 그러니 내 친구들이 농담으로 그런 얘기들을 하더라고. 그래서 첨엔 나도 그냥 농담이라고 생각했는데……. 걔, 걔랑 왜 계속 같이 지내는 걸까?"

불안하신지 자꾸 손을 떨며 커피 잔을 만지작거리는 이모의 심정이 충분히 이해가 됐다. 어떻게든 풀어드려야 할 텐데, 그러자니 할 얘기가 많을 것 같았다. 우선, 오랫동안 만나지 못한 세왕의 성향에 대해서 어떻게 말씀드려야 믿을지 그것부터가 문제였다.

"걔 눈빛이 좀 그래. 달라. 그리고 걔 무슨 예술가라면서? 내가 인터넷에 찾아봤거든. 그런 소문이 많더라고. 게이바에서 산다는 말도 있고……. 본인이 인정했다고도 하고. 꾸준히 만나는 애인도 있다더라. 그 애인이 설마 세왕일까 봐, 내가 얼마나……."

"그건 절대 아닐 거예요!"

사실 절대 아니라고 말하기는 어려웠다. 세왕이와 명철이 붙어 다닌 시간을 생각해 보면 소문의 애인이 세왕일 확률이 아주 높았다. 다만 그건 속사정을 모르는 사람들의 소문일 뿐이지만.

"인정아, 사실은…… 사실……. 그래. 내가 뭘 더 숨기겠니. 사실 세왕이가 어제 선을 봤다."

"예……."

"근데, 그 선 자리에 그놈이 나왔단다. 세상에! 그놈이 나와서……. 훼방을 놨대."

"……."

그 사건의 원인 제공자가 저라는 사실을 잘 알고 있는 인정은 가슴이 뜨끔해서 아무 말도 못했고, 그것을 세왕의 어머니는 인정이도 위로해 줄 말이 없다는 뜻으로 받아들였다.

제 아들은 누가 봐도 게이가 확실하다고.

"나 한숨도 못 잤어. 내가 어떻게 해야 할까? 우리 아들 어쩌면 좋지?"

"……어, 그건…… 이모, 그건 오해일 거예요. 세왕이가 계속 선보기 싫다고 해서 자기들끼리 뭔가 작전을 짠 걸 거예요."

"나도 그렇게 믿고 싶어서, 그쪽 집에다가는 미안하다고 그렇게 말했어. 그런데, 세왕이 그놈이 글쎄, 내가 야단칠 틈도 없이 어제 전화로 그러는 거야."

"예?"

"친구랑 같이 살게 됐다고, 반찬을 좀 많이 싸달라잖아. 어릴 때 너하고 하던 걸 그놈이랑 하니까 내가 아주 불안해 죽겠어. 걔 걸

핏하면 너한테 준다고 이것저것 싸갔잖아."

"아……. 그랬…… 죠."

"그래서 일단은 반찬이며 다 싸가지고는 왔는데, 그 아프다는 친구가 그놈이면 머리채 잡아서라도 떼어놓을까 했거든. 근데 도저히 들어가질 못하겠는 거야. 그게 맞을까 봐 너무 겁이 나서……."

이렇게 되면 오해받는 세왕이가 불쌍한 게 아니라 아들이 게이라고 확신하는 이모가 불쌍해서라도 더 두고 볼 수 없었다.

"그게 말이죠, 명철이는요!"

"명철이? 너도 걔 아니? 어떻게 알아?"

이모는 깜짝 놀라며 뭐라도 알 수 있을까 싶어 잔뜩 격양된 표정으로 인정을 다그쳤다.

"후우……. 이모, 명철이는 그…… 생각하시는 게 맞는데요."

"맞아? 맞다고? 그, 그럼 걔 정말로……! 정말로 우리 아들이랑."

"아니요. 그건 아니에요. 절대 아니에요. 그건 그러니까……."

이 상황에서 명철이 세왕을 짝사랑하다 지금은 마음을 접었다고 말했다간 이모가 쓰러지실 것 같았다. 어떻게 두 사람 관계를 잘 둘러댈까 하는데, 초인종이 울렸다.

"이모, 잠깐만요. 누구세요?"

―나야!

세왕이었다. 하필 이런 타이밍에. 아들의 목소리를 알아들은 이모가 놀란 눈으로 후다닥 달려와 자신의 부츠를 감추었다.

"……?"

"쉿! 나 온 거 비밀로 해줘. 쟤 몰라."

"어…… 그게…….."

인정이야말로 난감했다. 이모가 온 걸 숨기자니 세왕이 해선 안 될 둘만의 이야기를 할까 봐 속이 타들어갔다. 하지만 이모는 아무것도 모르시니, 두 손으로 부탁한다는 제스처를 보내며 욕실 문으로 들어가 버리셨다.

'아, 미치겠네!'

쾅쾅.

―문 좀 열어봐! 안 잡아먹어!

일단 인정은 문을 열어주었다. 그리고 안으로 들어오려는 세왕을 신발장에서 막아섰다.

"잠깐 얘기 좀 하자."

"나중에."

"왜 나중인데? 난 억울하고 분해서 이대로 돌아가면 잠이 안 올 것 같은데?"

"그래. 알겠는데, 저기…… 지금은 좀…….."

인정은 제발 알아차려 달라는 눈짓을 보냈다. 욕실 문을 힐끗거리며 최대한 난감한 표정을 지었더니, 세왕은 그녀를 요상하게 바라보다가 혀를 차더니 한마디를 툭 던진다.

"뭐? 화장실 간다고? 갔다 와. 안에서 기다릴게."

그래. 똥 마려운 표정으로 보일 수도 있지! 정말 똥 마려운 강아지처럼 초조해서 어쩔 줄 몰라 하는 기색을 그렇게 읽을 수도 있을 거야!

그래도 지금은 그러지 말라고!

"아니야! 그런 거!"

"그럼 뭐! 나중에 들을 얘기 같으면 그냥 지금 들어! 화장실 가고 싶으면 갔다 오고! 변비 있는 거 아니까 천천히 와도 돼. 아니면 난 밖에서 얘기할 테니까 넌 안에서 듣던가."

"야! 변비는 무슨!"

"너 걸핏하면 우리 집 화장실 들어가서 한 시간씩 안 나왔잖아. 비데 있어서 좋다고 우리 집만 오면 화장실 꼭 쓰다 간 거 기억 안 나?"

"아, 쫌! 너는 왜 그렇게 쓸데없는 걸 다 기억하는데!"

"이게 왜 쓸데가 없냐. 두고두고 놀릴 수 있는 흑역사를 왜 잊겠어? 우리 애들 태어나면 엄마의 대장 병력에 대해 해줄 말이 많아."

"우리 애들? 너 진짜 이럴 거야? 제발 부탁이니까 나가 좀. 응?"

안에서 듣고 있을 이모 때문에 식은땀이 났다. 이를 악물고 윽

박질러 보지만, 꿈쩍도 하지 않는 세왕을 보니 이러다가 폭탄을 터트릴 것 같았다. 이렇게 되면 억지로 떠밀어 내쫓는 수밖에 없었다.

"나가. 나가. 응? 제발 나가주라!"

등을 돌려세워 떠미는데, 세왕은 문 양옆의 벽을 붙잡고 고집스럽게 버티며 버럭 소리를 질렀다.

"야, 나인정! 이게 도피한다고 해결될 문제야! 아니면, 너는 애가 생기면 지우겠다는 거야! 너 혼자 만든 애가 아니라고!"

"야아!"

인정은 발까지 동동 굴리며 비명에 가까운 고함을 질렀다. 폭탄, 그것도 대형 폭탄이 터졌다. 아니나 다를까, 욕실 문이 벌컥 열렸다.

"어, 어머니!"

"애가…… 생겨?"

넋이 나간 세왕의 어머니, 그리고 그보다 더 놀란 이세왕.

예상치 못한 모자 상봉 사이에서 인정은 힘없이 무너져 내렸다.

"아, 안 돼요!"

"뭐가 안 돼? 너희 둘이 옛날부터 그렇게 친했고 이제 사귄다는데, 나이도 많은 것들이 그냥 결혼하면 되잖아."

두 사람을 식탁에 앉혀놓고 세왕의 어머니는 어느 때보다 힘 있게 말씀하셨다. 아들이 게이일까 봐 절망했던 어머니는 아이가 생긴 건 아니지만, 그렇고 그런 사이라는 두 사람의 변명을 매우 환영했다. 사실 사귀기로 한 적은 없지만 그냥 둘이 침대에서 뒹굴고 놀았다고 할 수는 없어서 얼마 전부터 사귀게 됐다고 둘러댄 게 화근이었다.

"제가 세왕이랑 어떻게 결혼해요? 솔직히 이모는 세왕이 아깝지도 않으세요? 저는 아직까지 뭐 하나 제대로 이뤄놓은 것도 없어요."

"어머. 넌 이상한 소리를 한다. 아직 젊은 애가 왜 그러니? 앞으로 이뤄 나가면 되지. 꿈도 있고 노력도 하고 있잖아. 네 엄마가 너 시집이나 가겠냐고 투덜거릴 때도 내가 얼마나 화냈는데. 너처럼 어렵고 멋진 일 하는 딸을 왜 구박하냐고. 원래 예술은 쉽지 않아. 늦게 빛을 보는 사람도 많고. 그거랑 우리 세왕이랑 결혼하는 거랑 아무 상관 없어."

이모가 원래 좀 쿨하고 교과서처럼 바른 분이시긴 했지만 이 정도로 관대하실 줄 몰랐다. 하나밖에 없는 아들에게 욕심부릴 만도 한데, 게이가 아닌 것만으로 천만다행이다 싶으신 걸까.

"그러니까 말이에요. 얘는 자꾸 제가 너무 잘나서 자기 무시한다고 생각한다니까요."

세왕이가 거들자, 이모는 그런 세왕을 쏘아보았다.

"너는 가만히 있어! 내가 봐도 너 좀 그랬어! 그리고 남자가 무책임하게 아무리 좋아도 그렇지, 그런 실수를 하면……! 아들. 난 널 그렇게 키우지 않았다?"

"어머니도 그러시는 게 아닙니다. 아무리 그래도 그렇지, 아들을 그렇게 못 믿으시고 게이로 오해하다니!"

"아니면 됐으니까 그 얘기는 꺼내지도 마. 넌 가만히 있고, 인정아. 너 애랑 결혼하기가 그렇게 싫니?"

다시 저에게 돌아온 질문에 인정은 이모를 똑바로 보지 못하고 망설이다가 겨우 대답했다.

"시, 싫다기보다는요…… 우리는 사귄 지 얼마 되지도 않았는데 결혼이라니, 너무 갑작스럽고 도저히 아무 상상도 안 돼요."

"얼마 안 됐긴. 내 눈에는 한 삼십 년 사귄 애들 같다."

"이모……."

"결혼 별거 아니야. 그놈이 그놈이고. 막말로 게이만 아니면 됐지."

"어머니!"

"너희 둘이 좀 더 생각해 봐. 되도록 좋은 방향으로. 내가 나서서 하라고 보채면 더 부담스러울 테니까."

그렇게 깔끔하게 결론을 내린 세왕의 어머니가 자리에서 일어났다. 세왕이 엉거주춤 따라 일어났다.

"주무시고 가셔야지요."

"됐다. 인정이는 나오지 말고. 아팠다며? 찬바람 안 쐬는 게 좋아. 그리고 넌 따라나와. 인정이 줄 반찬 차에 있어."

시크하게 현관을 나선 어머니를 따라 함께 사라졌던 세왕이 돌아온 건 10여 분이 흘러서였다. 당연하다는 듯이 문을 두드려 대는 세왕의 태도에 인정은 한숨을 폭 내쉬며 문을 열어주었다. 양손 가득 뭘 들고 있는지 꽤 묵직해 보이는 보자기와 쇼핑백을 보고 있자니 또 한숨이 난다.

"안 받고 뭐 해? 자."

어쩔 수 없이 손을 뻗어 보자기 꾸러미부터 받아 든 인정이 입술을 삐죽였다.

"나도 올 엄마 있는데, 왜 이런 걸 부탁했어? 이모 귀찮으시게."

"네가 우리 어머니 반찬 좋아했잖아."

"……그랬지."

하여간 기억력도 좋지. 괜스레 입술을 깨물며 몸을 돌리자 세왕은 다시 그녀를 불러 세웠다.

"나인정."

"왜?"

"내가 아까 하고 싶었던 말이 뭐냐면……."

"……."

"네가 왜 화를 내는지 알 것 같더라고. 결혼이 그렇게 간단하고 쉬운 문제는 아니잖아. 그리고 그동안 너한테 믿음을 주지 못한 것도 사실이고."

"그래…… 서?"

결혼하자고 그렇게 조르더니, 이제 와서 맘이 바뀐 사람처럼 세왕은 망설이고 있었다. 인정은 결혼에 대해 흔들리고 있었기 때문에 그가 하지 말자고 하면 아쉬워질 것 같아서 조심스럽게 물었다.

"그래서…… 말인데. 우리…… 사귈래?"

"……"

"친구도 해봤고, 앙숙도 해봤고, 이제 애인도 해보자. 너에 대해서 다 안다고 했는데, 사실 모르겠어. 내 친구 나인정은 그렇게 섹시하고 도발적이지도 않았거든."

다행이었다. 저를 놔주려는 게 아니라 오히려 짜릿한 고백이었다. 인정은 설레는 맘이 들킬까 봐 어이없는 표정으로 담담하게 물었다.

"놀리니?"

"바보야. 칭찬하는 거잖아! 나인정이란 여자가 알면 알수록 더 매력적이라고! 그러니까 애인일 때 나인정을 알고 싶다고! 그리고 너도 모르잖아. 내가 애인일 때 얼마나 매력적인 남자가 될 수 있는지, 네가 알아?"

"하!"

잘나가다가 잘난 척으로 끝난 말에 인정은 어이없다며 웃음을 터트렸다. 이미 그녀의 마음은 활짝 열려 세왕에게 다가간 지 오래였다. 그래서 편안하게 웃으며 그를 애태우고 있었다.

"아, 할 거야, 말 거야? 애인하기 싫음, 그냥 결혼하고. 어차피 우리 어머니 알게 됐으니까, 너희 어머니 귀에도 곧 들어갈걸?"

"협박하니? 나 다 컸어. 서른한 살이라고! 엄마한테 이른다고 벌벌 떨 것 같아?"

"서른한 살……. 근데 넌 왜 아직도 이렇게 귀여울까?"

"웃기지 마! 얼렁뚱땅 넘어갈 줄 알고?"

"우리 나인은 뭘 믿고 이렇게 도도한지 모르겠네. 이세왕 정도면 애인으로 차고 넘칠 텐데?"

"근데 왜 여태 연애 한번 못했는데? 아주머니 말로는 너 여자친구 한번도 없었다며? 나더러 처녀라고 비웃더니, 넌 설마 동정남이야?"

"와! 내가? 내가 여태 애인이 없었다고? 짐작하지 마. 너 자꾸 그러면 내가 한 번 더 덮치는 수가 있다. 억울해서라도 테크닉을 보여주고 만다!"

"됐어! 핑계는! 집에나 가! 정 아쉬우면 게이 친구한테 테크닉 알려주던가!"

무안해진 인정이 괜히 큰소리치며 다시 돌아설 때였다.

"……!"

세왕이 그녀의 팔을 붙잡아 돌려세웠다. 인정은 그가 붙잡은 것 때문에 놀란 게 아니었다. 그의 진지하고 차분한 눈빛은 다른 사람 같아서 괜히 심장이 두근거렸다.

"내가 남자로 안 보이지?"

"……."

"그냥 우리가 침대에서 한 건 놀이였지? 어릴 때 하던 놀이가 바뀐 거뿐이지?"

인정은 아무 말도 할 수 없었다. 그의 말이 맞는 것도 같지만, 지금 이렇게 가슴이 뛰는 건 어떻게 설명해야 할까.

"천천히 할 거야. 이런 놀이 말고 나가서 같이 손잡고 걷고, 둘이서 여행도 다니고, 너한테 애인한테만 해주는 선물도 할 거야. 다른 애인들처럼 질투해서 다투기도 하고, 네 친구들한테 소개시켜 준다고 억지로 끌고 나오면 싫다고 투정부리면서도 좋은 애인 행세도 할 거야. 그렇게 할 기회를 줘."

간절하지만 비굴하게 들리지 않았다. 그는 잔잔한 미소를 머금고 그녀의 대답을 기다렸다. 인정은 그를 가만히 들여다보다가 뒤꿈치를 세우고 그의 입술에 그녀의 입술을 찍었다.

"……!"

"됐지?"

깜찍한 돌발행동에 놀라는 세왕을 내버려 두고 인정은 새침하게 돌아서며 한마디를 덧붙였다.

"나, 정동진에 일출 보러 한 번도 못 가봤어."

애인들의 필수코스가 돼버린 정동진 일출. 한때 유행하던 그 장소가 티비에 나올 때마다 인정은 세상과 단절된 기분을 느꼈었다. 왜 쟤들은 저렇게 행복해 보이지? 난 사는 것도 힘든데, 쟤들은 연애질이 세상의 전부인 것처럼 사네? 저만 사회에 적응 못한 낙오자가 된 기분. 그 장소에 저도 한번 그들과 똑같이 애인을 달고 가보고 싶었다.

세왕은 그녀의 등에다 대고 함박웃음을 지으며 말했다.

"가는 건 좋은데, 해를 볼 수는 있을까?"

별이라면 밤새 쏟아질 것 같지만 말이다.

정동진역은 우리나라에서 가장 바다와 가까이에 위치한 역이라고 했다. 해변을 따라 이어진 기찻길과 주변의 비경은 이미 잘 알려져 있었지만 정동진에서 해돋이를 보려는 사람들의 발길은 여전히 끊이지 않았다. 인정은 텔레비전에서 우연히 정동진역의 풍경을 보고 기찻길을 걷는 연인들이 부러웠던 적이 있었다. 그런데 지금은 남부럽지 않은 애인을 끼고 이곳에 도착했다.

"직접 보니까 더 좋다. 사진 찍고 가자."

"난 사진보다 그림이 좋더라. 나중에 그림 그려주라."

두 사람 다 바쁜 연말을 보내고 신정 연휴에 겨우 잡은 여행이었다. 펜션에 짐을 풀고 나니, 일출까지는 15시간 가까이 남았다. 뭐라도 먹으면서 산책이나 하자고 나왔는데, 겨울바람이 만만치 않았다.

"저기 들어갈까?"

동동거리며 추워하던 인정은 통나무집처럼 지어놓은 커피숍의 아늑함에 끌렸다.

"그래. 저기서 뭐 좀 먹으면 되겠다."

세왕도 흔쾌히 그러자고 했다.

커피숍의 문을 여는 순간 훈훈한 온기가 뺨에 닿자, 자신들의 결정을 만족했다. 아기자기한 인테리어를 둘러보며 몸을 녹이는데, 한쪽에서 타로점을 보고 있는 커플이 보였다.

"여기 타로 카페인가 봐."

"보고 싶어? 난 저런 거 안 믿는데."

"왜? 재밌잖아. 그리고 의외로 되게 잘 맞아."

세왕은 여자들의 귀여운 호기심이 인정에게도 있다는 걸 발견한 것만으로 만족했다.

"그럼 한번 보지 뭐."

앞서 타로점을 보던 커플이 떠나고 두 사람이 자리에 앉자 점을 봐주던 여자가 고스톱 섞듯 카드를 섞으며 물었다.

"보시려고요?"

"네, 얼마예요?"

"1월 1일 특수로 질문당 만 원이요."

만 원이라면 비싼 것 같지 않은데, 원래 점이란 건 한 번 볼 때 이것저것 물어보게 되는 거라 계산을 해보던 인정이 고개를 마구 저었다.

"히엑! 비싸네요!"

그러자 여자는 산전수전 다 겪은 사람처럼 얼굴에 시크한 미소를 그리며 노련하게 받아쳤다.

"물 들어올 때 노 저어야죠, 우리도."

세왕은 고개를 끄덕이며 구체적으로 물었다.

"질문 한 개당 만 원이라면, 애매하지 않나요?"

"연결된 부가적인 질문은 가능해요. 예를 들면, 사귀는 남자가 있는데 이 남자가 나를 정말 좋아하는 걸까요? 이건 연애운이죠, 큰 맥락에서 보자면. 그렇다면 이 남자 바람기가 있나요? 이런 것도 가능은 해요."

"그럼 커플 궁합 같은 것도 가능하겠네요?"

"둘이?"

조금 수줍어하는 인정 대신 세왕은 거침없이 말했다.

"당연히 우리 둘이죠."

"열 장 고르세요."

여자는 능숙한 손동작으로 카드를 섞고, 섞은 카드를 테이블 위에 펼쳤다. 부채꼴 모양으로 빈틈없이 펼치는 모습이 포커의 딜러를 방불케 했다.

"누가 고르면 돼요?"

처음엔 대수롭지 않게 시작했던 세왕은 여자의 날카로운 눈빛 때문인지, 아니면 현란한 손놀림 때문인지, 단호한 말투 때문인지, 어느새 진지하게 타로카드에 집중하고 있었다.

"아무나. 한 사람이 다 골라도 되고, 두 사람이 나눠서 골라도 되고. 합의하세요."

세왕은 인정을 바라보았다. 그렇게 하고 싶어했으니까 해봐, 라는 표정이었다. 인정은 뭐가 그렇게 긴장되는지 손까지 덜덜 떨며 한참 만에 카드 10장을 골랐다.

인정이 고른 카드를 건네받은 여자는, 왼편에 카드 6장을 놓고 오른편에는 4장을 놓았다. 왼편의 6장 중 두 장은 십자가 모양으로 겹쳐 있었다.

"으흠…… 오래된 친구……."

마치 혼잣말처럼 턱에 손가락을 얹은 여자가 중얼거리자, 인정과 세왕은 뜨끔한 표정으로 눈을 마주쳤다.

'우리 얼굴에 친구라고 적혀 있나?'

세왕은 괜히 궁합을 보자고 했나, 걱정되기 시작했다. 친구밖에 안 된다는 소리를 들으면 가뜩이나 안 된다고만 하는 인정이 마음을 굳힐 것 같았다.

"친구에서 연인으로. 사귄 지 얼마 안 됐네요. 0번 풀 카드. 여자분 솔직하네요. 이렇게 솔직하게 잘 떨어지는 카드는 또 오랜만에 보네."

"얘가요? 얘 정말 안 솔직한데요?"

세왕의 반박에 여자가 왼편 가장 위쪽에 있는 카드를 가리켰다.

"개 눈에는 똥만 보이는 거죠. 남자분이 자존심 때문에 솔직하질 못하니까 여자분도 그렇게 반응하는 거예요. 이런 성격은 기본적으로 솔직해요. 여자분을 의미하는 7번 카드가 썬 카드인걸. 생각 없어 보일 정도로 솔직한데 무슨."

다소 거친 대답에 세왕은 인상을 찌푸리며 입을 다물었지만, 인정은 얼어붙은 몸이 사르르 녹는 것처럼 기분이 좋아졌다.

"현재의 방해물을 나타내는 카드가 투 완즈. 오지게 싸워요. 하루라도 안 싸우면 이상하죠? 뒤돌아서면 아, 왜 이런 것 때문에 싸웠지? 하면서도 그 순간을 못 참아서 싸우게 되는 카드예요, 이건."

여자가 가리킨 카드에는 막대기를 들고 격렬하게 싸우는 두 사람이 그려져 있었다. 인정의 상체가 앞으로 바짝 기울었다.

"그, 그래서요? 별로예요? 잘 안 돼요?"

"거봐, 솔직하잖아요."

여자가 손으로 입을 가리고 길게 소리 내어 웃었다.

세왕이랑 잘됐으면 좋겠다는 본심이 이렇게 쉽게 튀어나와 버릴 줄이야! 인정은 빨개진 뺨을 감추느라 세왕의 반대편으로 고개를 돌려 버렸다.

하지만 세왕은 그녀의 귓불이 유난히 붉어진 게 추위 때문이 아니란 걸 알아차리고 그녀의 귀를 잡아당겼다.

"앗! 야! 왜 그래!"

"솔직한 나인정 씨. 왜 얼굴을 돌리시나?"

"뭐가! 난 얼굴도 내 맘대로 못 돌려! 그냥 저쪽을 본 거야!"

"얘 솔직한 거 맞아요? 지금 거짓말하는 것 같은데?"

"자자, 싸우지 말고. 오늘 같은 날 멀리까지 와서 싸워야 되겠어요. 남자분, 제가 깎아내리기만 해서 기분 상하신 것 같은데 남자분이 나쁜 성격인 건 아니에요. 완즈 킹. 자존심도 강하지만 그만큼 능력도 있죠. 내향적인 성격이고 뒤끝도 없어요."

"그럴 리가요? 얘가 얼마나 뒤끝이 긴데요!"

이번엔 인정이 펄쩍 뛰며 부정했다.

"내가? 언제? 지금까지 말씀하신 것 중에 젤 잘 맞는 것 같은데."

"자, 일단 두 분 나가서 싸우시고, 마저 들으셔야죠. 투 완즈와 썬, 하지만 여자분을 의미하는 다른 카드는 의외로 스워드 퀸이에요. 글쎄, 이건 신경질적이라는 의미 같지는 않고 자격지심 같은 게 있는 것 같아요. 그래서 작은, 사소한 상황이나 말에도 금방 상처받는 거죠."

두 사람은 말을 잊었다. 경탄의 눈빛을 마주한 여자가 어깨를 으쓱했다.

"감동하실 필요 없어요. 이 카드를 고른 건 여자분이니까. 뭐, 감동하시려거든 제가 한 말들을 잘 새겨들으세요. 여자분, 남자친구는 원래 좀 무심한 성격이에요. 일부러 상처를 후벼 파는 게 아니니까 괜히 딱지 잘 앉은 상처에서 딱지 뗄 필요 없어요. 그리고 남자분, 솔직해지세요. 그럼 여자분도 그만큼 솔직해질 테니까. 세상에서 가장 한심한 남자는 여자친구랑 자존심 싸움하는 남자예요. 그건 전혀 멋지지 않아."

그리고 여자가 카드를 접었다. 결정적인 대답을 듣지 못한 세왕이 다급하게 물었다.

"그래서요? 잘돼요?"

"몰라요, 타로카드는 먼 미래는 못 보니까. 하지만……."

설명하지 않은 카드 한 장을 빼서 두 사람 앞에 미는 여자의 입꼬리가 한껏 올라가 있었다.

"속궁합 잘 맞는 커플은 잘 안 헤어지죠."

"……!"

여자가 내민 카드에 그려진 벌거벗은 남녀의 모습이 세왕의 눈에 콱 박혔다.

다시 펜션으로 들어왔을 때는 아직 타로카드의 여운이 가시지 않은 상태였다.

"난 이제부터 타로점을 맹신하기로 했어."

"……옷은 왜 벗는데?"

인정은 박력 있게 윗옷을 벗어젖히는 세왕을 보며 뒤로 주춤 물러났다.

"그동안 내가 얼마나 참고 있었는지 잘 알 거야. 너도 양심이 있으면 오늘 날 뿌리치는 건 얼마나 못된 짓인지 알고 있겠지? 솔직한 나인정 씨?"

"솔직하게 나 오늘은 그냥 일찍 자고 새벽에 일어나서 일출 볼 계획이었어!"

"그래. 일찍 자. 푹 자게 해줄게."

"자려고 벗는 거지? 잠옷 갈아입는 거지?"

"잠옷? 그냥 벗고 자지 뭐."

세왕은 슬금슬금 도망가려는 인정을 붙잡아 꼭 껴안아 버렸다.

"꺅!"

짧은 비명을 질렀지만 인정은 그의 키스 세례를 받으며 웃고 있었다. 이마, 눈, 코, 뺨, 귓불. 턱으로 내려온 키스는 이제 입술만을 남겨놓고 있었다.

인정은 탄탄하고 섹시한 세왕의 가슴에 손을 얹고 그의 입술이 저를 머금는 동안 눈을 감았다. 겨울바람에 얼어 있던 두 사람은 키스만으로도 쉽게 녹았다. 누가 먼저랄 것도 없이 서로의 입술을 빨고 커피 향이 나는 혀를 꼭 붙잡았다.

인정은 세왕의 심장 고동이 손바닥을 뚫을 것처럼 튀어 오르는 것을 느꼈다. 그리고 저도 놀랄 만큼 과감하게 그의 바지 버클을 풀어버렸다.

"......!"

세왕은 놀랐지만 키스를 멈추지 않았다. 대신에 그녀의 셔츠 안에 손을 넣고 등을 쓰다듬다가 브래지어 후크를 풀어버렸다.

그 뒤로는 둘이 꼭 붙은 채로 서로의 옷을 벗기며 침대 위로 몸을 던졌다.

"하아!"

겨우 입술을 떼고 숨을 돌리고 보니, 이번엔 인정이 세왕의 몸 위에 포개져 있었다.

"오. 싫다더니, 도발적인데? 새로운 면을 보여주네."

"너 때문에 뒹굴다가 이렇게 된 거지!"

"내 바지를 벗긴 건 너니까. 먼저 덮친 쪽은 너잖아."

"아, 아직 이건 안 벗겼으니까, 내가 덮친 게 아니야!"

"그럼 그것도 마저 벗겨봐. 솔직한 나인정 씨. 내 거 제대로 본 적 없지. 궁금하지 않아?"

"궁금할 리가 없잖아!"

"왜? 나 제법 괜찮거든?"

세왕의 팬티 한 장을 놓고 한참 실랑이를 벌였지만, 결국 세왕이 직접 벗어야 했다. 하늘을 향해 치솟아 오른 그것을 가두기에 팬티는 너무 좁았다.

인정은 해방된 그의 것을 똑바로 볼 수 없어 눈을 감고 말았다.

"눈을 감으면 어떻게 넣을 건데?"

"내가 넣으라고?"

"네가 내 위에 있으니까."

"그, 그냥 네가 해주면 안 돼?"

"싫어. 네가 해줘. 손이든 입이든. 뭐든 좋으니까."

"이, 입?"

세왕은 경악하는 인정이 귀엽다는 듯이 웃으며 그녀의 머리를 제 가슴으로 가까이 끌어당겼다.

"핥아봐."

"뭐, 뭘?"

"여기."

그는 그녀의 손을 제 가슴에 얹고 쓰다듬게 했다.

인정은 손바닥을 간질이는 유두의 느낌에 손끝을 움츠렸다. 그녀의 손가락 사이로 그의 유두가 삐죽 내밀고 있었다. 저도 모르게 침을 꿀꺽 삼키고 말았다. 물론 그건 긴장해서 그런 것일 뿐 그것을 먹고 싶다거나 그런 뜻은 아니었다. 그러나 세왕이 그 모습을 놓칠 리가 없었다.

"먹고 싶으면 먹어."

"아니…… 난……. 합!"

입을 열 수가 없었다. 세왕이 그녀의 머리를 가슴으로 당겨 기어이 그녀의 입술에 그의 유두를 물리고 만 것이다.

"읍!"

"순진한 척하지 말고 해봐."

"……?"

"혀로 살살 굴려봐."

몇 번 순진한 눈망울로 세왕을 빤히 쳐다보던 인정은 그가 시키는 대로 순순히 혀를 움직였다. 혀끝에 닿는 그것은 괴롭히고 터트리고 싶게 탱글탱글했다.

"잘했어. 빨아도 돼."

어떻게 빨아야 하나 잠깐 고민했지만 곧 작은 사탕을 빠는 것처럼 젖꼭지를 빨았다.

"흐으음!"

세왕은 고개를 젖히고 기분 좋은 소리를 냈다.

인정은 이 작고 귀여운 열매가 그의 가슴에 매달려 있다는 생각만으로도 짜릿해져서 좀 더 괴롭히고 싶어졌다. 그가 그녀를 물고 놓아주지 않던 것도 이런 기분이었을까? 그의 배가 떨리는 것을 느끼고 그것을 이 사이에 넣고 살짝 깨물었다.

"윽! 복수하는 거야?"

세왕의 엄살이 듣기 좋았다. 어딘가 건드리고 깨물 때마다 반응을 보이니 저도 함께 몸이 달아오르는 것 같았다. 그가 어떻게 저를 애무했던가 기억하려고 애썼다. 그가 하던 대로 한 손은 부지런히 젖꼭지를 비틀고 쓰다듬었다. 자연히 허리를 낮추고 뒤로 물러나다 보니 그녀의 엉덩이 사이에 페니스가 닿았다. 살짝 닿기만 했을 뿐인데, 세왕은 앓는 소리를 냈다.

"하아아아……."

물론 그녀도 찔끔 놀라며 은근히 그것이 더 닿기를 기대했다. 키스하며 가슴에서 배로 내려가 배꼽 주위를 혀로 핥았다.

"하아! 못 참겠어!"

"벌써?"

"벌써라니? 너 그 혀, 함부로 쓰지 마라."

"픕!"

"웃지 말고. 이거 받아봐."

"……?"

세왕은 주먹을 펴서 그녀에게 콘돔을 건넸다.

"직접 씌워줘."

"왜, 왜!"

"네가 안 해주면 나도 안 해. 그냥 할 거야. 저번처럼."

"너 진짜 얄미운 거 알아?"

인정은 씩 웃는 세왕에게서 콘돔을 뺏듯이 받았다. 하지만 이런 걸 해본 적도 없고 본 적도 없었다. 무엇보다 그의 것을 똑바로 보고 있어야 한다는 게 곤혹이었다. 팬티 속에서 이렇게 커다란 기둥이 나왔다는 게 믿기 어려울 만큼 신비로웠다. 쭈뼛거리며 콘돔을 씌우려는데 세왕이 소리쳤다.

"야, 거꾸로잖아. 반대, 반대."

그의 페니스 귀두에 마치 수영 모자를 씌우듯이 콘돔을 갖다 댔다.

"그래, 끝을 꽉 눌러 잡고 여기에 가져다 대."

"찌, 찢어질 것 같아."

"안 찢어져! 아무리 커도!"

세왕은 황당한 소리를 하는 그녀를 다그치긴 했지만, 찢어질 것처럼 제 것이 크다는 건가 뿌듯하기도 했다.

어렵사리 콘돔을 씌우는 데 성공하자, 세왕은 갑자기 그녀를 침대로 눕혔다.

"꺅!"

푹신한 침대가 들썩이고 그가 그녀의 위에서 내려다보며 짓궂게 말했다.

"감질나서 죽을 뻔했네."

"나더러 하라며?"

"아쉬워?"

"조금. 더 감질나게 밤새 약 올릴 수 있었잖아."

"그게 과연 나만 감질나는 짓일까?"

둘은 서로를 흘겨보다 피식 웃음을 터트렸다. 세왕은 그녀의 손을 깍지 끼고 머리 위로 올리며 그녀의 이마에 키스를 했다.

"이제 절대 안 놓쳐."

"내가 도망가면?"

"도망 못 가게 네가 날 좋아하도록 만들어야지."

"어떻게?"

"아까 못 들었어? 우리 둘 속궁합은 잘 맞는다잖아?"

"난 그거 못 믿겠어. 어차피 난 너밖에 경험해 본 적이 없잖아. 다른 남자랑 하면 더 좋을지 어떻게 알아?"

"나인정. 너 그런 말. 나 도발하는 거야."

조금 전만 해도 사랑스러웠던 혀가 지금은 괘씸하다. 세왕은 그녀의 입술을 짓뭉개듯 입 맞추고 턱과 목을 타고 내려왔다. 그러다가 돌연 그녀의 겨드랑이로 입술을 가져가더니 혀를 내밀었다.

"아…… 아! 가, 간지러……!"

겨드랑이는 다리 사이에 숨겨진 그것처럼 살결이 야들야들했다. 그래서 인정이 느끼는 간지러움은 다리 사이로 전달돼 아랫배가 조여들었다.

"그, 그만……!"

꿈틀거리며 사정했지만 세왕은 봐줄 생각이 없는 것처럼 혀끝으로 겨드랑이를 찌르거나 할짝거렸다.

"아…… 흐응……."

인정은 허리까지 뒤틀며 괴로운 건지 좋은 건지 모를 비음 섞인 신음을 흘렸다. 그러다가 정말 다리까지 들썩이며 머리를 흔들었다. 참을 수가 없었다. 이 묘한 간지러움에서 벗어나 그의 목을 끌어안고 격렬하게 무언가를 꽉 조이고 싶은 심정이었다.

"흐으응. 흐읏! 그, 그만……. 세왕아……. 나 못 참겠어! 키, 키스해 줘. 안아줘!"

"다른 남자가 아직도 생각나?"

"아, 아니! 나 너밖에 없어! 그러니까 어서, 안아줘!"

"아직 부족해. 두 번 다시 다른 남자는 떠올리지도 못하게 해줄게."

"흡! 아…… 흥! 그만! 아, 미안!"

당해보지 않은 고문이었다. 어찌할 바 모르겠는 간지러움에 발가락을 꿈틀대고 아랫배가 조여들다 못해 당기고 있었다. 그러니 미안하다는 소리가 절로 튀어나왔고, 세왕은 그제야 겨드랑이 괴롭히기를 그만뒀다. 하지만 그게 끝은 아니었다. 옆구리를 타고 그의 혀가 미끄러지듯이 내려왔다.

"하…… 으응!"

숨넘어가는 소리와 함께 그녀의 몸이 달달 떨렸다. 골반까지 내려온 세왕은 배꼽 주변을 맴돌며 아슬아슬하게 아래의 경계를 넘곤 했다.

"어때? 좋아?"

"간지러워 미칠 것 같아."

"간지럽기만 해?"

"아니……. 나 키스하고 싶어. 너 안고 싶어."

"기다려."

세왕은 자신의 단단한 페니스를 그녀의 도톰하고 부드러운 살속에 파묻었다. 입구를 찔러오는 아찔한 감각에 인정은 시트를 부여잡으며 해일처럼 밀려오는 쾌감을 기다렸다. 그러나 그는 그녀의 살 속 여기저기를 쿡쿡 쑤셔대며 문지르기만 할 뿐 안으로 들어갈 생각은 하지 않았다. 뜨거운 페니스와 달아오를 대로 달아오른 음부가 비벼지자 점점 흥건해지는 물기 때문에 페니스는 더 번들거리고 있었다. 인정의 종아리는 팽팽해졌고, 발가락은 펴질 줄 몰랐다. 급기야 그가 찔러오면 거기에 맞춰 조금이라도 더 가까이 대려는 듯 엉덩이를 들썩이기까지 했다.

"하으응……. 흐응."

"하아……."

더 이상 참을 수 없게 된 건 세왕이 쪽이 더 했다. 그는 이제 완전히 적셔진 자신의 분신을 쑤셔 박는다는 표현이 어울릴 만큼 강하게 그녀의 안으로 찔러 넣었다.

"하으읏!"

인정은 감전이라도 된 것처럼 꿈틀거리며 헐떡거렸다.

세왕은 페니스가 살 속에 완전히 파묻혀 뿌리 끝까지 밀어 넣고 나서야 그녀의 소원대로 그녀를 힘주어 껴안아줄 수 있었다. 눈물까지 맺힌 그녀의 눈동자가 보석처럼 반짝였다.

그녀도 그의 목에 팔을 두르고 바짝 끌어안았다. 꼭 끼운 아래처럼 서로의 입술도 빈틈없이 맞추었다. 혀를 날름거리며 그녀의 입안을 훑으면 아래도 좀 더 끈적끈적해지는 것 같았다.

이제 그녀의 다리를 들어 제 허리를 감도록 했다. 그의 남성이 더 깊이 파고들 수 있도록. 그녀의 몸을 짓누르듯이 앞으로 밀고 나간다. 보드랍고 말랑한 피부를 온몸으로 느끼며 다시 뒤로 물러난다. 타액을 나눈 입술이 떨어졌다.

"하아! 하아……! 아흥!"

앞뒤로 움직이는 단순한 움직임이 인정의 입에서 야한 소리가 터져 나오게 만들었다.

세왕은 느긋했다. 오늘은 마음껏 즐겨도 된다. 실수할 일도 없고, 시간도 많았다. 감질나게 그녀를 괴롭히고 미치게 만들고, 그녀가 오롯이 저를 필요로 하는 이 순간을 만끽할 것이다.

그의 생각대로 인정의 숨소리는 괴로울 만큼 헐떡였다. 그래도 그 미칠 것 같은 열기에 전부 태워 버리고 싶을 만큼 다급했다. 찔러오는 페니스를 향해 한껏 벌렸다가 물러서는 그것을 꼭 조이며 그 쾌감에 진저리 치면서 턱을 들어 올렸다. 더 세게 박아줬으면, 더 빨리해 줬으면, 한껏 모았던 열기가 흩어지지 않도록, 응축된 쾌감의 덩어리가 풍선처럼 커지고 있었다.

철퍽거리는 소리와 열기에 젖은 숨소리 역시 점점 커지고 있었다.

"아흐윽!"

세왕이 지금까지와는 비교가 안 될 정도로 강하게 허리를 안으로 밀었다. 거기에 맞춰 인정의 다리도 세왕의 허리를 꾹 누르고 고개를 뒤로 젖히며 자지러지는 소리를 냈다. 아랫배에 웅크리고 있던 깨지지 않던 쾌감의 덩어리가 더는 버티지 못하고 펑 하고 터졌다. 그리고 콸콸 흘러나온 짜릿함이 인정을 혼미하게 만들었다. 머리카락까지 쭈뼛거리게 만드는 아찔함. 그녀가 느끼고 싶어 안달났던 그것이었다.

두 사람의 몸은 감전된 것처럼 푸들푸들 떨리며 그 상태로 잠시 정지했다. 흩어지는 쾌감을 덧없이 흘려보내지 않도록 더 꽉 조이면서 힘을 풀지 않았다.

그녀의 몸에 충만한 감동을 불어 넣었던 오르가슴은 딱딱하게 부풀었던 그것이 그녀의 안에서 빠져나가면서 함께 사라졌다. 하지만 그것은 꽤 오래 그녀의 몸에 여운으로 남았다. 그래서 간지러움이 완전히 해소된 것처럼, 흔들리던 이를 뽑아버린 것처럼 개운함을 느낄 수 있었다.

먼저 정신을 차린 세왕이 어느새 그녀의 옆에 누워 넋이 나간 그녀의 야한 표정을 감상했다. 완전히 축 늘어진 인정의 눈에 몽롱함이 사라지고 그가 들어왔다.

"별 봤어?"

세왕이 그녀의 뺨에 붙은 머리카락을 정리해 주며 물었다.

"별이 쏟아지더라."

인정의 대답은 세왕이 느꼈던 절정보다 더 만족스러운 것이었고, 다시 한 번 불을 지피게 만들었다.

밤은 아직 시작도 되지 않았다. 일출을 기다리는 동안 두 사람은 딱히 할 일도 없었다. 그래서 그들은 새벽까지 침대를 벗어나지 않았다.

겨울의 정동진은 무자비하게 추웠다. 겨울은 원래 추운 거라지만, 해안가의 축축한 공기를 머금은 정동진은 그 몇 배는 추운 것만 같았다. 그래서 인정은 깨달았다. 왜 이곳은 연인과 함께 와야 하는 건지.

조금 더 세왕의 허리를 끌어안은 인정이 작게 속삭였다.

"으으……. 추워."

"또 감기 걸릴라."

작은 목소리에도 세왕은 재빨리 반응했다. 곧바로 손을 뻗어 인정의 목도리를 단단히 매주고선 그녀의 어깨를 바짝 당겨 단단히 끌어안았다.

"그러니까 그냥 이불 속에 있으면 될 걸 새벽부터 뭐 하러 고생하냐?"

"바보야. 뭐든 고생해서 얻은 것들이 더 값진 거야. 아무리 큰돈을 줘도 이건 살 수 없는 거잖아. 내 눈으로 직접 봐야만 알 수 있다고."

그 말에 꽤 감명을 받았는지 세왕은 고개를 끄덕이다가 이렇게 말했다.

"그래. 돈 주고 살 수 없지. 고생해서 얻은 너도."

"……진짜 그렇게 생각해?"

"그러니까 그만 튕겨. 얼마나 더 비싸게 굴 건데? 값진 것도 정도가 있지."

인정은 고개를 저으며 혀를 찼다.

"이세왕. 다른 건 똑똑한데, 이럴 때 보면 참 멍청하지."

"뭐?"

"내가 고작 해돋이 보겠다고 여기까지 왔겠어?"

"방금 나인정 씨가 뭐라고 했었죠? 고생해서 얻은 것들이 값지다면서요? 귀한 해돋이 구경하겠다고 이 추위에 여기까지 온 거잖아요?"

"귀한 해돋이지. 이 귀한 걸 왜 난 이제야 와서 보는지 모르겠어?"

"응?"

마침 여기저기서 탄성이 흘러나왔다. 인정과 세왕도 바다가 토해내는 해를 향해 고개를 돌렸다. 수평선 가까이에서 붉은빛에 물든 파도가 너울거리며 반짝였다. 넋을 놓고 그 장관을 바라보던 인정이 홀린 것처럼 중얼거렸다.

"……너하고 보려고 여태 아끼고 있었다고, 바보야."

나직하게 웃음을 터뜨린 세왕이 코트를 열어 그녀를 제 품 속에 안았다. 그렇게 하나가 되어 해가 떠오르는 것을 끝까지 지켜본 후에 세왕이 속삭였다.

"나도 처음이야. 내가 처음 해본 건 전부 다 나인정 너하고 했어. 모두 다 새롭고 설레었지. 그리고 그중에 가장 떨리고 벅찬 순간은, 바로…… 지금이야."

먼 미래를 알 수 없다는 타로카드처럼 세왕은 현재와 가까운 미래를 꿈꾸며 인정의 눈을 마주 보았다.

인정은 어느 때보다도 따뜻한 미소를 지어 보였다. 아름다운 풍경과 세왕의 진심 어린 고백에 마음이 녹아버렸다.

"믿어줄게."

"줄 게 있는데. 손 좀 줘봐."

영문을 모를 소리에 인정이 눈만 깜빡이자 세왕은 직접 그녀의 손을 끌어당겨 손가락을 만지작거렸다. 스르륵, 손가락을 타고 올라가는 차가운 금속성의 감촉에 놀랄 새도 없이, 인정은 햇살에 반짝거리는 큐빅 보석을 바라보며 눈을 휘둥그렇게 떴다.

"이거 프러포즈 아니야. 그냥 커플링이야."

언제 꼈는지 세왕은 손을 들어 손등을 보이며 제 반지도 확인시

커 줬다. 이상하게 가슴이 뭉클해진 인정은 한참 만에야 간신히
입을 열었다.

"예쁘다."

"다행이다. 이거 때문에 또 싸울까 봐 조마조마했네."

"나 그렇게 분위기 파악 못하는 애는 아니거든?"

"못하는 것 같은데? 이럴 때는 뽀뽀라도 해줘야 하는 거 아니
냐?"

인정은 새침한 표정으로 눈을 흘기고는 그의 목에 팔을 감고 매
달렸다. 그리고 가벼운 뽀뽀가 아닌 키스로 그의 입술을 적셔놓았
다. 주변의 시선도 아랑곳 않고 매달린 그녀가 너무 예뻤다. 더 깊
은 키스로 그녀를 빨아들이기 전에 잠시 입술을 떼고 물었다.

"해돋이 더 안 봐도 돼?"

"여기 너하고 같이 있다는 게 더 중요하니까."

바다 위로 두 개의 해가 그들처럼 키스하며 아쉽게 떨어지고 있
었다. 그러나 내일 또 만날 것이다.

고슴도치 딜레마. 언젠가 그녀가 제게 했던 말이었다.

사랑을 나눌 수 없다던 두 고슴도치가 이렇게 서로의 가시마저
사랑하게 될 줄은 그녀도 몰랐을 것이다.

고슴도치 딜레마

"이것도 못 풀어? 너 바보야?"

"이거 못 푼다고 바보면 적어도 세상에 2/3는 바보겠네?"

"그런 계산은 잘하면서 왜 이걸 못해! 자, 봐. 알려줄 테니까!"

"싫어! 내가 왜 너한테 이걸 배워야 해! 너 그냥 네 공부해."

인정은 시험 때만 되면 저를 붙잡고 잘난 척하는 세왕이 미워 죽을 것 같았다.

공부 가르쳐 준다는 핑계로 알밤까지 때리며 자존심을 짓밟고 달달 볶아대니 울고 싶

을 정도였다. 갈수록 그와 차이가 나는 자신이 싫고 앞서가는 그가 원망스럽기만 했다.

"너 이번에 성적 내려가기만 해봐. 가만 안 둬."

"우리 엄마 아빠도 만족하는 성적 갖고 왜 네가 난리야!"

"난 만족 못하니까!"

세왕은 갈수록 벌어지는 성적 차이에 혼자 애가 닳았다.

쭉 함께였으니까, 그의 기준에는 당연히 대학도 함께 가야 했다. 아프게 해서라도 곁에 두고 싶은데 인정은 그러고 싶지 않은 것 같았다.

그때 자신들은 정말 몰랐다.
예쁘게 표현하고 아껴주는 것, 사랑받고 사랑하는 것에 많이 서툴 때였으니까.

고슴도치 딜레마. 우리는 결국 헤어지고 나서야 사랑을 깨달은 못난이들이었다.

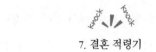

7. 결혼 적령기

주말답게 늦은 아침을 열었다. 봄이지만 아직 벚꽃 봉우리가 열리기 전이었다. 환기를 시키느라 조금은 쌀쌀해진 방 안의 공기 중에 고소한 빵 냄새와 은은한 버터 향이 퍼져 나갔다. 금세 배고픔을 느낀 인정이 식탁 앞에 앉자 명철이 그녀 앞에다 토스트 접시를 놓으며 물었다.

"커피도 마실래?"

"응. 연하게."

"너는?"

"난 우유."

그녀의 옆자리에서 세왕이 대답하자 명철은 익숙한 태도로 냉장고에서 우유를 꺼내 따르고, 미리 내려둔 커피를 집어 들었다. 그리고 각각의 앞에 하나씩 내려두고서야 앞치마를 풀고 맞은편에 앉았다. 비몽사몽간에 토스트를 베어 물던 인정이 커피 잔을 집어 들었다. 씁쓸하고 향긋한 커피가 한 모금 넘어가자 정신이 맑아지는 것 같다.

그리고 그제야 문득, 위화감을 느끼고 명철과 세왕이 말없이 토스트를 먹는 것을 지켜보았다.

깔끔하게 정리가 된 집 안. 그리고 멀끔한 두 남자.

이건 확실히 이상했다.

인정은 포크를 내려놓았다. 그 소리에 두 남자가 동시에 그녀를 바라보았다.

"왜? 맛이 없어?"

"맛없어도 먹어. 빈속에 커피 먹는 거 아니야."

걱정스러운 듯 내뱉는 세왕의 잔소리에 대꾸할 때가 아니었다.

"우리……. 이거 좀 이상하지 않아?"

"뭐가? 토스트가? 커피가?"

"아무거나 먹지. 까다롭긴."

진지한 질문을 전혀 이해 못한 두 남자의 반응이 답답했다.

"아니. 너희 둘!"

"응?"

두 사람은 동시에 반문하며 고개를 갸웃거렸다.

"여기 우리 집이잖아. 아니, 그 우리가 아니라, 나, 내 집. 응? 여기 내 집이야. 그치?"

"누가 뭐래?"

세왕은 새삼스럽다는 듯이 눈을 깜빡거렸고 명철은 금세 풀이 죽어선 작게 대꾸했다.

"그러니까 내가 불청객이라는 얘기구나."

"아니! 그런 게 아니라! 너희들 집은 위층에 있잖아! 왜 다들 여기 와서 살고 있는 건데!"

"누가 들으면 오해하겠네. 나 잠은 위에서 잤어."

"거긴 내 집이지! 왜 애까지 묶어?"

두 사람의 변명은 본질을 벗어나 있었고, 그 때문에 잠깐 본부인과 첩이 한집에 살고 있는 듯한 묘한 기분까지 들었다. 하지만 그 찜찜한 생각은 억지로 떨쳐 내고, 두 사람에게 뭐가 잘못됐는지 알려주기로 했다.

"그게 중요한 게 아니잖아! 대체 어쩌다가 이렇게 된 거야? 우리 지금 너무 자연스럽지 않니? 왜 내 집에서 다들 이렇게 우글우글 있냐고."

"하루 이틀도 아니고 새삼스럽게 왜 그래?"

그 시작은 두 사람이 정동진에 다녀오고 얼마 후부터였다. 사실 인정은 누이 좋고 매부 좋은, 도랑 치고 가재 잡는 두 남자의 의기투합을 가늠하지 못하고 있었다.

갈 곳 없는 게이는 부모님에게 자기가 죽었다고 생각하라고 통보하고 세왕의 집에 아예 눌러살기로 작정했다. 물론 세왕은 펄쩍 뛰었지만, 그것도 잠시뿐. 의외로 쉽게 명철의 설득에 넘어갔다. 제가 이곳에 붙어살면 핑곗김에 인정의 집에 내려가기 쉽지 않겠느냐는 설명이 아주 그럴듯했던 것이다.

인정 역시 불쌍한 게이를 쫓아낼 수 없다는 핑계를 내세우며 매일 밤 찾아오는 세왕이 그리 싫지만은 않았다. 두 사람은 바야흐로 한창 불타오를 시기의 연인이었으니까.

그렇게 못 이긴 척, 어쩔 수 없는 척, 알콩달콩 좋은 시간을 보내던 두 사람 사이에 어느 날부터는 명철이 혼자서 밥 먹기가 싫다며 바리바리 음식을 싸들고 끼어들기 시작했다. 먹을 걸 준다는데 마다할 이유가 없었기에 자연스럽게 음식과 명철을 받아들였다. 그것이 하루 두 끼에서 간식, 이어 야식과 치맥으로까지 발전하며 결국은 주말에도 함께 브런치를 먹으며 눌어붙어 지내는 사이가 되어버린 것이다. 친구에서 연인으로 발전하며 한참 설레어야 하는데, 어째서인지 친구일 때보다 더 편한, 가족 같은 사이가 돼버린 걸까?

"그래. 하루 이틀이 아닌 게 문제야. 이게 뭐야! 주말마다!"

"그렇긴 하네. 뭐 하고 싶은 거 있어? 오늘은 나가자. 영화 볼까?"

세왕은 또다시 본질에서 벗어났다.

"아니, 여긴 내 집이라고! 왜 다들 여기를 쉼터처럼 여기고 있는 거야! 각자 생활권을 존중하자고!"

동거의 좋은 점은 서로를 알 수 있다는 것. 언제든지 섹스를 할 수 있다는 것. 그러나 이 두 가지는 세왕과 인정의 사이에는 따로 산다고 해서 문제 될 게 없었다. 동거를 하지 않아도 서로에 대해 너무 잘 알고 있었고, 섹스가 하고 싶으면 계단 한 층만 내려오면 되니까. 그게 수고롭다면 애초에 섹스를 즐길 자격조차 없다고 봐 야 한다.

반면에 동거의 치명적인 단점은 적용되고 있었다. 연애의 두근 거리는 설렘이 사라지고 이성 사이의 부끄러움이 사라지는 것.

"존중하니까 불청객인 우리가 알아서 청소하고 밥하고 그러고 있잖아?"

명철은 논리적으로 반문했다.

"그건······!"

아무리 그래도 이건 아닌 것 같은데, 반박할 말이 떠오르지 않 았다.

"일단, 우리가 너무 집에만 있는 건 사실이야. 매일 여기서 셋이 있으니까 연애하는 기분이 안 느껴지잖아."

"어! 그래! 그거! 이건 그냥 우리 셋이 친구로 지내는 거랑 차이 가 없잖아! 그 얘기가 하고 싶었던 거야!"

딱 꼬집어 뭐가 불만인지 알 수 없었던 인정은 세왕의 명확한

보충 설명에 속이 뻥 뚫리는 기분이었다. 물론 명철은 불만스러운 표정이었지만.

"그럼 이거 먹고 나랑 영화 보러 갈까? 괜찮은 뮤지컬도 있던데, 그건 예매해서 담주에 가고. 뭐 너만 시간 되면 날씨도 좋은데 주말에 여행을 가도 되고."

"음……."

그러나 정작, 세왕의 직접적인 권유에 인정은 살짝 귀찮은 생각이 들었다.

솔직한 심정으로 집에 있는 게 제일 편했다. 삼십대 초반. 아직은 한창 팔팔할 나이이긴 하지만, 밤낮없이 일하는 직업의 특성상 이렇게 쉬는 날에는 그냥 퍼질러 누워 만화책이나 드라마나 끼고 있고 싶을 뿐이었다. 그러니 굳이 영화를 보게 된다면 책상 위에 놓인 24인치 모니터로, 떡볶이나 우걱우걱 씹으면서 보는 게 더…….

"너 지금 집에 있는 게 편하다고 생각하고 있지?"

뚱한 표정으로 앉아 있던 명철이 예리하게 파고들었다.

"막상 나가려니까 딱히 할 것도 없는 거 같고……."

얼버무리는 인정의 대답에 명철은 눈을 가늘게 뜨고 말했다.

"내가 이런 말까지 안 하려고 했는데."

"응?"

"너 살쪘어."

"……!"

순간 가슴이 철렁했다. 제길. 그렇지 않아도 외면하고 있는 걸 왜 굳이 꼬집는 거냐!

인정은 기겁하며 손을 내저었다.

"아, 아니야! 안 쪘어! 요즘 피곤해서 부은 거야!"

"부어서 피곤할 수 있단 건 생각 안 해봤지?"

"아니라니까! 야 이세왕! 나 살쪘어?"

다급히 물었지만 정작 질문을 들은 상대는 입을 꾹 다물고 쳐다만 볼 뿐, 말이 없었다. 더 불안해진 인정이 채근했다.

"왜 대답을 못해!"

"그게……. 어디서 봤는데, 지금은 어떤 대답을 해도 욕먹는다고."

쪘단 소리잖아!

절망한 인정이 눈을 부릅떴다.

"대답 안 해도 욕할 거야!"

"그럼…… 우리 같이 운동 다닐까?"

"운동 다녀야 할 정도 나 심각하게 찐 거야? 그럼 왜 진작 말을 안 했어!"

"아, 이것 봐. 괜히 말했어."

"어떡해! 이게 어떻게 뺀 살인데! 야. 명철이 너! 네가 만날 이런 빵 같은 걸 먹이니까 내가 살이 찌는 거잖아! 너 우리 집 출입금지!"

"난 안 쪘는데? 그러게 먹고 누워 있지만 말고 좀 움직이지 그랬어."

"닥쳐 줄래?"

인정은 매섭게 명철을 노려본 다음으로 이번엔 세왕을 향해 시선을 돌렸다.

"그리고 너 이세왕. 너랑 여기 늘어져 있어서 내가 너무 나태해진 것 같아. 너도 출입금지야."

"뭐? 왜 결론이 그렇게 되는 건데?"

"하아. 일단 다들 나가줄래? 나 지금 좀 우울하거든?"

세왕은 폭풍을 일으킨 명철을 씹어 먹을 듯이 노려봤고 집에서 쫓겨나기 싫은 명철은 사태를 수습하기 위해 억지로 입을 열었다.

"세왕이는 여기 있는 게 다이어트에 도움이 될 텐데……."

"응?"

"섹스가 칼로리 소모가 크거든."

그 말을 끝으로 잠시 후.

세왕과 명철은 사이좋게 토스트 한 조각씩을 들고 굳게 닫힌 현관문을 바라보며 서 있었다.

"머리통에 섹스밖에 없는 에로게이 자식아. 너 때문에 이게 뭐냐?"

"섹스밖에 없는 건 너도 똑같잖아."

"아니거든?"

으르렁, 이를 갈아 보이는 세왕의 앞에서 명철은 코웃음을 쳤다.

"남자는 원래 섹스 때문에 여자한테 휘둘리는 존재야. 당장 지금만 해도 네가 인정이한테 꼼짝 못하는 이유가 뭐겠냐?"

할 말이 없어진 세왕은 묵묵히 토스트를 입에 물었다.

"그래. 그걸 부정하지 말라고. 원래 모든 싸움에서 승리하기 위한 첫걸음은 자기 자신을 제대로 파악하는 데서 시작하지. 대체 넌 쉬운 길을 놔두고 왜 멀리 돌아가냐?"

그리고 이어진 말에 의아한 표정을 지어 보였다.

"결혼하라고, 결혼."

눈이 마주친 명철이 남은 토스트 조각을 입에 넣으며 씩 웃었다.

"덧붙여 그건 섹스를 법적으로 보장받을 수 있는 유일한 방법이기도 하지."

"김나인! 아니, 나인정! 너 진짜 오랜만이다!"

"어머 웬일이야. 너 예뻐졌다? 응?"

"너 진짜 세왕이랑 사귀는 거야? 진짜로?"

"와 그렇게 붙어 다니더니, 역시 미운 정도 정이다. 그지?"

"미운 정은 무슨! 얘네 그때도 좋아서 싸운 거 같은데?"

"아니야! 무슨······!"

저를 향해 알은척을 해대는 동창들의 앞에서 인정은 애써 미소를 떠올렸다. 그나마 최근까지 연락을 하고 지내는 예빈을 제외하면 도무지 누가 누군지 모르겠는 얼굴들이 잇따라 말을 걸어대는 통에 어떤 반응을 보여야 할지 알 수가 없었다.

아주 오랜만에 나오는 고등학교 동창들의 모임이었다. 조그만 BAR 하나를 통째로 빌렸는데, 인정은 BAR를 꽉 채우고 있는 많은 사람들 중에 제대로 아는 사람이 별로 없었다. 그래서 서먹한 태도로 예빈이 옆에 딱 붙어 있었다.

대학 시절에 동창 모임 안내문을 받은 적이 있었지만 한 번도 간 적이 없었다. 한창 일이 잘 풀리지 않아 살도 찌고 우울한 시절이었으니까. 그렇게 그녀의 인생에서 거의 잊히다시피 한 동창 모임에 나가자고 말을 꺼낸 건 세왕이었다. 저와는 달리 세왕은 꾸준히 이 모임과 연이 닿아 있었던 모양이었다.

그러나 한창 삐뚤어진 상태인 인정은 회의적인 반응을 보였었다. 이제 와 굳이 이런 모임에 나와봤자 즐겁기는커녕 어색함만 가중될 것 같단 이유 탓이었다. 그런 인정을 설득한 건 명철이었다.

'답답하기는! 세왕이가 거길 왜 널 데려가려고 하겠냐? 그냥 놀러 가서 시시덕거리다 오려고? 너희들 나이가 몇이냐? 슬슬 결혼도 하고 경조사도 챙길 나이에 이런 모임은 필수잖아. 뭐야? 그 표정은? 너 결혼 안 할 거야? 독신주의야? 내가 볼 때 너 세왕이 놓치면 평생 결혼 못해. 누가 널 데려…… 악! 왜 때려!'

결혼이라니!

당장 현실감도 없고 말도 안 되는 이야기라 생각했으면서도 인정은 명철의 말에 뭔가를 납득하고 있었다. 삼십대 초반이면 실제로 그런 생각을 할 나이이긴 했으니까. 그리고 모임 날이 다가왔을 무렵엔 뭔지 모를 기대감으로 가슴이 뛰기까지 했었다.

정동진 이후로 세왕이 직접적으로 결혼이란 말을 언급한 적은 없었지만, 이렇게 동창 모임까지 저와 함께 나가고자 하는 걸 보면 슬슬 마음의 준비를 하고 있는 게 아닐까, 하고.

그런데.

"세왕이는 언제 오는 거야? 왜 이리 늦어? 연락 없어?"

"어, 좀 일이 생겼나 봐."

"으이구. 오랜만에 세왕이 얼굴 좀 보려고 했더니만. 어우, 정말 세왕이 같은 남자는 그냥 국보로 남겨두면 좀 좋니? 모두의 눈을 즐겁게 해주는 남자는 제발 평등하게 씹고 뜯고 맛보고 즐기면 얼마나 좋냐고, 응?"

"어머, 인정아. 너 기분 나쁜 건 아니지? 이해해. 얘는 지금 자기 남편이 못생겨서 저러는 거야."

"시끄러워! 세왕이가 너무 잘생긴 거지, 누구 남편을 추남을 만들어?"

금요일 오후부터 시작된 모임 자리는 시간이 흐르며 점점 더 질펀해져 갔지만, 세왕은 모습을 드러내지 않았다. 조심스럽게 시계를 바라보는 인정의 표정이 굳어갔다. 벌써 11시가 넘어가는 시각. 일이 좀 밀려서 늦을 거라던 연락을 받은 게 두 시간 전인데, 그 후로 무슨 일이 생긴 건지 세왕은 전화도 받지 않았다.

'뭐 하자는 거야 정말. 자기가 오자고 했으면서.'

"그나저나 세왕이랑 사귄 지는 얼마나 된 거야? 진짜 사귀는 거 맞긴 맞아?"

그런 와중에 동훈과 승희가 나타났다. 보란 듯 동훈의 허리를 감으며 묻는 승희의 태도에 인정은 떨떠름하게 미소를 지어 보였다. 두 사람이 함께 이 자리에 나타난 것도 놀랄 노 자였지만, 얼마 전 결혼까지 해 한창 깨소금을 날리는 신혼이라는 말에 절로 헛웃음이 났다. 동훈의 인간 승리인지, 승희의 현실 타협인지, 잘 이해가 가지 않는 커플링 따위에 별로 관심은 없지만, 묘하게 뭔가를 의심하는 듯한 승희의 말투는 기분이 나쁘다. 그렇지 않아도 세왕이 안 온다고 기다리던 친구들이 승희의 의심을 반갑게 받아들이는 눈빛이었다.

그러나 인정이 뭐라 대답하기 전에 예빈이 나서서 대구해 주었다.

"너 모르는구나? 세왕이가 언제부터 인정이 좋아했는지 알기나 해? 그리고 니들 어디서 닭살 짓이야? 야. 동훈이 너 절로 가. 넌 여자랑 말도 못 섞던 애가 여기 왜 앉아 있냐!"

"아니……. 오랜만에 인정이랑 얘기 좀 하려고."

"아서라. 너 인정이랑 말 길게 하면 오늘 승희 쟤한테 한 바가지 긁힐걸?"

"야!"

그 말에 발끈한 승희가 한바탕 시끄럽게 예빈이와 투덕거리고 논점은 다시 이세왕과 나인정으로 돌아왔다.

승희는 뽀로통하니 입술을 삐죽거리며 말했다.

"아니, 이상하잖아. 얼마 전까진 사귄단 소식도 없었는데. 그치, 자기야? 자기도 알지?"

"어, 어? 어, 응."

대답을 강요당한 동훈이 얼결에 고개를 끄덕이는 사이 승희는 슬쩍 턱을 치켜 올리며 도도하게 말을 이었다.

"그리고 봐. 벌써 시간이 몇 신데 세왕이는 오지도 않고. 이렇게 늦으면 연락이라도 주는 게 정상 아니야? 아니, 애초에 사귀는 사이라며. 그럼 이런 모임엔 둘이 같이 나타나야지. 우리처럼. 안 그래?"

"갑자기 일이 바쁘면 그럴 수도 있지, 뭘."

세왕의 친구이기도 한 동훈은 난감함 표정이었고, 여전히 승희가 얄미운 예빈은 인정이 대신 맞받아쳤다.

"참, 별걸 다 신경 쓴다, 너. 취했냐?"

"뭐 내가 의심한다기보다 혹시 둘이 싸웠나……. 해서 묻는 거지."

"그러길 바라는 사람 같다?"

"에이, 설마? 그나저나 그렇게 오래전부터 좋아하고 사귄 사이면 결혼 이야기도 오가겠네? 너희들 나이에 연애나 하고 시시덕거릴 때도 아니고. 언제쯤 생각이야?"

승희는 끝내 결정타를 날리며 모두의 호기심을 자극했다. 이번엔 예빈이조차 대답 없이 인정의 얼굴을 바라보았다. 바의 모든 사람들이 어느새 이 대화에 집중하고 있었고, 인정은 그들의 시선이 부담스러워 더 당황스러웠다.

"어? 어, 그, 글쎄……."

"그러고 보니 세왕이네가 하던 그 가구 공장이 지금 장원가구라는 브랜드가 됐다며? 혹시 걔네 집에서 너 반대하는 거 아냐?"

"무슨 소리야, 그게? 너 그거 친구한테 할 소리니?"

인정의 안색을 살피던 예빈이 짐짓 엄하게 나무라자 승희는 재미있다는 듯이 웃음을 터뜨렸다.

"아니, 그렇잖아. 인정이네 집안이야 평범하고. 게다가 인정이 너 무슨 영화예술 한다며? 그거 크게 돈 되는 것도 아닌 거로 아는데 한쪽이 너무 기울지 않나?"

"컨셉아트야."

"아우. 아무튼. 그거나 그거나."

승희는 화려한 반지들을 낀 손을 의도적으로 보이며, 테이블 위에 놓인 인정의 손을 슬쩍 바라보더니 픽 하고 비웃었다.

"그러고 보니까 뭐야? 반지도 하나 없네? 아직 프러포즈도 못 받았어? 어머 웬일……! 걘 돈도 많으면서 반지 하나 사주는 게 아깝다니? 웃긴다."

왠지 눈앞이 하얗게 바래지는 기분이었다. 이런 식의 공격은 처음이라 뭐라고 대답을 해야 할지 몰라 잠시 멍해진 사이, 승희는 더욱 의기양양해졌다.

"왜 우리 예전에 그런 말도 있지 않았냐? 세왕이가 여자친구 안 사귀는 건 집안에서 정해준 약혼녀가 있다고. 얼굴도 하얘가지고 귀공자처럼 생겨서 그런 소문 많았었잖아. 장원가구라면 약혼녀 있을 만하다. 그치? 너도 그런 소문 들은 적 있지? 그거 진짜야? 야, 그런 얼굴 할 거까진 없잖아. 진짜 궁금해서 물어보는 건데."

"네가 그런 걸 왜 궁금해하는데?"

그 순간 남자의 목소리가 끼어들었다. 동시에 모두의 시선이 출입구 쪽에서 모습을 드러낸 남자에게로 향했다.

"이세왕!"

"오, 세왕이 왜 이렇게 늦었어?"

여기저기서 반가운 듯 불러대는 목소리에 짧게 화답한 세왕이 천천히 걸음을 뗐다. 그의 걸음은 정확히 인정이 앉은 자리를 향하고 있었다.

"늦어서 미안."

그리고 도착하자마자 사뭇 다정한 태도로 인정의 어깨에 손을 올린 세왕은 몸을 낮추며 그녀의 뺨에다 입을 맞췄다. 그답지 않은 다정한 행동에 놀란 건 친구들이었다. 여기저기서 웅성거리거나 장난스러운 야유가 터져 나왔지만, 세왕은 꿋꿋하게 인정의 얼굴만을 바라보며 미소를 떠올렸다.

"오래 기다렸어?"

"넌 지금 시간이 몇 신데 그걸 말이라고……."

"기분 좋네. 나인정이 날 기다릴 때가 다 있고."

싱긋 웃으며 하는 말에 또다시 주변에선 소음이 일었다. 인정의 얼굴 역시 경직되긴 마찬가지였다.

애가 대체 왜 이러나. 갑자기 온몸에 닭털을 바르고 오기라도 한 건가. 아니면 너무 늦어서 미안한 마음에 미치기라도 한 건가. 별생각이 다 드는 와중에 다시 웃어 보인 세왕의 시선이 그녀의 맞은편에 앉은 승희에게로 향했다.

왠지 갑자기 눈빛이 서늘해진 건…… 기분 탓?

"너희 둘은 결혼하니까 되게 좋은가 보다. 이제 우리도 결혼시켜 주고 싶어서 안달난 거야?"

"하하하. 뭐. 그렇지. 승희가 너희 둘한테 관심이 많다."

아무리 둔한 동훈이라도 묘하게 날이 선 분위기를 모를 수가 없다. 애써 분위기를 둥글게 다듬어보려는 노력이 가상했지만, 세왕의 눈매는 좀처럼 풀어지지 않았다.

"내 약혼녀 얘기가 궁금하면 나한테 물어봐야지."

"어? 아니 그건 그냥……."

"맞아. 약혼녀 있었어."

"뭐?"

"헐, 뭐야, 진짜?"

그리고 난데없는 폭탄선언에 모두의 경악한 시선이 세왕의 입술로 향했다.

"어릴 때 집안에서 정한 약혼녀야. 근데 그 약혼녀가 내가 싫대."

"그래서? 그럼 파혼이야? 파혼당해서 인정이랑 사귀는 거니?"

갑자기 화색을 띠는 승희의 물음에 세왕은 묘한 미소를 떠올리며 슬쩍 몸을 숙였다.

"아니. 난 지금 나 싫다는 약혼녀한테 무지 매달리는 중이거든. 그런데 너 때문에 걔가 날 더 싫어할 것 같아 무지 화가 나네?"

"어?"

"함부로 반지 받아줄 여자가 아니어서 가뜩이나 전전긍긍하고 있었는데, 네가 뭔데 끼어들어서 날 더 어렵게 만들어?"

그제야 말뜻을 알아차린 승희의 안색이 창백해졌다.

"동훈아, 와이프한테 좀 잘해. 욕구불만도 아니고 왜 우리 인정이 잡고 있냐? 그리고 미안한데 우리 먼저 간다. 우리 오늘 갈 데가 있어서."

단호하게 내뱉어준 세왕은 그대로 인정의 손을 잡아 일으켰다. 다정하게 인정의 어깨를 붙들고 에스코트하는 세왕의 모습에 또 어디선가 나직한 한탄과 웃음소리가 이어졌다.

"어이구, 내 그럴 줄 알았다. 어쩔래? 우리 모임은 세왕이가 중심인데 그러다 너 퇴출당해, 이년아."

"그러게 맘을 곱게 써야지. 왜 오랜만에 보는 애한테 시비야, 시비는?"

"조용히 안 해?"

혀를 차며 한마디씩 해대는 예빈에게 승희가 눈을 흘겨보았다.

밤은 깊었지만, 금요일 밤 도심지의 분위기는 한창 물이 올라 있었다. 세왕의 손에 이끌려 건물을 나서고 곧장 그의 차에 오른 후에도 인정은 한동안 아무 말 없이 차창 밖만 바라보고 있었다. 그런 인정의 태도가 신경 쓰이는지 세왕은 운전을 하는 도중에도 눈치를 보듯 인정의 옆얼굴을 흘깃거렸다.

오피스텔의 주차장에 도착해 차를 세우자마자 세왕이 물었다.

"화났어?"

인정은 긍정도 부정도 하지 않고 묵묵히 차에서 내렸다.

화가 난 건 아니었다. 단지 기분이 조금 이상했을 뿐.

지난 주말 이후로 인정은 며칠간 세왕에게 데면데면하게 굴었었다. 하지만 세왕은 아무 일도 없었다는 것처럼 그녀를 찾아오고 제 할 일에 열중하곤 했다. 그래서 그녀 역시 크게 달라지진 않은 거라 생각했었다. 이제 막 연인이 되었지만, 여전히 친구인 그런 사이.

그래서 조금은 섭섭했고, 그래서 좀 더 투정을 부렸던 건데 세왕은 너무나 반응이 없었다. 이번에도 명철의 부추김에 넘어가 기대를 한 제가 잘못이긴 했지만, 약속 시간조차 지키지 않은 그의 태도에 적잖이 실망한 상태였다.

그래. 이 기분은 잔뜩 부풀어 있던 거품이 훅 꺼져 버린 것 같은 실망감이다.

"기분 풀어. 이렇게 늦어질 줄 몰랐어."

어느새 따라붙은 세왕이 조심스럽게 그녀의 어깨에 손을 올리며 묻는다. 힐끗 바라본 인정이 시큰둥하게 대꾸했다.

"대체 왜 이렇게 늦은 거야? 연락도 안 하고. 내가 얼마나 걱정한 줄 알아?"

"미안. 챙길 게 있었는데, 깜빡 잊고 집에 핸드폰을 두고 나왔어."

"집에? 집에 들렀던 거야? 뭘 챙기려고?"

"그런 게 있어."

엘리베이터에 오르자마자 세왕은 보란 듯 10층을 누르고는 인정의 옆으로 바짝 다가서며 허리를 당겨 안았다.

"그보다 뭐 좀 먹었어? 배는 안 고파?"

"먹긴 뭘 먹어. 분위기 봤잖아."

"하긴, 그 분위기에서는 먹었다가 체하기나 하지. 잘됐다."

"잘되긴 뭐가?"

"같이 저녁 먹자."

"이 시간에 저녁은 무슨 저녁이야? 이제 잘 시간인……."

"그보다 명철이 꽤 예리하네."

"뭐?"

뜬금없는 말에 되물으려던 인정이 멈칫했다. 왠지 세왕의 손이 그녀의 옆구리를 꾹 쥐고 있었다. 그 의미를 알아차리는 것쯤은 쉬운 일이다.

"하, 그래! 나 살쪘다! 그래! 나도 안다고!"

"아니, 그 뜻이 아니라, 찾아봤더니 정말 섹스가……. 야, 농담이야. 노려보지 마."

인정의 표정이 심상치 않다는 걸 느낀 세왕은 후다닥 그녀의 몸에서 손을 떼며 남은 말을 집어 삼켰다. 때마침 10층에 도착한 엘리베이터의 문이 열린 참이었다. 쌩한 표정을 짓던 인정이 먼저 그를 지나쳐 갔다. 사실 조금 살이 오른 게 딱 보기 좋은 정도인데…… 그게 저렇게 신경을 쓸 정도인가, 세왕은 몰래 피식 웃었다. 사실 저는 인정이 살찐 모습은 꽤 익숙한데.

"넌 몰라. 내가 한때 얼마나 살쪄서 스트레스였는지. 그 몸을 하고 너랑 마주쳤을 때 진짜 죽고 싶을 정도로 굴욕적이었다고."

"아! 그때……. 근데 너 원래 어릴 때도 가끔 살이 쪘다가 빠졌다가 했잖아. 그래서 난 별로 이상하지 않았는데?"

"그래서 뭐? 내가 살이 찌긴 쪘다는 말이야?"

"그게 아니라. 살이 쪄도 빠져도 넌 그냥 예쁘다고."

"……."

"솔직히 말하자면 넌 조금 살이 있는 게 더 봐줄 만해. 진짜야."

"너 지금 날 위로하는 거야? 놀리는 거야?"

"놀리면서 위로하는 건데?"

세왕의 너스레 때문에 인정의 목소리는 한결 누그러져 있었다. 이때다 싶어 세왕은 재빨리 인정의 머리를 쓰다듬으며 입술에 가볍게 키스했다. 금세 뺨을 붉히고 눈을 내리깐 인정이 몸을 틀며 투덜거렸다.

"왜 이래. 나 오늘 그럴 기분 아니야."

"알아. 나도 오늘은 안 해. 그것보다……. 우리 집으로 갈래?"

"응? 거긴 왜?"

"모처럼 둘인데다, 불금이잖아. 우리 집에 가서 같이 놀자. 응?"

"내가 왜 밤에 너랑 놀아야 하는데? 그보다 왜 굳이 거길 가자는 거야? 좀 넓은 거 빼곤 여기나 거기나……."

"계단 올라가잖아."

"픕!"

나름 운동이라고. 뒤이어 작게 붙인 말에 인정은 결국 웃어버렸다. 그제야 활짝 미소를 떠올린 세왕이 그녀의 등을 밀며 재촉했다. 너무 자연스럽게 상황을 몰아가는 세왕의 솜씨에 인정은 고개를 절레절레 저으며 떠밀리듯 걸음을 떼었다.

"거봐. 이렇게 예쁘게 화장도 했는데 그냥 보내긴 너도 아쉽지? 그치?"

"아, 몰라, 정말. 오라는데 늦기나 하고."

"좋잖아. 살짝 긴장감 느껴지고. 딱 멋진 순간에 나타나 주고. 어때, 오늘 나 멋지지 않았어?"

장난처럼 하는 말이었지만, 이 순간 인정은 아까 느낀 이상한 기분의 정체를 확실히 깨달았다.

그래. 모두의 앞에서 솔직하게 애정을 표현하고 그것을 넘어 든든하게 제 편이 되어주는 세왕의 모습은 처음이었다. 그게 솔직히 너무나 멋지고 설레서 가슴이 뛰었었다. 오랜 시간 연락도 없이 늦어 초조하게 만들었던 거나 여전히 밉살맞게 구는 승희의 태도에 기분이 나빴던 것도 금세 잊어버렸을 만큼.

언제나 친구들 앞에서 절 무시하던 세왕이, 오늘은 저를 공주처럼 대해줬다. 그 카타르시스가 너무 커서 제대로 깨닫지도 못하고 넋이 나갔던 것이다.

왠지 인정하고 싶지 않아 입을 삐죽거리긴 했지만 인정은 훨씬 기분이 좋아진 상태였다.

그렇게 나란히 계단을 오르고, 현관이 보이는 복도에서 세왕은 슬쩍 걸음을 늦췄다. 지금부터 이어질 일로 인정의 표정이 어떻게 바뀔지, 기대하는 것만으로도 가슴이 뛰었다. 자연스럽게 앞장선 인정이 번호를 누르고 손잡이를 붙들었다.

달칵.

그렇게 문이 열린 순간, 인정은 잠시간 그 자리에 굳어 있었다.

세왕은 천천히 그녀의 등 뒤로 다가섰다.

"어때?"

"이…… 이게 다 뭐야?"

집 안은 뜻밖에도 아주 예쁘게 꾸며져 있었다. 눈앞에 보이는 현관에서부터 식탁까지 길게 늘어선 붉은 양초와 천장을 가득 메운 풍선들. 치렁치렁 매달린 레이스와 수술. 그리고 저 멀리 하얀 시트가 깔린 침대 위로 잔뜩 쌓인 붉은 장미 무더기를 본 인정의 눈이 휘둥그레 커졌다.

"설마…… 이거 하느라 그렇게 늦게 온…… 거야?"

"뭐, 겸사겸사."

"응? 다른 이유가 있어?"

세왕은 인정의 질문에 웃음으로 답한 뒤 그녀의 손을 잡아끌었다.

"이게 다 뭐야? 많이도 준비했네."

식탁 위에는 2인분의 요리와 와인버켓에 담긴 와인이 준비되어 있었다. 커다란 접시에 예쁘게 담긴 요리는 한눈에 봐도 고급 레스토랑 못지않은 솜씨라 어안이 벙벙할 지경이었다. 설마 이걸 세왕이가 만들었다고?

"설마 내가 했겠어? 이건 전문가의 솜씨지."

"이 밤중에 어떻게?"

"그건 기업 비밀."

설마 이 밤중에 여친을 위해 요리사를 집으로 부르는 정성을 발휘한 건가?

인정은 절로 치켜 오르는 입가를 다독이며 볼멘소리를 했다.

"나 다이어트해야 한다니까. 너 지금 일부러 이러는 거야?"

"어. 난 셋이……. 아니, 우리 둘이 같이 밥 먹을 때가 젤 좋거든."

"그렇다고 이 밤중에 이런 걸 먹으라고? 그러다가 나 드레스 못 입……!"

실수였다. 인정은 제 입을 틀어막고 당황해서 얼굴을 붉혔다.

세왕은 씨익 웃으며 '그럼 그렇지.' 라는 표정을 지었다.

"아니, 난……. 너랑 결혼하겠다고 한 건 아니다!"

"아. 그러셔? 그럼 어쩌나."

나직하게 중얼거리던 세왕이 주머니에서 뭔가를 꺼내 들었다.

붉은색의 벨벳으로 둘러싸인 조그만 케이스. 그것을 바라보는 인정의 눈동자가 불안하게 흔들렸다.

설마!

"난 오늘 꼭 할 말이 있었는데……."

조개처럼 열린 케이스 안에서 심플하고 깔끔하지만 충분히 화사한 빛을 내는 반지 하나가 모습을 드러냈다. 그리고 그녀의 눈앞에서 세왕은 천천히 반지를 꺼내 들었다.

"어디 보자, 이럴 때 쓰는 반지는 보통 석 달 치 월급이라든가?"

인정는 절로 눈을 크게 부릅떴다. 반지는 그녀가 여태 봤던 어떤 반지보다 반짝거리는 것 같았다. 아까 승희가 끼고 있던 반지들을 다 합쳐도 이것보다 예쁠 것 같지 않았다. 고급스러우면서도 과하지 않은 세련된 디자인이 특히 마음에 들었다. 애써 평정심을 찾으려는데 이 콧구멍만 한 반지 하나가 사람을 이렇게나 놀라게 하다니!

"그런데 뭐, 네가 정 그리 싫다면야……."

짐짓 차분하게 굳은 얼굴로 설명하던 세왕이 그대로 몸을 돌렸다.

인정은 손을 뻗어 세왕의 어깨를 턱 붙잡았다.

"어허. 어딜 붙잡으시나?"

"이봐요. 좀 더 얘기해 봅시다."

세왕이 반지를 꺼내기 전에 이미 인정의 마음은 결혼을 승낙했었다. 그렇지만 두 사람은 반지를 놓고 티격태격 웃으며 실랑이를 벌였다.

"무슨 얘기? 이건 그냥 대답만 들으면 되는 건데?"

"내 입으로 뭐라 대답을 하기가 좀 그러니까 서로 마음은 통했다 생각하고."

"쓰읍. 날로 먹으려고 드네. 마음이 뭐? 안 되겠다. 넌 반지를 가질 자격이 없어."

세왕은 어깨만 으쓱해 보이곤 태연히 어디론가 걸음을 옮기기 시작했다. 그의 걸음이 향하는 대로 엉거주춤 따라 걷던 인정이 다시금 손에 힘을 주며 물었다.

"어? 어디 가는데? 반지 주고 가!"

"아냐 이건, 내가 잘 보관했다가 명철이라도 줘야겠다."

"명철이도 자존심이 있어. 이제 와서 네가 이런 거 준다고 덥석 받을 것 같아? 내가 받아준다고 할 때 얼른 끼워주시지?"

"흠. 그런가?"

어느덧 좀 더 안쪽의 침대가 있는 창가에 도착한 세왕이 우뚝 걸음을 멈췄다. 슬쩍 창밖을 바라본 세왕이 자연스럽게 창문 손잡이에 손을 올렸다.

"그럼 할 수 없다. 버려야지."

"야! 이리 안 내놔?"

정말로 버릴 기세라 당황한 인정이 세왕의 허리춤으로 돌진했다. 그 바람에 기우뚱한 세왕이 침대 위로 풀썩 넘어졌다. 동시에 세왕의 입에서 비명이 튀어나왔다. 하필 잔뜩 쌓여 있는 장미꽃 더미 위로 한데 겹쳐진 채 쓰러져 버린 탓이었다.

"아 따가워!"

"으악! 미안!"

그 와중에도 인정은 몸부림치는 세왕을 내버려 두고 얼른 반지 상자를 뺏어 들었다. 그런 인정의 태도에 세왕은 헛웃음을 지으며 일어났다.

"지금 네 남자친구 등보다 그 반지가 더 소중해?"

"그럼. 소중하지. 이세왕이 준 선물 중에 이게 젤 비싸거든."

"와! 이 속물."

인정은 혀를 빼꼼 내밀며 약을 올렸다.

세왕은 그녀의 뺨을 꼬집으며 물었다.

"어쩔까? 끼워줘?"

"그걸 꼭 말로 해야 하니?"

인정이 손가락을 내밀자, 세왕은 반지를 들고 그녀의 손가락 앞에서 멈칫하며 다시 한 번 물었다.

"너 이게 무슨 의미인 줄 알고 있는 거지?"

"알아."

"이건 말야. 나인정은 이세왕의 영원한 김나인이 된다는 족쇄 같은 거야. 괜찮겠어?"

"내가 생각하던 거랑 다르네. 난 이게 이세왕이 나인정의 노예로 살겠다는 증표인 줄 알았는데?"

"아! 모르겠다! 아무렴 어때! 프러포즈가 이따윈 건 다 네 탓이니까, 원망하지 마!"

인정은 버럭 화내는 세왕이 귀여워 보였다. 그래서 그의 뺨에 입술을 맞췄다.

"무슨 짓이야? 안 하던 애교를 부리고 있어. 반지가 그렇게 좋냐?"

"솔직히 반지보다는 이세왕이 좋지."

"⋯⋯진심이야?"

"내가 이제 와서 누구랑 결혼하겠냐? 불행히도 현재로서는 너밖에 없다."

끝까지 무드라고는 없는 인정이었지만 세왕은 만족했다.

"천만다행이라고 좋아해야 하냐?"

"좋은데, 결혼 당장 할 건 아니지?"

"왜? 현재까지는 나밖에 없으니까 시간 끌었다가 더 좋은 놈 찾아보게?"

"살 빼서 드레스 예쁜 거 입으려고 그런다! 보나마나 사람들이 비교할 거 아냐! 신부보다 신랑이 낫다고! 얼굴은 떨어져도 몸매는 돋보여야지!"

"너 모르는구나. 원래 나이 들면 살이 더 안 빠져. 드레스 입을 수 있을 때 결혼하는 게 너한테도 좋은 일 아닐까?"

"하! 살 뺄 거야!"

"네가 살 빼는 것보다 차라리 내가 살찌워서 그날 널 돋보이게 해줄게."

"말이 되는 소리를 해라!"

"왜 말이 안 돼? 난 너랑 결혼할 수만 있으면 다 말이 되는 것 같은데? 그러니까 당장 결혼하자, 김나인."

"……."

"결혼해 줘, 인정아."

오랜만에 듣는 김나인이라는 호칭에 새침하게 노려보던 인정이 슬쩍 눈을 내리깔았다. 어느덧 말문이 막힌 인정의 얼굴이 붉게 달아올랐다. 결혼해 줘. 결혼해 줘. 반쯤은 장난처럼 내놓는 말에 심장이 벌렁거려 주체가 되질 않는다.

"아이 씨…… 뭐야 진짜."

인정이 주책없이 뛰는 가슴을 툭툭 치며 불만스럽게 내뱉는 순간, 피식 웃음을 터뜨린 세왕이 그녀의 손을 잡아끌었다. 못 이긴 척 품에 안긴 인정의 귓가로 세왕의 여유로운 목소리가 이어졌다.

"결혼하자, 우리. 평생 이렇게…… 아옹다옹하다가도 웃으면서 그렇게 살자."

"……."

"허락할 때까지 반지 안 끼워준다?"

인정은 대답 대신 천천히 손을 올렸다.

그리고 세왕은 그녀의 손가락에 확실히 반지를 끼워주었다.

반짝거리는 반지를 보며 인정은 입술을 샐쭉거리며 말했다.

"진짜 그럴 생각은 아니었는데……. 이거 보니까……. 다른 것
도 끼우고 싶다."

인정의 투정은 귀엽고 발칙해서 세왕을 웃게 만들었다.

"너무 밝힌다는 생각 안 들어?"

"원래 늦게 배운 도둑질이……. 흡."

세왕은 인정의 입술을 찍어 누르며 그녀의 뒷목을 당겼다. 괘씸
하게 저를 도발한 인정의 아랫입술을 깨물고 혀를 휘감았다.

인정은 박력 있게 몰아붙이는 세왕의 키스에 숨이 막혔지만 취
한 것처럼 몽롱해져 갔고, 본능적으로 세왕의 몸을 더듬으며 무언
가 갈망하고 있었다. 이를 느낀 세왕이 입술을 떼고 물러났다. 그
리고는 어리둥절한 인정에게 단호하게 말했다.

"아직은 안 돼."

인정의 발이 욕조로 들어가자 붉은 장미꽃잎이 출렁거리는 물
결을 타고 이리저리 움직였다. 새하얀 둥근 엉덩이가 물속에 잠기
고 무릎마저 보이지 않게 되자 흩어진 꽃잎은 그녀의 가슴 주변으
로 몰려들었다.

반만 드러난 가슴이 그녀의 호흡에 따라 오르락내리락거리고

가슴 계곡은 꽃잎으로 채워졌다. 인정은 손으로 꽃잎을 건졌다 따르며 향기로운 목욕물에 흡족해했다.

뒤따라 들어온 세왕이 와인 잔을 그녀의 손에 건넸다. 그를 올려다보자 역시나 아무것도 입지 않은 세왕의 다리 사이가 신경 쓰여 눈을 똑바로 들지 못했다.

이를 눈치챈 세왕은 부러 그녀의 얼굴 가까이에서 천천히 앉았다. 민망해진 인정은 괜히 딴청을 피우며 말을 꺼냈다.

"어떻게 이런 것까지 신경 썼어?"

세왕은 피식 웃으며 놀리듯이 대답했다.

"네가 다른 것도 끼우고 싶어할 것 같더라고. 이런 날 분위기 좀 잡으면 더 흥분되지 않을까 해서 준비했지."

볼 거 다 보고, 할 거 다 해놓고 새삼 내외하듯 부끄러워하는 인정의 시선을 나무라는 말이었다.

"내가 뭐? 노, 농담한 거지."

인정은 손에 든 와인 잔을 홀짝 다 마셔 버렸다.

"어? 그거 한꺼번에 다 마시면 안 되는데."

"왜? 더 없어?"

"아니. 내가 거기 뭘 탔거든."

"뭘 타?"

"약. 그런 거 있잖아. 빨리 몸이…… 느끼는 거."

"뭐? 뭐라고! 야! 뭐야. 그런 약이 진짜 있어? 그걸 여기 타면 어떡해!"

울상이 된 인정이 빈 와인 잔과 세왕을 번갈아 보는데, 세왕은
조금의 죄책감도 없는 얼굴로 제 손에 든 와인 잔을 깨끗이 비웠
다.

"뭐 어때? 다 큰 어른들이 황홀한 밤을 즐기겠다는데."

"너 이거 범죄야!"

"아니지. 유혹은 네가 먼저 했고, 난 그걸 대비해서 준비만 했을
뿐이야."

"나한테 허락도 없…… 흡!"

도끼눈을 하고 따지려던 인정은, 세왕의 발이 다리 사이를 헤집
고 불쑥 들어오자 아래에서부터 강렬한 전율이 일어 입을 다물었
다.

"무슨 허락? 이게 나만 좋은 일인가?"

"흐…… 읏. 하, 하지 마."

인정이 양손으로 그의 발을 붙잡고 떼어내 보려 하지만 반대편
욕조에 등을 기댄 세왕의 긴 다리를 밀쳐 낼 도리가 없었다. 더군
다나 물속이라 미끈해진 세왕의 발은 인정의 손에 이끌리기만 할
뿐 제대로 밀쳐 내지지가 않았다.

인정은 평소에 그가 발가락마저도 길고 잘생겼다고 생각했었
다. 세왕이 맨발로 집 안을 돌아다니는 걸 볼 때마다, 흠잡을 데
없이 매끈한 발등과 힘 있게 바닥을 디디며 접히는 긴 발가락에서

남자의 발이 어떤 건지 느끼곤 했었다.

지금 그 발이 바닥이 아니라 제 다리 사이를 누르고 있었다. 엄지발가락을 둥글게 돌려 클리토리스 주변을 아슬아슬하게 피해가고 나머지 발가락들은 꽃잎 사이에 파묻혀 있었다. 굴욕적인 희롱을 당하면서도 그녀의 심장은 세차게 뛰고 있었다.

"왜? 별로야?"

"아흠……. 바, 발로 이러는 건 싫어!"

"싫은 것 같지 않은데?"

싫지 않다. 이성을 단단히 붙잡고 있는데도 그녀의 발가락도 그의 발가락이 움직일 때마다 꼼지락거리고 있었다. 그래도 인정하고 싶지 않았다. 겨우 이 정도로 느낄 만큼 밝히는 여자처럼 보일 수는 없으니까.

"약 때문이…… 하윽!"

그녀가 소리를 지르며 반박하자 세왕의 발가락은 그녀의 클리토리스를 꾹 눌렀다. 인정은 숨을 들이마시느라 끝말을 삼켜야 했다.

"이게 정말 약 때문일까?"

"흐으읏!"

세왕은 약 올리듯이 서서히 발가락에 힘을 더 실어갔다.

무게를 더해가듯이 점점 더 강해지는 자극에 휘둘리고 싶지 않은지, 인정은 이를 악물고 참아보려 했다. 하지만 신음 소리는 점점 더 음란해지고 온몸에 힘이 들어가, 안쪽 허벅지가 파들파들 떨리고 있었다.

"아…… 흥. 너무해."

콧소리를 내며 허리를 비트는 인정의 목소리는 그녀의 원망과 정반대의 모습을 보여주고 있었다. 달싹거리는 양 무릎이 세왕의 다리를 비벼대며 안절부절못했고, 가만히 한 점만 누르고만 있는 그의 발가락에 애가 달는지 엉덩이를 들썩거렸다.

"이런. 고마워할 줄 모르네?"

세왕은 그녀의 조그마한 돌기를 누르던 엄지발가락을 마구 문질렀다. 그 때문에 그녀의 아랫도리가 전부 진동하며 내벽까지 자극했고 급기야는 온몸에도 진동이 퍼졌다.

"아흡! 아훗. 아……."

인정은 숨 쉴 틈도 없이 신음을 내지르며 흔들리는 몸을 주체하지 못해 욕조를 꼭 붙들었다.

"참을 수 있겠어? 얼마나 참을 수 있는지 볼까?"

"너……!"

세왕은 인정이 참을 수 없다는 걸 잘 알고 있었다. 이미 그녀의 안에서 욕조의 따뜻한 물과는 다른 뜨겁고 미끈한 것이 흘러나와 자신의 발가락을 적시고 있었으니까. 그의 발가락은 스스로 살아 있는 생물마냥 어둡고 축축한 곳을 향해 꿈틀거리며 기어가기 시작했다.

"아, 안 돼!"

참으라고 해놓고 이렇게 노골적으로 갈라진 틈을 벌리며 속살을 지분거리면 어쩌자는 건가. 인정은 안절부절못하면서 다시 그의 발을 붙잡았다. 그러자 이번엔 다른 쪽 발이 불쑥 그녀의 무릎을 바깥으로 밀쳐 다리를 더 벌린 모양을 만들었다.

"아웃!"

장미꽃잎이 뒤덮은 물 아래는 그녀의 꽃잎이 활짝 벌어진 채 커다란 그의 발에 짓이기며 꽃즙을 짜내고 있었다.

이제 세왕의 엄지발가락은 클리를 튕겨내고 아래로, 좀 더 아래로 내려와 천천히 길게 속살을 쓰다듬었다. 그리고는 가장 뜨거운 열기가 느껴지는 안쪽을 더듬어갔다. 자극을 견디느라 오므라드는 입구가 느껴지자 그곳으로 망설임 없이 발가락을 밀어 넣었다. 동그란 발가락은 손가락만큼 뾰족하지도 않고 꽤 큰 편이어서 아무리 그곳이 흠뻑 젖어 있다 해도 한번에 쑥 들어가지는 않았다.

"흡! 하아아……."

인정은 한 손은 그의 발을 한 손은 욕조를 세게 움켜쥐고 끊어지는 한숨을 내쉬며 얼굴을 찌푸렸다.

발가락은 빼꼼 고개를 내밀듯이 그녀의 내벽으로 들어갔다. 인정의 내벽이 발가락을 꼭 조여오자 뜨겁고 여린 살에 파묻힌 발가락은 미끈거리는 살결을 마음껏 음미했다. 그렇게 발가락을 휘휘 젓고 나머지 발가락도 꼼지락거리며 그녀의 꽃잎을 파헤쳤다.

G스팟을 빠르고 강하게 문질러 진동을 주자 결국 그녀는 얼마 못 가 내벽을 긁어대는 공격에 항복할 수밖에 없었다. 세왕의 다리를 허벅지로 꾹 누르며 참을성 없이 쾌감을 터트리고 말았다.

"하아. 하아……."

인정은 발가락을 꼭 물고 부들부들거리다가 부풀었던 풍선에서 서서히 공기가 빠지듯이 느슨하게 몸의 긴장을 내려놓았다. 전신의 근육들이 물결처럼 경련을 일으키며 욕조에 담긴 물에도 떨림을 전달했다.

그리고 그 파문이 세왕의 몸에도 자잘하게 부딪쳐 그녀가 느꼈을 쾌감을 전해주었다.

"발은 싫다더니, 내 발가락만으로 가버렸는데?"

축 늘어진 인정의 눈가에 좋아서인지, 원망스러워서인지, 눈물이 맺혀 있었다.

"하아……. 그런 말 하지 마. 누구 때문에 이렇게 됐는데!"

"징징거리지 마. 사실 아직 부족하잖아?"

세왕은 그녀에게 바짝 다가가 물속에 잠긴 그녀의 가슴을 양손으로 떠받들었다. 둥실 떠오른 가슴이 장미꽃잎을 묻힌 채 모습을 드러냈다.

"하지 마! 나 지금 이상하단 말이야!"

"왜? 약 기운 때문에 건드리기만 해도 또 느껴?"

"알면서 자꾸…… 흐음……."

손가락으로 유두 주변을 동그랗게 문지르거나, 꾹 누르거나 하며 희롱하자 그녀의 유두는 신경질적으로 바짝 웅크리며 고개를 내밀었다.

세왕은 손끝에서 느껴지는 감촉을 참을 수 없었다. 유두의 주름결을 쓰다듬으며 손톱으로 긁어보거나 손가락 사이에 끼워놓고 비틀어보기도 한다. 따뜻한 수증기에 촉촉해진 인정의 콧잔등이 찡긋거리지만 귀엽기만 하다. 달아오른 뺨이 더운 물 때문만이 아니라는 걸 모를 리 없는 세왕은 말랑한 살덩이와 함께 딱딱해진 유두를 입안 가득 삼키고 깨물어주고 싶은 충동을 느꼈다.

"훗!"

젖가슴을 위로 잡아당기자 인정은 그에게 가슴을 내민 꼴이 되어버렸다. 게다가 동그랗던 언덕이 쭉 늘어난 모양이 되어 인정을 부끄럽게 만들었다. 하지만 물에 흠뻑 적신 붉은 유두는 촉촉한 광택 덕분에 더욱 새빨갛게 도드라져 유혹하듯이 점점 단단해졌다.

그는 그것을 제 가슴에 갖다 댔다. 뾰족해진 인정의 유두로 자신의 유두를 찔렀다. 조그만 두 쌍의 젖꼭지가 서로의 단단함을 느끼며 간질였다. 예민한 돌기는 서로 닿는 것만으로도 수줍게 움츠러들며 더 딱딱해지는 것 같았다. 육체의 전부에 비해 작은 점에 불과한 그곳에서부터 발끝까지, 머리카락 한 올까지 달콤한 소름이 돋는 기분이었다.

장난치듯이 서로의 가슴을 문지르던 세왕은 고개를 숙여 한쪽 가슴에 입술을 가져갔다. 입안이 바싹 마를 만큼 그녀의 가슴을 베어 물고 싶은 것을 참고 있었지만 우선은 맛을 보듯이 혀만 살짝 내밀어 젖꼭지를 핥기 시작했다. 아래에서부터 위로 주욱 핥으며 젖꼭지 끝을 튕기듯이 툭 내려놓거나 혀끝으로 그것을 꾹 누르거나 하면, 젖꼭지는 혀를 밀어내며 제자리로 돌아갔다.

인정은 따뜻한 유두 끝에 닿는 혀의 차갑고 유연한 애무에 연신 움찔거리며 입술을 열었다. 벌어진 입술에서 애달픈 한숨이 토해지고, 허벅지 안쪽이 금세 팽팽하게 당겨졌다. 아랫배 안쪽이 조금 전의 것으로는 부족하다며 물을 토해내자 인정은 아랫도리에 힘을 꽉 주어 입구를 오므렸다.

그런다고 요구가 해소되는 것도 아니고 감춰질 수 있는 것도 아니었다. 오히려 내벽을 자극하는 자위와 비슷했다. 사탕을 보채는 아이처럼 뭔가 물려주길 바라는 아래는 연신 가슴만 자극하는 애무에 초조해하고 있었다.

적절한 타이밍에 세왕은 그녀의 가슴을 놓아주었다. 대신에 단숨에 그녀의 허리를 안고 한 손을 그녀의 다리 사이로 집어넣어 엉덩이를 떠받쳐 들어 올렸다.

"악!"

갑작스럽게 일어난 일에 균형을 잃은 인정은 놀란 비명과 함께 그의 목을 휘감았다. 엉덩이를 받친 그의 커다란 손바닥은 어쩔 수 없이 갈라진 틈새로 가운뎃손가락이 비집고 들어갔다. 자신의 무게가 실리면서 두 살덩이에 손가락이 파묻히자, 다리를 들썩거리며 세왕의 목을 더 세게 끌어안았다.

그것은 순식간에 일어난 일이었고, 민망한 그의 손가락을 더 느낄 틈도 없이 욕조 위에 엉덩이가 내려졌다. 그녀가 뭐라 말할 틈도 없이 세왕이 다리를 벌리게 하자 등이 자연스럽게 벽에 밀쳐졌다.

"헉! 아, 안 돼! 부끄럽단 말이야!"

세왕이 그녀의 벌어진 다리 사이로 얼굴을 들이밀자 인정은 애써 다리를 오므리며 부끄러운 몸짓으로 반항했다.

그러거나 말거나 세왕은 무시했다. 어차피 잠시 후면 그녀는 부끄러움을 잊고 황홀감에 취해 있을 테니 말이다. 검은 윤기가 흐르고 물이 뚝뚝 떨어지는 음부 사이로 붉은 속살이 번들거리고 있었다. 그 시선이 닿자 건드리지도 않았는데 꼭 힘을 주며 수축하는 것이 귀엽기만 하다.

세왕은 손을 뻗어 욕조 앞에 세워둔 와인 병을 꺼내 돌연 그녀의 가슴 사이로 와인을 부었다.

"......!"

레드 와인은 인정의 하얀 피부를 타고 내려와 배꼽을 지나서 음부로 흘러갔다. 섹시하고 향기로운 광경에 세왕은 더 이상 감상만 하고 있을 수가 없었다. 손가락을 가져가 꽃잎을 마저 활짝 열었다. 덕분에 와인은 틈새로 흘러들어 와 그녀의 꽃잎을 적셔주었다. 유독 취한 것처럼 빨갛게 부어오른 돌기가 그를 기다렸다는 듯이 반짝거리고 있었다. 그의 발가락에 한참 괴롭힘당해 아직도 빨갛게 발기된 클리토리스는 먹기 좋게 예민해진 상태였다.

세왕은 혀를 내밀어 클리를 핥기 시작했다. 여태 마셔본 와인 중에 이 정도로 달콤했던 와인이 있었을까.

"하아아아……. 세, 세왕아!"

그저 닿기만 했을 뿐인데도 엄청난 자극이 그녀를 덮쳤다. 그것은 시작에 불과한데 말이다.

혀를 굴려 클리를 부드럽게 애무하자 인정은 푸덕거리듯이 경련을 일으켰다. 물속에 잠겨 있던 발이 점점 위로 올라오며 발끝이 몸 쪽으로 당겨졌다. 클리에 딱딱한 치아가 느껴지더니 살짝 깨물리고 만다. 아릿한 통증이 쾌감으로 변해 혈액을 타고 그녀의 몸 구석구석에 찌르르한 전율을 보내고 야한 신음이 터져 나왔다.

"아흥! 흐으음……! 그, 그만!"

그만하라는 소리가 진심일 리 없었다. 세왕은 클리의 아랫부분을 혀끝으로 누르듯이 애무하다가 점점 아래로 내려왔다. 그의 코에서 뿜어져 나오는 뜨겁고 가쁜 숨결이 속살에 닿고, 그의 손은 허전해하는 클리를 문질러 달래준다. 그리고 그의 입술이 흥건하게 차오른 그녀의 꽃물을 빨아들인다. 빨아도, 빨아도 애액은 줄어들긴커녕 그의 타액과 엉겨붙어 더 많아지는 듯했다.

이제 그의 혀는 그녀의 입구 주변을 맴돌며 애를 태웠다. 들어갈 것처럼 들어가지는 않고 주변을 구석구석 핥아 그녀를 더 달아오르게 만들었다. 그러다 불쑥 통통한 혀를 집어넣고야 만다.

"하악! 아흑!"

주체할 수 없는 쾌감에 인정은 큰 소리로 신음하며 허리를 뒤틀었다. 그의 혀가 안으로 깊이 들어오면 그의 코끝이 클리를 찔렀다. 혀가 그녀의 안을 전부 채워주지는 못했지만 그것은 유연하게 인정이 간지러운 곳을 찾아 긁어주었다. 인정은 이제 부끄러워서가 아니라 한 방울의 쾌감도 놓치지 않으려고 허벅지를 당기며 아래를 오므렸다. 그에 맞춰 그의 혀의 조임을 느꼈는지 들락거리기 시작했다. 들어갈 때는 깊이 천천히, 물러날 때는 얕고 빠르게. 그 박자에 맞추어 인정도 엉덩이를 비벼대며 그의 얼굴이 만든 굴곡에 음부를 부딪쳐 갔다.

"하으윽. 하윽. 하아! 하아……!"

쉬지 않고 비명에 가까운 인정의 신음 소리는 세왕을 뜨겁게 만들기에 충분했다. 이대로라면 인정은 곧 절정으로 치달을 것 같았다. 하지만 쾌감에 이성이 흔들리는 와중에도 인정은 간신히 입을 열어 허락에 가까운 부탁을 했다.

"세, 세왕아. 안 돼. 나 갈 것 같아. 하악. 너랑 같이 느끼고…… 싶어. 하악."

오늘은 그런 날이었다. 인정의 손가락에 반지가 끼워진 날. 저를 영원히 가져도 좋다고 허락한 날. 그래서 인정은 세왕의 손가락에도 반지를 끼워주고 싶었다. 그의 페니스를 조여주는 유일한 링은 저밖에 없다는 것을 확인하고 싶었다.

세왕은 그녀의 다리 사이에서 고개를 들고 그녀를 향해 씨익 웃어 보였다.

"그걸 왜 이제야 말해?"

기다렸다는 듯이 그는 그녀를 당겨 제 품으로 안았다. 그리고 재빨리 그녀의 몸을 돌려 욕조를 잡게 하고는 우뚝 솟아오른 페니스를 엉덩이 계곡 틈으로 가져갔다.

인정은 그의 귀두가 틈새를 짓이기며 입구를 두드리자 뜨거운 것에 데인 것처럼 화끈거렸다. 부드러운 혀가 달궈놓은 자리를 지워 버리며 제 우람한 존재감을 확인시켜 주는 것 같았다. 그래서 그녀는 압도적인 그의 페니스에 짜릿함을 느끼며 가슴이 벅차올랐다.

"하아아······."

무엇으로도 대신할 수 없다는 듯이 입구를 밀고 들어오는 위용. 저를 꽉 채워주는 빈틈없는 맞물림에 다리가 녹아내릴 것만 같았다.

세왕은 그녀의 허리를 붙잡아 제 뿌리까지 삼키도록 엉덩이를 바짝 붙이게 만들었다. 그리고 더는 참지 않아도 된다는 생각에 폭주하듯이 속도를 내어 부딪쳐 갔다. 가뜩이나 젖어 있던 두 사람의 살이 철퍽거리는 소리를 내며 만났다 떨어졌다를 반복했다.

인정도 참지 않고 모든 것을 내던졌다. 어쩔 수 없지 않은가. 약이 저를 이렇게 만들었을 뿐이니까.

헐떡거리는 호흡과 자지러지는 듯한 인정의 신음 소리, 욕실을 꽉 채운 뿌연 수증기, 모든 것이 정신을 혼미하게 만들어 쾌락의 늪으로 빠져들게 하고 있었다. 절정의 꼭대기까지 얼마 남지 않았다. 그것은 닿을 것처럼 가까워졌다가 다시 한발 물러나며 감질나게 약을 올렸다. 조금 더. 조금 더 빨리, 더 세게. 한계까지 달려나간 두 사람은 마침내 커다랗고 단단하게 웅크려 있던 쾌감의 덩어리를 깨부수고 절정의 환희에 활활 타올랐다.

"……!"

인정은 숨을 쉴 수가 없었다. 새하얀 기쁨의 불꽃이 뱃속 깊은 곳에서부터 순식간에 퍼져 나가 온몸을 재로 만들어 흩어지게 만드는 기분이었다. 쾌락이라는 괴물로부터 잘근잘근 씹혀 먹혀 버린 것처럼 인생에서 가장 황홀한 오르가슴을 맛보았다.

정신을 차렸을 때 그녀는 이미 그의 품에 안겨 가쁜 숨을 몰아쉬고 있었다. 아직도 꿈속에 있는 듯 몽롱한데, 그의 속삭임이 귓속을 파고들었다.

"순진하기는. 내가 어디서 약을 구하겠어?"

또 속았는데, 화가 나지 않는다. 피식피식 바람 빠진 사람마냥 웃음을 흘리던 인정이 그의 가슴에 얼굴을 묻었다.

❖

　　두 사람의 결혼 이야기에 가장 크게 환영한 건 양가의 부모님들
이었다.

　　먼저 찾아간 인정의 집에서는 소식도 없이 찾아온 두 사람을 보
고 눈이 휘둥그레졌다.

　　"어머나. 너 세왕이 아니니?"

　　"맞습니다. 이모. 너무 오랜만이죠? 건강하셨어요?"

　　"나야 건강하지. 어머. 얘. 넌 더 훤칠해졌다. 어쩜 이렇게 잘 자
랐을까?"

　　인정은 자기 딸에게 눈길조차 안 주고 세왕이만 얼굴이 닳도록
보고 있는 엄마가 원망스러웠다.

　　"그만 좀 봐. 엄마 자식은 얘가 아니고 나야. 나. 엄마가 날 아무
리 한심하게 생각해도 얘는 엄마 자식이 될 수가 없어. 엄마 뱃속
에서 만들어졌으니까 나 같은 애가 나오는 거지."

　　"뭐가 어째? 오랜만에 집에 내려와서 한다는 소리가 엄마한테
버릇없이! 이놈의 기집애가!"

　　"그러니까. 오랜만에 왔는데 날 좀 반겨. 나도 이제 번듯하게 잘
사는데 왜 이렇게 날 무시하냐고."

　　"내가 언제 널 무시했어! 네가 하도 한심하게 사니까 걱정돼서

잔소리 좀 한 거지! 그리고 네가 뭐가 번듯하게 잘살아! 너 이제 막 시작이지. 세왕이처럼 자리 잡으려면 한참 남았어. 언제 돈 모아서 언제 결혼할래? 대학공부 시켜줬음 됐지, 너 결혼 자금도 내가 해줘야 해? 어?"

오자마자 다투기 시작한 엄마와 딸 사이에 세왕이 급히 넉살좋게 끼어들었다.

"걱정 마세요, 이모. 인정이 결혼 자금 필요 없을 것 같아요."

"응? 왜? 우리 인정이 시집가기 글러 보여? 네가 봐도 그렇지? 어휴. 우리 세왕이가 인정이 데리고 살면 참 좋겠다. 나도 아들 하나 생긴 것 같고."

세왕이 아들 삼겠다고 있던 아들을 없는 것처럼 만드시다니! 인정은 고시촌에서 열공 중인 동생 놈이 처음으로 불쌍했다.

"그러니까요. 그래서 제가 이모 아들 할까 하고요."

"응? 무슨 소리야?"

"인정이 아무래도 저 아니면 아무도 안 데려갈 것 같은데, 제가 평생 봉사활동 하는 마음으로 데리고 살겠습니다."

인정의 엄마는 눈을 깜빡깜빡거리며 세왕을 쳐다보다가 이번엔 인정에게로 눈을 돌렸다. 엄마 놀리지 말고 무슨 말이라도 해보라는 뜻이었다.

인정은 스윽 손을 들어 손가락에서 반짝거리는 반지를 보였다.

"얘가 결혼하자는데, 생각해 보니까 괜찮은 것 같아. 하도 싸워

대서 이제 싸우는 게 면역이 됐달까? 결혼해도 싸우다가 이혼하는 일은 없을 것 같아."

"니, 니들 지금……. 얘네들 지금 뭐라는 거야. 갑자기 무슨……. 말도 안 돼. 거짓말이지?"

"왜 사람 말을 못 믿어? 그럼 얘가 여기 왜 왔겠어?"

엄마가 까무러칠 것 같은 표정으로 상황 파악을 하는 동안 인정은 태어나 처음으로 엄마 앞에서 뿌듯하게 어깨를 폈다.

곧 약수터에 가셨던 아버지가 돌아오시자 세왕은 아까 했던 말을 또 해야 했다.

"세왕아, 이거 진심이지? 너 어른들 놀리면 못 쓴다."

아버지는 너무 좋아서 믿기 힘들어했고,

"너희 집에서 괜찮아 할까? 우리 인정이 솔직히 너한테 많이 부족한데……."

어머니는 걱정스러워했다.

"이모, 아니, 어머님. 아버님. 아무 걱정 마세요. 저희 어머니가 적극 찬성하신 결혼이니까요."

"어머? 그랬어? 어떻게? 여기 먼저 허락받으러 온 거라면서?"

"그전에 이미 저희 어머니는 저희들 사귀는 거 알고 계셨습니다. 결혼하라고 적극 지원사격 해주셨고요. 그러니까 아무 염려 마세요."

"어휴. 사실 나도 세왕이 너 좀 걱정했었거든. 혹시 네 엄마도 그거 때문에 그러나……."

"예?"

"아니……. 너 그…… 선보러 갔을 때……."

"이 사람이! 그 얘기는 또 왜 꺼내!"

"그래도 짚고는 넘어가야죠. 세왕이 너…… 우리 인정이 정말 좋아해서 결혼하는 거 맞지?"

"예?"

"그러니까…… 혹시 소문 때문에 네가 괜히 증명해 보이겠다고 아무하고나 결혼하려는 건 아닌가 하고. 그러면 우리 인정이도 불쌍하잖니."

"어허! 거 사람 참! 해도 될 말이 있고 안 될 말이 있지!"

두 분이 그동안 무슨 오해를 했었는지 알 것 같았기 때문에 세왕은 단호하게 해명했다.

"그동안 인정이랑 결혼하고 싶어서 여러 방법으로 결혼 미루고 있었습니다. 여러…… 방법으로요. 큼. 인정이는 저를 안 받아주고 어머니는 자꾸 결혼하라고 등 떠미시니까."

게이설을 구구절절 변명해 봤자 더 의심만 살 뿐이라 스스로 조작한 소문인 것처럼 설명했다.

"어휴. 그랬구나. 그래도 그렇지. 너는…… 네 엄마 얼마나 속 끓였는지 아니?"

"예. 잘못은 했습니다. 그래도 결국 제가 인정이랑 결혼을 하게 됐으니까 잘했다고 생각합니다."

"우리가 더 고맙지 뭐!"

그렇게 세왕은 인정이네 집에 보너스 점수까지 얹어 받고 자리에서 일어났다.

뒤따라 일어선 인정의 어머니가 가만히 인정을 붙들며 속삭였다.

"얘, 혹시나 해서 하는 말인데, 세왕이네서 집 해준다 그러면 너무 넓은 집은 안 돼. 일단 적당한 곳에서 오붓하게 시작하라고. 알았지?"

"무슨 그런 걱정을 해?"

"아니, 세왕이네가 너무 잘사니까 하는 말이지. 혹시 모르니까."

"그러니까 그게 왜? 엄마 혹시 큰 집에 혼수 다 못 채울 것 같아서 그래?"

왠지 진지해진 인정이 무심히 물은 순간, 어머니는 그녀의 등짝을 후려치는 것으로 대답을 대신했다.

어쨌거나 노처녀로 늙어 죽을 줄 알았던 딸의 결혼 소식, 더군다나 그 상대가 세왕이라는 걸 알고 그야말로 경사가 났다.

이어 두 사람은 세왕의 본가, 인정이네 집에서 걸어서 십 분 걸리는 커다란 집으로 향했다.

"정말 잘 생각했다. 잘 생각했어!"

세왕의 어머니는 함께 들어서는 두 사람을 반갑게 안아주며 기뻐했다. 따로 격식을 차릴 필요가 없어 다행이긴 했지만, 너무나 반기는 통에 도리어 민망할 지경이었다.

"아, 이럴 게 아니고, 당장 결혼식 날짜부터 정하자. 할 거면 예식장부터 알아봐야 하나? 좋은 날을 잡으려면 빨리는 안 될 텐데……."

게다가 이건 또 무슨 번갯불에 콩 튀겨 먹는 소린가!

경악한 인정이 손을 내저으려는 순간, 내내 아무 말이 없던 세왕의 아버지가 근엄한 목소리로 끼어들었다.

"하하. 네 엄마가 너무 좋은가 보다. 그래도 여보. 일에도 순서가 있지. 그렇게 급하게 굴면 애들이 놀랄 거 아니오?"

"참, 내 정신 좀 봐. 미안해요. 미안하다, 얘."

그제야 정신이 돌아온 듯 멋쩍게 웃는 어머니를 보며 안심한 것도 잠시. 이번엔 아버지가 곤란한 말씀을 꺼냈다.

"그럼 이제 결혼하면 집으로 들어오너라."

"네?"

세왕이 놀라며 대꾸했다.

"놀라기는? 같이 살기는 싫은가 보구나."

인정은 당황하긴 했지만 깜짝 놀라며 손을 저었다.

"아, 아니에요. 그런 게 아니라, 제가 이제 막 일이 풀리려고 해서…… 그만두고 싶지가 않아요."

"그래. 걱정 마라. 마음 같아선 이 집에서 데리고 같이 살고 싶다만, 안 되는 거 안다. 도곡동에 있는 아파트 줄 테니까 일단 신접살림은 거기다 차리거라. 두 사람 이제 애들처럼 지낼 나이 아니다. 도곡동 집에서 우리 회사까지 가까우니까 너도 그만 회사로 들어와. 이젠 늙어서 일하기도 벅찬데 네가 들어와서 회사를 받아가야 내가 편히 쉴 거 아니냐? 대체 언제까지 일하게 둘 거냐? 나도 골프나 치고 등산이나 하면서 남은 인생 즐겨야지."

"여보, 거긴 너무 좁지 않아요? 40평밖에 안 되는데 거기서 어떻게……."

"네?"

40평을 좁다고 말하는 어머니의 스케일에 인정은 한 번 더 당황했다.

"아, 아뇨 괜찮아요! 그건 너무 크고 저희 집 형편으로 거기 혼수 채우기도 벅차요! 더 작은 집! 아니, 저희는 지금 저희들 사는 곳도 괜찮고요!"

"예. 저희들 그냥 무난하게 시작하고 싶습니다."

재빨리 세왕이 끼어들며 거들었지만 어머니는 기가 막힌단 얼굴로 고개를 절레절레 저었다.

"그래도 그게 아니지. 그 좁은 데서 어떻게 산다고 그러니? 그리고 애, 인정아. 그런 건 걱정하지 마. 넌 그냥 몸만 오면 돼. 그리고 생각해 봐. 애 낳을 때마다 이사 다닐 거야? 그때마다 옮겨 다니는 거 너희들도 귀찮을 거 아니니?"

아니, 남들도 다 그러고 살아요!

그보다 애 낳을 때마다, 라니. 어쩐지 불길한 예감이 드는 말에 인정은 대답 대신 침만 꼴깍 삼켰다.

그런 인정을 지그시 바라보던 어머니가 생긋 미소를 지었다.

"난 세왕이밖에 없어서 그런지 애들 많은 집이 너무 좋더라. 부러워 죽겠어, 정말. 그러니까 인정이 너, 꼭 셋은 낳아야 한다. 알았지?"

소리 없이 경악한 인정이 저도 모르게 세왕을 바라봤다. 그리고 어깨를 으쓱해 보이는 세왕을 보며 생각했다.

내 편이 없구나! 저놈도 똑같구나!

결혼이라는 건 행복한 결말이 아닌, 또 다른 전쟁의 시작이었다.

이른 봄의 부드러운 햇살이 서서히 저물어가는 시각. 나란히 집을 나선 두 사람의 곁으로 조금은 쌀쌀하지만 향긋한 봄바람이 스쳐 갔다. 천천히 걸음을 떼던 인정은 역시 제 곁에서 속도를 맞춰 걷는 세왕을 바라봤다.

"왜?"

"아니…… 그냥."

싱겁게 대답하던 인정이 맞잡은 손에 가지런히 깍지를 꼈다. 그의 왼손 약지에도 그녀와 같은 디자인의 반지가 다소곳이 감겨 있었다.

언제나와 같은 일상에서, 언제나처럼 가장 가까운 곳에 자리한 세왕의 모습인데 오늘은 조금 새삼스러운 기분이었다. 괜스레 깍지 낀 손을 붙들며 문지르던 인정이 작게 물었다.

"이제 바빠지겠지?"

"바빠야지."

"우리…… 많이 달라질까?"

"글쎄."

저 자신도 무얼 묻고 싶었는지 몰랐기에 꽤나 애매한 질문이라 생각했지만, 세왕의 대답 역시 그에 못지않게 애매했다. 그러나 인정은 그 대답이 무엇을 의미하는지 알 것 같았다.

변한 듯 변하지 않은 지금의 달콤한 일상. 아직은 보이지 않는 먼 나중의 일들.

그리고 서로를 상처 입히기 바빴던 오래전의 모습들.

그 모든 걸 떠올리는 지금 이 순간 떠올리게 되는 정확히 짚어낼 수 없는 이 모호하고도 뭉클한 감정의 움직임이 무엇인지.

막연하고 불투명한 결혼에 대한 생각들로 기대 반, 불안 반. 그 변덕스러운 마음을 흔들리는 마음으로 오해한 것일까. 세왕이 걸음을 멈추고 머쓱하게 말을 꺼낸다.

"음……. 나 되게 새삼스럽다는 거 일 데, 그래도 할 말은 하고 넘어가자."

가까이 있기에 소중했고, 소중했기에 더욱 는다.

고슴도치의 사랑은 그렇기에 치열했던 건지 모른

그럼에도 불구하고 함께한다. 서로에게 닿는 그 상 져도 감싸 안으며 그렇게 함께하는 것에 익숙해지는 것.

"사랑해."

그것이 우리들의 사랑이었다.

가시가 사라진 두 사람의 입술이 봄비처럼 촉촉하게 봄바람처럼 부드럽게 부딪쳤다.

고슴도치 딜레마. 바보 같고 서툴지만, 아파도 함께하고 싶을 만큼 사랑하는 게 아닐까.

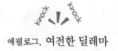

에필로그. 여전한 딜레마

'누구냐?'

'누구? 아, 쟤는 인정이.'

'……아니, 말고. 그 옆에.'

'그 옆이면…… 세왕이?'

단순한 친구의 되물음에도 명철은 이상하게 가슴이 뜨끔했었다. 중학교 2학년. 집안도 성적도 외모도, 무엇 하나 빠지는 게 없고 인기도 많아 한창 자신감이 가득했던 시절이 일이었다.

언제나 주변은 친구들로 가득했기에 달리 누군가가 아쉽진 않았다. 특별히 친한 친구도 없었고 아무리 예쁜 여자아이가 말을 걸어도 심드렁했다.

그런 제가 처음으로 누군가를 궁금해했고, 그 호기심을 입 밖으로 드러냈다. 물론, 그런 일쯤이야 이상한 일이 아니다. 한창 또래의 집단에 소속감을 느낄 때고, 더 많은 친구를 사귀고 싶어할 때니까. 다만, 그 대상이 제 옆에 있던 같은 반 친구와 알은척을 하던 같은 나이의 남자 녀석이었다는 것뿐.

　다행히 누구도 제 호기심을 이상히 여기진 않았었다. 세왕은 누구보다 눈에 띄었고, 누구라도 호기심을 가질 존재였기에. 다만 한동안 혼란스러웠다. 이 감정이 정확히 무엇인지 알 수가 없어 고민이었다. 그 혼란이 가라앉은 건 단순한 친구로서의 호감이라기엔 너무나 많은 시간 동안 그를 생각하고 있다는 걸 깨달았을 때였다.

　하지만 많은 기대를 한 건 아니었다. 어차피 세왕은 저와 같은 마음이 될 수 없다는 것도 이미 알고 있었다. 그에게 다가서기 위해 접근했던 인정과 친구가 되며 자연스럽게 알게 된 것이었다. 친구라는 이름으로 함께하는 세왕과 인정이, 아니, 적어도 세왕이 인정을 바라보는 눈빛은 친구라는 말로 설명하기엔 부족한 감정을 담고 있었으니까.

　게다가 그는 도리어 저를 질투했었다.

　'넌 나인정을 진짜 그냥 친구로만 생각한 거야?'

　그렇게 물으며 저를 바라보던 눈빛이 아직도 기억에 생생하다. 그때의 세왕은 그야말로 한 마리의 수컷이었다. 제 것을 빼앗길까

두려워 잔뜩 날을 세우고 눈앞의 상대를 경계하는 한 사람의 남자
였다.

아마도 그때 이미 예감했었을 거다.

언젠가는 이런 날이 올 거란 걸.

그를 떠나보내야 하는 날이…….

"어, 근처 다 왔어. 금방 도착할 거야. 어때? 할 만해?"

잠시 신호에 걸린 사이 전화가 걸려왔다. 느긋하게 이어폰을 꽂
으며 전화를 받자 익숙한 남자의 목소리가 들려왔다.

[그런 거야 뭐, 문제없지. 그보다 이분들 어릴 때부터 친구 사이
라고 했지? 하핫…… 그래서 그런가?]

"왜? 무슨 일 있어?"

[아, 말도 마. 네가 와서 보면 알아. 빨리 와. 운전 조심하고.]

키득거리던 남자가 전화를 끊었다.

대체 무슨 소리를 하는 걸까. 고개를 갸웃거리던 명철은 때마침
바뀐 신호를 확인하곤 차를 출발시켰다. 동시에 뭔가를 떠올린 명
철이 피식 웃음을 터뜨렸다.

"설마 또 싸움질인가?"

제가 아는 두 사람의 다툼만도 일일이 다 기억하지 못할 정도
다. 정말이지 잘도 싸우고 잘도 붙어 있었다. 그리고 제가 저질렀
던 키스 사건 이후, 오랜 시간 헤어져 있던 두 사람은 다시 만난

지 얼마 되지 않아 자연스럽게 연인이 되어 있었다. 가장 가까운 곳에 있었지만, 절대 가질 수 없었던 것을 인정은 너무나 손쉽게 손에 넣어버린 것이다. 원래부터 제 것이었던 것을 찾은 것처럼, 너무나 자연스럽게.

물론 세왕을 향한 마음은 이미 접은 지 오래였다. 그럼에도 심술을 부렸던 건 인정을 향한 질투심 때문이란 걸 부정할 수 없다.

하지만 그건 세왕을 가진 것에 대한 질투는 아니었다.

떳떳하게 서로를 사랑하고 당당히 미래를 이야기하는 두 사람의 모습. 그리고 행복하게 웃는 그녀의 모습. 그래. 사실은 그것이 부럽고 화가 났었다. 그녀는 그런 사랑을 하는 게 얼마나 큰 축복인지도 모르던 바보였으니까.

"그런데 오늘까지 그러면 곤란하지 않냐, 나인정?"

어느덧 목적지인 스튜디오 앞에 차를 세운 명철이 가만히 한숨을 내쉬었다. 오늘은 인정과 세왕의 스튜디오 촬영이 있는 날이었다. 어련히 알아서 잘하겠거니, 하면서도 결국 여기까지 발걸음을 하게 된 이유는 뻔했다.

"아니, 이 포즈가 어때서 그러는 건데? 멋지지 않아?"

"멋지긴 뭐가? 네 옆에 나란히 서도 충분한데 왜 굳이 그런 포즈냐고. 이건 남편이 아니고 무슨 시종 같잖아!"

"왜 그렇게만 생각해? 어쩜 그렇게 여자 마음도 몰라? 이런 건 여자의 로망이라고!"

"너한테 로망이 있으면 나한테는 자존심이 있어. 평생 남을 사진인데 왜 내가 이런 굴욕적인 포즈를 해야 하는데?"

"그러면 좀 어때? 그리고 네 말대로 평생 한 번뿐인 결혼식인데 이럴 때 남자가 좀 져주면 안 되는 거야?"

역시나 스튜디오의 문을 열고 들어서자마자 티격태격 다투는 소리가 들려왔다. 바로 옆의 대기실에서 들려오는 목소리였다. 피식 웃어버린 명철이 주변으로 눈을 돌렸다. 마침 촬영 콘셉트를 바꾸는 중이었는지 주변을 정리하며 분주히 움직이는 스태프들의 모습과 저만치서 커다란 카메라를 살피는 남자의 모습이 눈에 띄었다.

"형!"

"어, 명철아. 늦었네. 차가 많이 밀린 거야?"

카메라를 만지던 남자가 그를 보며 알은척을 했다. 유진혁. 스튜디오 레인의 오너이자 꽤 이름난 작품 사진을 찍는 사진작가다. 원래 웨딩촬영을 전문으로 하는 곳이 아니고, 많은 스케줄로 바쁜 사람이었지만, 가장 행복한 순간의 모습을 가장 멋지게 남겨주고 싶었기에 제가 특별히 부탁해 소개해 준 곳이었다.

"얼마나 했어?"

"이번 콘셉트만 끝내면 다 끝나."

"생각보다 오래 걸리네? 도착할 때쯤엔 다 끝날 줄 알았는데."

"아까도 말했지만 네가 그 꼴을 봐야 안다니까."

"아니, 안 봐도 다 알 거 같아."

키득거리는 진혁의 말에 명철은 고개를 절레절레 내저었다. 들어서자마자 들려온 두 사람의 다툼 소리가 아니었어도 충분히 눈에 그릴 듯 떠올릴 수 있는 장면이었다. 그 입가에 떠오르는 미소를 봤는지 진혁의 눈매가 가늘어진다.

"그보다…… 쟤 맞지?"

"응?"

"잡아떼 봤자 소용없어. 아무렴 내가 그런 거 하나 눈치 못 채겠어? 네가 나한테 이런 부탁까지 할 만한 사람이 그냥 친구일까?"

하여간 눈치도 빨라가지고. 역시 나이는 허투루 먹는 게 아닌 모양이다. 4살 위의 형인 진혁은 명철이 아는 그 어떤 누구보다 어른스럽고 속이 깊은 사람이었다.

다만.

"그래서 무슨 짓 한 거야?"

남들보다 질투심이 좀 많을 뿐.

"별거 아니야. 그냥 좀 재밌는 사진 좀 찍고 싶었던 거뿐이지."

아무렇지 않게 어깨를 으쓱해 보인 진혁이 웃음을 터뜨렸다.

"자자, 좀 더 다정하게. 네, 좋습니다."

찰칵—

"잠깐, 거기 새신랑분…… 아니, 그게 아니고 잠시만요."

화려한 자수와 레이스가 치렁치렁 장식된 중세풍의 드레스를 입고, 구불구불하게 세팅된 긴 머리카락을 자연스럽게 늘어뜨린 인정은 게이의 눈으로 봐도 상당히 예뻤다. 그리고 역시, 중세풍의 화려한 턱시도와 세련되게 다듬은 헤어스타일의 세왕은 그야말로 어느 귀족의 아들처럼 우아한 모습이었다.

하지만 두 사람의 포즈는 어딘가 어정쩡했다. 특히나 세왕은 진혁이 설명하는 포즈의 주요 요지를 전혀 파악하지 못하고 있었다. 인정의 앞에 엉거주춤한 태도로 한쪽 무릎을 세워 앉은 세왕이 불쾌한 듯 눈살을 찌푸렸다. 좀 더 우아하게 앉지 못하고선, 하고 혀를 찬 순간 결국 진혁이 카메라를 놓고 걸음을 뗐다.

"자 봐요. 여기선 그렇게 할 게 아니라 신부님이 더 돋보여야 하는 구도니까 새신랑분이 좀 더 몸을 숙이시고……."

"그런데 그렇게 되면 너무 신부만 보이지 않습니까? 아무리 그래도 그렇지……."

"원래 결혼식은 신부님 의견대로 가는 거예요."

"그쵸? 거봐. 전문가 말을 들어야지!"

"아니, 이분은 원래 웨딩 전문가는 아니잖아."

"무슨 소리야? 진혁이 형이 얼마나 실력 좋은데."

다시 티격태격 다툼이 시작되려는 순간, 명철이 불쑥 끼어들었다.

"그냥 보고 있으려고 했더니 해도 너무하잖아. 야, 이세왕. 넌 포즈에 영혼이 없어. 평생 단 한 번뿐인 순간인데 그렇게밖에 못해? 그리고 인정이 넌 나무토막이야? 뭐가 그렇게 **뻣뻣해**? 시키는 대로 좀 해봐."

"난 제대로 하고 있거든?"

"웃기시네. 세왕이가 못하면 인정이 너라도 잘해야지. 야야, 안되겠다. 내가 시범 좀 보여야겠다."

"뭐?"

그리고 갑작스럽게 이어진 말에 모두 의아한 표정을 지어 보였다. 명철은 의기양양한 얼굴로 진혁의 손을 잡아당겼다.

"자 봐. 여기서는 손을 이렇게 좀 더 그럴듯하게 써보라고. 응?"

그리고는 방금 세왕이 앉은 것처럼 한쪽 무릎을 세우고 앉아 자연스럽게 진혁의 허벅지를 감아 당기며 손을 허벅지에 얹고 진혁을 올려다보았다. 그뿐인가. 진혁은 그런 명철의 머리에 손을 얹고 사랑스러운 눈길로 바라보았다.

동시에 세왕과 인정이 헉, 하고 신음을 삼켰다. 이제야 눈치챈 두 사람의 관계도 놀랍지만,

'아! 우리보다 더 연인 같네!'

하고 반성하며 서로를 마주 보았다.

두 사람의 눈동자에는 사랑보다 더 불타는 승부욕으로 이글거리고 있었다.

'게이 커플에게는 지지 말자!'

웨딩 촬영은 순조롭게 끝이 났다. 그러나 명철은 아직 만족하지

않았다. 아직 녀석들에게 주고 싶은 선물이 더 남아 있었다. 그 선물을 생각하며 그는 속으로 몇 번이나 웃을 수 있었다. 첫사랑을 보내는 쓸쓸한 마음 따위는 사라진 지 오래였다.

결혼식은 어느덧 대낮의 기온이 30도를 오르내리는 5월의 어느 날에 이루어졌다. 결혼 이야기가 나온 지 채 3개월도 지나지 않았을 때의 일이었다.

급하게 치러진 결혼식에 모두들 의아하게 생각했지만, 명철은 달리 새삼스럽게 여기지 않았다. 이미 동거나 다름없는 두 사람의 일과를 함께한 지도 꽤 시간이 흘렀으니까. 어차피 서로의 삶에 깃들어 있는 거, 좀 더 확실하게 결혼으로 묶이는 게 더 낫다고 이야기해 준 것도, 기왕이면 5월의 신부가 예쁘다고 말을 해준 것도 그 자신이었다.

결혼 준비로 바빠진 두 사람이 자주 집을 비우게 되며 세 사람의 오붓한 브런치 타임 역시 자연스럽게 막을 내렸다. 세왕의 집에서 짐을 챙겨 나오게 된 것도 그 무렵이었다.

그렇게 짐을 챙겨 나온 날, 결혼식 준비를 위해 월차를 냈던 세왕이 그를 배웅했었다. 입버릇처럼 쫓아내니 마니 말은 많았지만, 정작 집을 나서는 제 뒤를 따라나서는 세왕의 표정엔 왠지 모를 섭섭함이 깃들어 있었다.

'서운해?'

'뭔 소리야. 미쳤냐? 빨리 꺼져.'

물론, 착각이었겠지만.

피식 웃음을 터뜨린 순간 카메라를 들여다보고 있던 진혁이 흘 깃 돌아봤다. 어느덧 하객석에 앉아 수많은 친지들의 축복 속에서 진행되는 결혼식을 지켜보던 참이었다.

"왜 그래? 뭐, 재밌는 일이라도 생각났어?"

"그냥, 다행이다 싶어서."

"뭐가?"

"쟤들이 저대로 결혼해서. 참 다행이라고."

인정이 없었을 때의 세왕은 왠지 그리 빛나 보이지 않았었다. 어떤 여자에게도 흥미를 가지지 못하고 오로지 일만 하며 시간을 보내는 세왕의 모습은 어린 시절의 자신을 떠올리게 만들었다. 저 자신의 정체성도 모르고 정말 가지고 싶은 게 무엇인지도 몰라 그 저 공허했던 그 시절 말이다.

그렇게 몇 년을 친구라는 이름으로 함께하며 지켜보는 동안 자 신이 해버린 짓이 무엇인지 정말 뼈저리게 깨달았었다. 진혁을 만 난 건 꽤 오래전의 일이었지만, 세왕을 그리 만들어놓고 저만 행 복해지는 것조차 미안했기에 일부러 더 거리를 두기도 했었다.

그런데.

'아래층에 이사 온 사람인데요.'

기적처럼 인정이 그에게 돌아왔다. 그때 한순간 일었던 질투심

보다 더 강하게 느꼈던 안도감. 정말로 다행이라고 생각했었다.

　그 심정을 알기나 할까.

　"오래전에 헤어졌던 사람들이 우연히 다시 마주치는 확률이 얼마나 될까?"

　성혼서약을 마치고 돌아선 신랑 신부의 인사에 와아, 하고 웃음소리가 터져 나왔다. 카메라를 들어 그 장면을 찍던 진혁이 대꾸했다.

　"우연이라는 거 자체가 확률로 설명이 안 되니 우연이겠지."

　"그런가?"

　"그럼에도 불구하고 만나게 되는 건 한쪽의 인력이 작용했거나, 그 모든 걸 뛰어넘는 바람이 만든 기적이거나."

　"그럼 괜히 걱정했네. 어차피 만날 놈들은 알아서 다 만난단 소리잖아."

　"그런 셈이지. 그러니까 딴 놈 생각하는 건 이제 그만 넣어둬라."

　"그건 그거고. 난 이제 제대로 빚 갚을 일만 남았어."

　"빚?"

　의아한 얼굴로 되묻는 진혁을 바라보던 명철이 왠지 심술궂은 태도로 팔짱을 꼈다. 다시 재회하고서도 인정이에게 심술을 부렸던 기억이 한동안 가슴 한 켠에 남아 그의 양심을 쿡쿡 찌르던 참이었다.

"응. 내가 인정이한테 아주 좋은 걸 전수했거든."

그것을 만회할 기회가 생긴 것이 그저 기쁠 따름이었다.

뭔가를 떠올리는 명철의 입가에 웃음기가 맺혔다.

"확실히 쟤들은 티격태격하면서 사는 게 더 잘 어울릴 거 같아."

❖

"으, 피곤해."

호텔로 들어서자마자 인정은 지친 기색이 역력한 얼굴로 기지개를 켰다. 그야말로 초스피드로 진행된 결혼 일정의 끝은 피로연도 함께하지 못하고 떠난 신혼여행으로 막을 내렸다. 말끔하게 정리된 스위트룸의 풍경이 눈에 들어오자마자 내내 누적된 피로가 어깨를 짓누른다.

"고생했어. 배는 안 고파?"

어느새 등 뒤로 다가선 세왕이 다정히 어깨를 감싸며 묻자 인정은 금세 묵직해진 눈꺼풀에 힘을 주며 고개를 저었다.

"왜? 식사도 못하고 기내식도 제대로 못 먹었잖아."

"아니, 아직은 괜찮아. 피곤해서 배가 고픈지 어떤지도 모르겠다."

"미안. 내 일정 맞추느라 너무 급하게 온 거 같네."

"아니야. 그런 건."

원체 일이 바쁜 세왕이기에 신혼여행 일정을 빼는 것도 큰일이 었다. 그나마 일주일가량의 휴가를 내고 휴식을 겸해 가까운 동남 아로 목적지를 정한 건 정말이지 탁월한 선택이었다. 이런 상태로 10시간이 넘는 비행까지 했다면 아마 비행기에서 내리기도 전에 실신했을지도 모를 일이다.

"으, 비행기에서 땀 흘렸나 봐. 몸이 끈적거려."

"그럼 일단 씻고 좀 쉬어. 아, 같이 씻을까?"

아직도 머리카락 틈에 남아 있는 실핀 하나를 뽑아낸 세왕이 은 근하게 물었다.

그 음흉한 속을 누가 모를까. 흘깃 세왕을 노려봐 준 인정이 보 란 듯 그의 손에서 실핀을 뺏어내며 몸을 돌렸다. 그리고 커다란 방의 문을 열며 말했다.

"넌 거기서 씻어. 난 다른 욕실 찾아볼게."

"너 피곤하잖아. 내가 씻겨준다니까."

"아니, 됐어. 피곤해서 사양할래."

"왜? 오늘은 그냥 씻겨주기만 할 거라니까?"

"애초에 욕실에서 그냥 씻는 게 당연한 거야. 그런데 너랑 있으 면 그 당연한 게 안 될 거란 걸 난 너무 잘 알거든? 그러니까 헛소 리 말고 씻어."

그 말을 끝으로 쾅 소리를 내며 문이 닫혔다. 저러는 모습을 보니 펄펄한 것이 기운이 넘치는데 말이다.

"화낼 기운은 남았나 보네."

피식 웃어버린 세왕이 커다란 트렁크로 눈을 돌렸다.

"그럼 나도 씻고 슬슬 준비해 볼까."

느긋하게 욕실로 걸음을 옮긴 세왕은 잠시 후에 이어질 일들을 떠올리며 슬쩍 미소를 지었다.

인정이 거실에 나온 건 꽤 시간이 흘러서였다. 따뜻한 물이 닿는 곳마다 밀려드는 노곤함에 한참 동안 샤워기 앞을 벗어나지 못한 탓이었다. 그러나 그 덕분인지 샤워를 마치고 나섰을 때는 피곤함이 많이 가신 상태였다.

"어, 이제 다 한 거야?"

먼저 나와 있었는지 가운 차림의 세왕이 소파에 앉아 그녀를 보며 씩 웃었다. 반듯하게 세팅되어 있던 머리카락이 반쯤 젖은 채 이마를 가리고 있는 모습이 제법 섹시하다. 그제야 결혼식을 마치고 신혼여행까지 왔음을 실감한 인정이 슬쩍 얼굴을 붉혔다.

"저기, 지금 좀 배고픈 거 같지 않아? 세왕이 너도 식사 거의 못 했잖아."

"이제야 살 만한가 보네. 네 남편이 어떤지 궁금한 걸 보면."

"그런 거 아니거든? 난 그냥 순수하게 네가 걱정돼서……."

"됐고, 잠깐 와서 이것 좀 봐."

그녀의 말을 잘라낸 세왕이 손짓했다. 그러고 보니 세왕의 손에 A4 사이즈의 종이가 들려 있다는 걸 확인한 인정이 얼른 그의 옆자리로 가 앉았다.

"어? 혼인신고서?"

대체 언제 이런 걸 준비한 걸까. 신혼여행지에 혼인신고 서류를 들고 온다는 말도 생전 처음 듣는 말이었다. 어리둥절한 표정을 봤는지 세왕은 조금 멋쩍게 웃고는 앞에 놓인 테이블에다 서류를 내려놓으며 말했다.

"작성은 다 끝났고, 도장만 찍으면 돼."

"뭐? 아니, 잠깐만!"

그야말로 기함할 소리에 인정이 눈을 휘둥그렇게 떴다.

"지금 이게 뭐 하는 거야?"

"뭐긴 뭐야. 빨리 도장 찍고 정식 부부 되자는 건데."

"아니, 그게 아니라…… 왜 벌써…….."

그 순간 인정의 머릿속에 떠오른 건 10년 차 주부인 예빈의 말이었다.

'잘 들어. 남자란 것들은 결혼하면 어찌 될지 모르는 것들이야. 그러니까 혼인신고는 최대한 늦출 수 있는 만큼 늦춰. 못해도 3개월은 묵히라고. 알았어?'

굳이 그런 조언이 아니었더라도, 생업에 바쁘다 보면 적어도 한두 달 있다가 신고를 하게 될 거라 생각했다. 달리 세왕을 못 믿는

다거나 하는 마음은 아니었지만, 그게 자연스러운 절차라고 생각했을 뿐이었다.

"……벌써?"

저도 모르게 입 밖으로 내뱉은 말에 세왕이 슬쩍 눈살을 찌푸렸다. 그제야 인정은 실언을 했음을 깨닫고는 황급히 손을 내저었다.

"그게, 그렇잖아! 어차피 여기서 서류 작성해 봤자…… 아, 맞아. 집에 돌아가야 접수도 할 수 있는 거고. 그냥 서류째로 가지고 있게 될 걸 뭐 하러 벌써 하느냐 이 말이지, 내 말은."

"음. 그런가?"

납득한 듯 찌푸린 눈매에 힘을 빼는 세왕을 보며 안도한 인정이 배시시 미소를 떠올렸다. 간신히 말을 주워 담았구나, 생각한 참이었다.

"결혼이라 해도 어차피 너도 바쁘고, 나도 바쁘면 지금까지랑 별로 달라질 게 없겠지? 쭉 같이 살다시피 해서 그런가?"

"……."

"사실, 난 지금도 잘 실감이 안 나서. 이렇게 법적으로 묶인 사이라는 걸 확인해야 내가 이 결혼이 실감날 거 같아서 그래."

"……."

"나인정이 진짜 내 여자구나, 하고."

차분하게 이어지는 세왕의 말에 인정은 어쩐지 가슴이 뭉클해졌다. 당연하다는 듯, 자연스럽게 부부가 된다는 것에 크게 거부감은 없었지만, 아주 조금은 허전함을 느끼기도 했었다.

그러면서도 그게 무엇 때문인지 잘 몰랐었다.

그런데 지금, 세왕의 말을 들으며 깨달았다. 가끔은 열렬한 감정의 표현이나, 제게 안달하는 남자의 모습을 보고 싶었다는 걸. 새삼스럽게 붉어지는 뺨을 쓰다듬던 인정이 작게 말했다.

"어, 근데 지금은 도장도 없고……."

"지장도 된대."

"인주도 없잖아."

"그건 좋은 게 있더라고."

어느새 세왕이 그녀의 앞에 뭔가를 들어 보였다. 그것이 출국하며 샀던 맥의 신상 립스틱이라는 걸 깨달은 인정이 헛웃음을 터뜨렸다. 태연히 그녀의 손목을 잡아 올린 세왕이 그녀의 엄지에 립스틱을 발랐다. 그리고 제 오른손 엄지에도 붉게 립스틱을 발랐다.

"집에 갈 때 하나 더 사줄게."

"못 말려, 진짜."

단 한 번도 못 발라본 립스틱이건만 화가 나지 않는 이유는 뭘까.

나란히 지장을 찍고 난 두 사람이 서로를 마주 보며 웃었다.

"이로써 우리는 법적인 부부가 된 거지. 자, 악수."

인정은 얼떨결에 그가 내미는 손을 잡았다. 그런데 세왕은 불길할 정도로 씨익 입술 끝을 말아 올리더니 갑자기 그녀의 손목을 등 뒤로 돌렸다. 그리고 남은 손마저 붙잡아 끌었다.

"아악! 왜 그래! 아파!"

엄살 섞인 인정의 비명을 아랑곳 않고 세왕은 넥타이로 그녀의 손목을 묶어버렸다.

"헉! 너 날 묶은 거야?"

순식간에 두 손이 결박당하자 인정은 당황해서 순간 화도 나지 않았다.

세왕은 인정의 몸을 번쩍 들어 올려 침대에 살짝 던져 놓았다. 그리고 뒤따라 침대 위로 올라온 세왕은 엎어진 인정을 자신의 허벅지 위에 올려놓고 그녀의 엉덩이에 손을 올렸다.

"야! 이게 무슨 짓이야! 당장 안 풀어? 내려놔, 이 자식아!"

"어허. 하늘 같은 서방님한테!"

"미쳤어? 너 이거 풀고 나서 보자. 어?"

"그럼 안 풀어줘야겠다."

"야!"

"이걸 어떻게 요리할까?"

세왕은 팔꿈치로 인정의 허리를 살짝 눌러 엉덩이가 위로 솟아오르게 했다. 인정은 발을 구르며 반항했지만 팔은 뒤로 묶인데다 남자인 세왕의 힘을 당해낼 수가 없었다. 그래서 고개만 간신히 뒤로 돌려 갖은 협박을 늘어놓기 시작했다.

"너 진짜 이럴 거야? 신혼 첫날밤에? 초장부터 싸우고 싶니? 이 대로 한국으로 돌아갈까?"

"신혼 첫날밤이니까, 너한테 나의 새로운 모습, 아니, 내 안에 숨어 있는 진짜 야수의 본능을 보여주려는 거지. 너도 반할걸?"

"돌았구나! 그냥 변태 짓 하려는 거면 너 죽었어!"

"어떻게 죽이려고? 묶였는데?"

"야! 너 이러려고 혼인신고서에 지장 찍으라고 한 거지!"

세왕은 보란 듯이 아직 붉은색이 묻어 있는 엄지손가락을 척 들어 올렸다. 그 모습은 마치 정답이다, 잘 맞췄다, 라는 칭찬처럼 보였다.

"너 내가 진짜 그 혼인신고서 찢어버릴 거야! 못할 것 같아?"

인정의 발악에 세왕의 고개가 가로 천천히 움직였다.

"쯧쯧쯧. 상황 파악 좀 하시지? 어디서 협박이야? 걸핏 하면 소리 지르고 화내는 버릇부터 고쳐 줘야겠네."

"누가 누구 버릇을 고쳐! 야! 그거 안 돼!"

세왕은 인정이 목이 벌게져라 소리를 지르는 걸 보고 약 올리듯이 천천히 인정의 슬립 끝자락을 잡았다. 당장 이 거추장스러운 걸 벗겨 버리고 싶었지만 다급한 마음을 죽여놓고 천천히 인정의 슬립을 들쳐 올렸다. 이날을 위해 준비한 슬립과 세트인 속옷은 평소 그녀가 입는 것과 달리 망사와 레이스가 덧대어 있었다. 평크빛 망사 속에 터질 듯이 팽팽한 엉덩이가 갑갑한 팬티를 벗겨달라고 아우성치는 듯했다.

"나 진짜 부끄러워! 이러지 마! 응?"

"인정아."

"응?"

"내가 이러려고 한 건 아닌데……."

"그래. 그러지 마."

"적당히 하려고 했는데, 너 너무 섹시하다."

"이씨! 야!"

세왕은 그녀의 귓가로 고개를 숙이며 속삭였다.

"원래는 적당히 괴롭히다가 네 애교 좀 보려고 했는데, 그냥…… 끝까지 가봐야겠다."

"장난이 지나치잖아!"

"이제 장난 아니야."

그러면서 그는 팬티 중심부, 망사 대신 실크로 가려진 그 은밀한 곳을 손가락으로 살살 문질렀다.

몇 달간 세왕과의 섹스에 길들여진 몸은 그의 손길을 익숙하게 받아들였다. 굴욕적인 자세에 굴복하지 않으려 했지만 그럴수록 이상하게 그녀의 몸부림은 더 야해졌고, 그녀의 신음 역시 더 아슬아슬해졌다. 숨이 끊어질 듯한 옅은 신음은 그녀의 몸을 더욱 들뜨게 만들며 당장이라도 커다란 남성을 받아들일 준비가 된 것 같았다. 결국 그녀의 몸은 순식간에 축축하게 젖어갔다.

"어째…… 젖는 것 같다?"

"땀이야! 너도 이 자세로 있어봐! 안 힘든가!"

"저런. 힘들어서 그런 거야? 그럼 일단 시원하게 해줄게."

얄밉게도 세왕은 인정의 팬티를 쭉 끌어 내렸다. 조명을 받은 인정의 엉덩이는 반들거리는 살색 빛으로 환하게 세왕의 눈을 밝혔다. 눈이 멀어도 좋을 만큼 유혹적이었다.

"호! 이렇게 보니까 색다른데?"

"너, 너 기어이!"

"흥분하지 마. 엉덩이 열난다."

"이씨! 너 두고 봐!"

두고 보자는 협박이 무서울 리 없었다. 세왕은 그녀의 다리 사이, 엉덩이가 품고 있는 도톰하고 갈라진 살 위로 립스틱이 묻은 엄지손가락을 꾹 눌렀다.

"헉!"

인정은 갑작스런 공격에 놀라 앞으로 튕겨갔지만 그가 등을 누르고 있었기 때문에, 들썩거리기만 할 뿐, 나아가지는 못했다.

"자. 이제 완벽하게 내 소유야."

세왕은 흡족하게 은은한 붉은 자국을 감상했다. 습한 살 위에 쉽게 붉은 자국이 남았지만 그것은 또 잠시 후에 허무하게 지워질 것이었다. 하지만 상관없었다. 이 자국은 지워지는 것이 아니라 자신이 뜨겁게 녹여낼 밀착점이기 때문이다.

"나 이런 장난 진짜 안 좋아해!"

"장난 아니라니까?"

장난은 장난이지만, 관심 끌어보겠다고 무작정 괴롭히던 어린 시절의 장난과는 목적이 달랐다.

'세왕이 너 요즘 나인정 기에 너무 눌려 있더라? 너 그러다가 결혼하면 완전히 잡혀 살겠던데?'

결혼식 전날 밤. 더 이상 함께할 수 없는 동거남(?)을 정리하는 뜻에서 늦게까지 명철과 술을 마셨다. 처음엔 대수롭지 않았던 명철의 비아냥에 솔깃해진 건 그가 제시한 해결책 때문이었다.

'남자의 자존심은 침대 위에서야. 밤에는 이겨야지. 너 설마 밤마다 나인정한테 섹스하게 해달라고 사정할 건 아니지?'

'날 어떻게 보고! 내가 그럴 것 같아? 나인정은 이미 내 여자야!'

'결혼해 봐라. 네 여자일 때가 더 어려울걸? 그리고 넌 이미 주도권을 뺏겨가고 있잖아.'

'내가 그렇게 되길 바라는 것 같은데?'

'나라면 말이야, 신혼 첫날밤에 확실히 주도권을 뺏을 거야.'

'뭐 대단한 방법이라도 있는 것처럼 말한다?'

'네 눈에는 나인정이 드세고 자존심 센 여자로 보이지?'

'방금 너도 말했잖아. 내가 나인정 기에 눌려 있다고?'

'그거야 네가 눈치가 없으니까 그런 거고. 잘 들어. 나인정은 사실 M에 가까운 성향이야.'

세왕은 저를 무시하는 말에 발끈할 타이밍을 놓쳤다. 상상해 본 적도 없는 황당한 말 때문이었다.

'뭐? 엠?'

'SM할 때 M 말야.'

'나인정 들었으면 등짝에 스매싱 꽂힐 것 같은 소리 하고 있네.'

'뭐 꼭 그게 섹스할 때 성향을 말하는 게 아니거든. 확실해. 걔 사실 M이야. 자학하는 성향이 아주 깊지. 어릴 때부터 너한테 괴롭힘당하면서도 쿡쿡 가슴에 상처받는 걸 나름 즐기고 있던 녀석이라니까. 그렇지 않으면 진작 너랑 절교하거나, 네가 싹싹 빌 때까지 용서 안 했겠지. 네 노예처럼 졸졸 쫓아다닌 거 기억 안 나?'

듣고 보니 그럴듯했다. 인정은 싫다, 싫다, 하면서도 때로 상처받은 얼굴을 하고 돌아서면서도, 애써 아무렇지 않은 척 추스르며 자신의 곁으로 돌아오지 않았던가.

'그러니까 한 번쯤 침대에서 시도해 봐도 될 거야.'

'뭐, 뭘?'

'묶어.'

명철은 그냥 게이가 아니었다. 변태 게이는 세왕에게 많은 것을 가르쳐 주었다. 세왕은 앞으로의 주도권을 위해 오늘 밤 인정을 굴복시키기로 마음먹고 이 같은 만행을 저질렀던 것이다.

그런데 주도권이 문제가 아니었다. 인정은 너무 섹시했다. 제 손길에 일일이 반응해 주는 몸짓과 제 허벅지 위로 엎드린 그녀의 모습에, 마치 그녀의 전부를 온전히 지배하게 된 듯했다.

세왕은 긴 손가락으로 부드럽게 클리와 입구를 비비며 낮게 웃었다.

'나인정이 M이면 난 확실히 S겠군.'

갑자기 아래에서 세왕의 손길이 느껴지자, 인정은 아릿하면서도 흥분됐다.

"하으…… 웃. 하…… 하지 마……."

인정은 다리를 버둥거리며 반항했지만 그 때문에 엉덩이는 더 씰룩거렸고 본의 아니게 세왕의 손가락이 안으로 더 파고들게 됐다.

"가만히 있어. 너 좋아서 이러는 거지?"

"이세왕. 너 진짜 죽여 버릴 거야!"

"그래. 일단 너부터 죽여줄게. 좋아 죽겠다는 소리 나오게 해줄 테니까 그때 가서 지금 나한테 한 말과 행동을 반성하도록 해."

그것이 도화선이라도 된다는 듯이, 세왕은 본격적으로 예민한 곳을 희롱하기 시작했다. 클리를 강하게 쓸어내리자 손가락 끝이 입구에 닿았다. 놀라서 오므라드는 입구에 손끝을 조금씩 비집고 들어갔다. 얕게 들어간 손가락은 서두르지 않고 천천히 괴롭혀

갔다.

급기야 인정은 울먹이는 목소리로 사정했다. 그런데 어찌 된 것이 그녀의 울먹이는 목소리에 뜨거운 갈증이 묻어났다.

"하…… 응. 세, 세왕아. 그만……. 하으음."

부끄러워 죽을 것 같은데 입에서 새어 나오는 이 소리는 대체 뭐란 말인가.

"정말 그만할까?"

그 말과 함께 세왕의 손가락은 지금과는 다르게 빠르고 강렬하게 움직였다.

"……흐읏! 하아악."

갑자기 깊이 찔러 들어와 내벽을 들쑤시며 들락날락거리자 인정은 점점 흥분을 주체할 수 없었다. 조금만 더 하면 될 것 같은 곳에서 그는 슥 물러났고 그때마다 아쉬움과 초조함에 빠져나가는 손가락을 꼭 물었다. 그러기를 한참. 가뜩이나 더 채워지지 않는 욕구불만에 애가 타고 있는데 그의 손가락이 스윽 밖으로 전부 나가 버렸다. 질구가 머금고 있던 애액이 그의 손가락과 함께 흘러나가는 것이 느껴졌다. 생각지도 못한 공허함이었다! 그러고 나서도 그는 다시 들어오지 않고 뒤에서 가만히 그녀를 주시하고만 있었다.

"왜, 왜 그래?"

"뭘?"

"왜 하다 마냐고!"

"네가 하지 말라고 했잖아. 생각해 보니까 너무한 것 같아. 그지?"

"이씨! 너 일부러 이러는 거지!"

"하고 싶어? 더 해줄까?"

"너, 너⋯⋯."

인정은 뒷말을 잇지 못하고 입술을 깨물었다. 실컷 달궈놓고서 이렇게 물러나 버리다니! 그러나 바짝 날이 선 그녀의 자존심과 달리 그녀의 몸은 세왕의 손가락에 녹아버려서 그를 간절히 원하고 있었다.

뒤로 돌려진 양손을 꼭 붙들고 엉덩이를 조금씩 움직였다. 허벅지를 비벼 쾌감을 얻을 수 있을까 벌이 날아들기를 기다리는 꽃처럼 괜한 기대를 했다. 점점 근질거리는 그곳으로 인해 달아올랐다. 엉덩이가 얼굴이라면 화끈 달아올랐으리라. 애액을 가득 머금은 그곳은 입술이 되었을 것이다. 붉은 립스틱을 바르고 입술처럼 오물거리며 노골적인 기대감으로 번들거리고 있을 그곳을 그가 보고 있다. 그와 입 맞추고 싶다. 저릿한 그곳을 부비고 꾹 눌러주었으면 좋겠다. 갈라진 틈 사이로 거칠게 파고들어 속을 긁어주었으면 하는 생각이 간절했다. 그가 안으로 들어와 구석구석 찌르고 거침없이 휘저어주는 상상만으로 그곳에 뜨거운 애액이 차오르는 느낌이 들었다.

"하지 마?"

"해! 뭐든 해! 이러고 그만두는 게 어딨어! 씨이!"

짜증 섞인 귀여운 앙탈에 세왕은 크게 웃었다. 그리고 허벅지에 엎드린 인정의 몸을 그대로 침대로 내려놓았다. 인정이 털썩 침대로 쓰러지자 그녀의 허벅지를 다시 세워 가슴을 침대에 대고 엉덩이는 더 들어 올리게 만들었다. 그러자 엎드려 꼬리를 들어 올린 고양이처럼 적나라하게 모든 것이 보여졌다.

"그대로 있어."

반항하려던 인정은 낮고 무거운 세왕의 목소리에 심장과 그곳이 함께 쫄깃하게 오므라드는 것을 느꼈다. 뒤에서 부스럭거리며 가운을 벗는 소리가 들리자 가슴은 더욱 쿵쾅거렸다. 곧 그가 엎드려 있는 그녀의 뒤로 바짝 다가와 자리 잡는 것이 느껴졌다.

그의 손가락이 그녀의 꽃잎을 양쪽으로 활짝 벌렸다.

은밀한 곳이 강제로 갈라져 벌려지자 안쪽이 적나라하게 노출되자 소름이 돋아왔다. 안쪽을 손가락으로 몇 번 톡톡 두드리더니, 꽃잎을 좌우로 힘껏 더 벌렸다. 그리고 성난 그의 것이 그녀가 기대하는 바로 그곳에 닿았다. 뜨겁고 둥근 것이 진득하게 닿았다.

인정을 만지고 인정의 음란한 몸짓을 보는 것만으로도 단단하게 일어난 페니스였다. 그러나 여기까지 와서도 세왕은 그녀에게 쉽게 전부를 내주지 않았다. 그녀가 얼마나 바라고 있는지 알면서도 바로 들어가지 않고 귀두를 인정의 입구 여기저기에 뭉근하게 비벼댔다.

"흐…… 읏. 세, 세왕아……."

뜨겁고, 부드러우며, 동시에 단단한 그의 것이 얕게 찔러와 그녀를 괴롭혔다. 끈질기고 약한 자극은 가뜩이나 예민해진 인정의 그곳을 참기 어려울 정도로 달구어놓고 있었다.

집요하고 끈질긴 자극은 그녀의 오감을 팽창시킨 것 같았다. 그녀는 저도 모르게 작은 자극을 깊숙이 받아들이기 위해 애쓰고 있었다. 간헐적인 찌릿한 쾌감이 깊은 곳까지 오래 머물 수 있도록 온 신경을 은밀한 곳으로 집중하고 그의 것으로 채워지는 순간을 상상했다. 덕분인지 그녀는 그것만으로도 흥건하게 젖을 수 있었고 더는 참을 수 없었던지 묶인 손을 마구 움직이기 시작했다. 손이 풀려 있었다면 체면과 자존심을 잊고 제 손으로 엉덩이를 벌리고 손가락을 안으로 밀어 넣었을 것이다.

"아흑! 세왕아! 어서!"

"……."

"나 어떻게 좀 해줘!"

"어떻게 해줄까?"

저는 지금 팔짝 뛸 만큼 다급해서 발가락을 펴지도 못할 지경인데, 세왕의 목소리는 얄미울 정도로 느긋했다.

"넣어줘! 어서! 미칠 것 같아!"

"아깐 싫다며?"

"아냐! 좋아! 엄청 좋아! 어서! 응?"

"진작 그렇게 말했어야지. 참느라 나까지 고생했잖아."

불공평했다. 속절없이 그의 손길에 농락당한 자신의 인내심과 그의 인내심을 비교한다는 게 불공평했다. 하지만 지금 그런 이야기를 꺼내 다투기 시작하면 이 간절한 욕구를 풀어내는 건 언제가 될지 몰랐다. 그런 불필요한 고문을 자처할 만큼 인정이 바보는 아니었다.

세왕은 인정의 손목을 풀어주었다. 가슴이 짓눌린 채로 그녀가 마음껏 즐길 수 없을 것 같았다.

인정은 저린 손을 아랑곳 않고 침대를 짚었다.

"하아아…… 하웃!"

마침내 그의 것이 좁은 입구를 억지로 비집고 들어오기 시작하자 인정은 입을 벌리고 환희에 찬 신음을 길게 뱉었다. 중력에 더해진 쾌감으로 인해 허벅지는 제 것이 아닌 양 부들부들 떨렸고, 발끝을 통과하는 저릿함에 발가락을 세우며 시트를 비벼댔다.

좁은 내벽에 팽팽하게 들어차 찰싹 달라붙은 그의 것은 그녀의 안을 충만하게 채웠다. 그녀의 성감대, 온 신경이 활짝 열려 밀물처럼 밀려들 쾌감을 받아들일 준비를 끝냈다.

세왕은 그녀의 내벽이 제 페니스에 들러붙어 저를 야금야금 삼키는 것 같은 뜨거움과 전율을 느꼈다. 끝까지 밀어 넣었는데도 그녀의 내벽은 저를 더 끌고 들어가고 싶은 것처럼 펄떡거리는 것 같았다. 그러나 그 압박감은 고통이 아니라 아찔한 쾌감을 쥐어짜 내는 강렬하고 기분 좋은 통증이었다.

그가 드디어 허리를 움직이기 시작했다. 때로는 짧게, 얕고 빠르게, 때로는 끝까지 길고 강하게 들어왔다. 샅샅이 긁고 찌르고, 서로의 예민한 피부가 철벅거리며 부딪치고 비벼지는 자극에 정신을 차릴 수가 없었다. 그의 것이 드나들 때마다 그 뜨거운 페니스에 클리와 안쪽이 비벼지고 쓸렸다. 작은 마찰이 거대하고 강렬하게 몸을 집어삼켜, 인정은 헉헉거리며 쾌감의 파도에서 허우적거렸다.

"하응……!"

인정은 그가 주는 쾌감에 얄궂은 소리를 냈다. 작은 신음 소리 만으로 힘차게 변하는 그의 허리 놀림이 느껴졌다. 그래서 인정은 앙탈을 부리듯이 연신 고양이처럼 가르릉거리며 그를 자극하고 도발했다.

방금 전까지 도도하게 세왕을 협박하던 목소리가 열락으로 인해 떨리는 신음 소리로 변했다. 인정의 몸이 거칠게 흔들리는 탓에 슬립은 등허리까지 말려 올라갔다. 덕분에 매끈한 등선과 엉덩이의 움직임이 노골적으로 드러났다.

그 통통한 엉덩이 사이로 제 것이 들락거리고 있다니, 이렇게 그녀가 사랑스러울 수 있을까. 이제는 세왕이 미치도록 다급해졌다. 빠르고 강하게 자신의 페니스를 밀어 넣고 있었지만 그것으론 성에 차지 않았다. 부딪칠 때마다 밀려 나가는 그녀의 골반을 붙잡고 더 세게 박아 넣기 시작했다.

"하아……. 하악. 세왕아. 하윽!"

인정이 자신의 이름을 부르며 목을 젖히는 게 몇 번째인지는 셀수 없었지만 그 비음 섞인 떨리는 목소리가 더 불붙게 했다.

강력하게 몰아닥치는 남성과 아랫배가 더욱 간질거리고, 무언가가 밖으로 왈칵 쏟아질 것 같았다. 그럴수록 인정은 시트를 쥐어뜯으며 남성을 꽉 깨물었고, 그는 더욱 흥분해 날뛰었다.

강렬한 쾌감을 동시에 느끼는 두 사람은 순식간에 끝을 향해 내달리기 시작했다.

철썩철썩!

파도가 깨지는 것처럼 두 사람의 살결이 힘차게 부딪혔다.

끝을 향해, 끝을 향해. 조금 더 빠르게, 빠르게…….

"하악, 하아……!"

세왕의 거친 호흡이 멈추고 온몸에 경련이 이는 순간, 인정은 자신의 아랫배를 가득 채우는 정액을 느끼며 크게 고개를 젖혔다. 몽롱해져 가는 그녀의 시야에서 조명 빛에 얼룩진 화려한 호텔 천장이 하얀 빛으로 물들어갔다.

바짝 날이 섰던 촘촘한 가시들이 새털처럼 부드럽게 서로를 감싸 안았다.

인정은 세왕의 팔을 베고 그에게 안겨 침대에 누워 있었다.

"좋았어?"

세왕의 물음에 그녀는 그의 품속에서 꼼지락꼼지락거리며 수줍
어했다. 그리고 고개를 들어 그의 귓가에 입술을 들이대며 속살거
렸다.

"좋아서 죽을 뻔했어."

"정말?"

"……응."

인정의 짧은 대답에 세왕의 자존심은 우주 끝까지 치솟아 올랐
다. 그러나 얼굴을 붉히며 입을 뗀 그녀의 말에 자존심은 제자리
로 돌아왔다.

"나……. 한 번 더 하고 싶어."

"응? 한 번 더 하자고?"

신혼 첫날밤. 세왕은 인정을 정복했고 그것으로 목적 달성을 했
다고 여기고 있었다. 이제 로맨틱하고 낭만적인 밤을 보내며 추억
을 새기려던 참이었다. 그리고 내일은 여러모로 스케줄이 빡빡해
서 오늘 밤은 휴식을 취하는 게 현명했다. 하지만 욕정에 젖은 촉
촉한 인정의 눈동자와 열에 들뜬 그녀의 뺨을 보고 있자면 절로
목울대가 꿀꺽 넘어갔다.

"응. 몸이 자꾸 뜨겁네……. 안 될까?"

더군다나 저런 달콤한 표정으로 애원해 오면.

"안 될 거 없지만……."

"이번엔 다르게."

"응? 어떻……!"

세왕은 저돌적으로 부딪쳐 온 인정의 입술 때문에 말을 채 끝내지도 못했다. 그의 말을 입술로 틀어막은 인정은 뜨거운 숨결을 그의 입안으로 불어 넣었다.

후우.

"……!"

세왕은 그녀의 적극적인 행동에 놀랐지만 싫지가 않았다. 보드라운 인정의 손길이 그의 귀와 뺨을 감싸고, 고개를 비스듬히 내려 입술을 핥고 빨아주었다. 그러면서 자연히 마주 보고 있던 인정의 몸이 그의 몸 위로 올라왔다. 목덜미와 쇄골……. 인정은 점점 아래로 내려가며 세왕의 몸 곳곳을 핥고 있었다. 이걸 마다할 이유가 없지 않나. 그의 심장과 치골 아래가 다시 뜨거워지고 있었다.

"하아……. 나인정, 좀 하네?"

인정은 달콤한 열매를 찾은 것처럼 세왕의 젖꼭지를 핥고 잇새로 그것을 살짝 깨물며 씨익 웃었다.

"아프게 깨물려고? 그러지 마라. 오빠 화낸다."

그러나 세왕의 생각과 달리 인정의 미소에는 다른 이유가 있었다. 그녀는 정성껏 세왕의 가슴을 애무했다. 그녀의 혀와 손가락이 지나간 자리는 불이 붙은 것 같았다.

"하…… 음."

세왕은 인정의 머리카락 사이에 손을 넣어 그녀의 머리를 껴안았다. 인정은 애무를 멈추고 그의 손을 부드럽게 잡으며 고개를 들었다.

그리고.

"……!"

언제 준비했는지, 인정이 매듭을 묶은 넥타이를 꺼내 순식간에 세왕의 손목을 묶어버렸다.

"뭐야 이게?"

"나 혼자만 당할 수는 없잖아?"

세왕은 처음엔 황당했지만 그녀의 공격을 귀엽게 여기고 당해주기로 했다.

"아, 복수해 보겠다고? 해봐. 어디. 나만큼 잘하나 보게."

인정은 세왕의 두 손을 머리 위로 올려 침대 헤드에 묶어버렸다.

"와. 이런 건 어디서 배웠어?"

"그게 다인 줄 알아?"

상큼하게 말하는 인정의 손에는 검은 안대가 들려 있었다.

"잠깐! 너 그거 어디서 났어!"

본 적이 있는 안대였다. 분명 그건 세왕이 늦게까지 책을 보고 있을 때 명철이 착용하고 자던 그 안대였다.

"쉿! 반항하지 마."

"아니, 반항이 아니라! 야!"

강한 의심 속에 몸부림치던 세왕의 눈이 가려졌다.

"자, 이제 이걸 어떻게 요리하지?"

굳이 아까 세왕의 말을 되돌려 주며 한껏 사악한 포스를 뽐내니, 세왕은 이제 우습게 생각했던 인정의 공격이 조금 걱정되기 시작했다.

"역시 명철이 말이 맞았네."

"뭐? 명철이가 뭐라고 했는데!"

"남자들은 결혼만 하면 여자가 자기 거라고 생각하고 막 대한다고. 초반에 혼 좀 내줘야 한다던데?"

"명철이 그 개자식이 이렇게 사람을 배신해! 먹여주고 재워줬더니! 남자 생겼다고 날 이렇게 짓밟아!"

"어허. 내 선생님한테 개의 자식이라니! 진짜 혼 좀 나야겠네?"

"아주 신이 나셨어? 채찍도 빌려오지 그랬냐!"

"그러려고 했는데, 공항에서 혹시나 걸릴까 봐 찜찜해서."

"그 자식은 애인들하고 어떻게 논 거야 도대체! 평범한 놈들은 없었던 거야!"

"벌써부터 흥분하고 그럼 어쩌니? 이제 시작인데."

세왕은 인정이 자신의 몸에서 내려와 가방을 여는 소리에 귀를 쫑긋 세웠다. 아니라고 해놓고 정말 채찍이라도 챙기러 간 걸까. 그는 잘 눈치채지 못하고 있지만 눈이 보이지 않으니, 그의 청각은 인정에게 더 집중하고 있었다. 곧 침대가 출렁거리며 그녀가 옆에 앉은 것을 느꼈다.

"이게 뭔지 맞혀볼래?"

"……?"

무슨 짓을 하려는 건가, 궁금해할 틈도 없이 갑자기 겨드랑이에 느껴지는 보드라운 감촉에 화들짝 놀랐다. 그것은 보드랍기만 한 게 아니라 애무로 한껏 예민해진 세왕의 피부를 간질이고 있었다.

"흡!"

"어때? 뭔지 알겠어?"

"야, 그만!"

은근히 간지럼을 많이 타는 세왕에게 이건 고문이었다.

"맞혀보라니까?"

깃털처럼 부드럽긴 해도 깃털보다 두터운 느낌.

"붓이잖아!"

"흐음……. 무슨 붓?"

"거기까지 맞혀야 해? 수채화 붓!"

"땡!"

마치 벌칙인 것처럼 붓은 젖꼭지를 살살 건드리고 쿡쿡 찔렀다.

"유화 붓?"

"용도 말고 다르게 생각해 봐."

"뭐? 용도 말고 무슨 붓이 있어!"

"있어. 잘 생각해 봐. 이 붓은 아주 특별한 거야."

긁지 못하는 간지러움이 온몸을 덮는 와중에 세왕은 최대한 머리를 굴렸다. 특별한 붓. 다행히 불현듯 떠오르는 게 있었다.

"내가 선물한 붓!"

"내가 힌트를 너무 많이 줬네."

"맞혔으니까 그만해!"

"어머? 내가 맞히면 그만하겠다고 했니? 그런 말 안 했는데!"

"야! 김나인!"

"뭐? 김나인? 이게 진짜, 지가 아직도 왕인 줄 알아? 정신 못 차리네."

인정은 오랜 시간 쌓여 있던 털어내지 못한 앙금을 이번에 다 풀어버릴 셈이었는지, 조금도 봐주지 않았다. 겨드랑이에서 옆구리, 그리고 바들바들 떨리는 세왕의 배꼽 주변을 붓 끝으로 간질이며 더 아래로 내려오기 시작했다.

"이거 장난 아니거든! 흡!"

세왕은 꿈틀거리며 피해보려 했지만 그건 불가능했다. 그녀가 어디를 공격할지 전혀 볼 수 없는데다가 손이 묶여 있으니 말이다. 게다가 눈을 빼곤 모든 감각이 바늘처럼 뾰족하게 세워져 피부에 닿는 붓의 감촉에 더 집중하게 되었다. 아랫배를 지나 골반 아래 치골을 향하는 간지러움은 도화선처럼 가운데로 타고 내려왔다. 참기 힘든 건 간지러움뿐만이 아니었다. 그 뒤에 따르는 아찔한 쾌감은 점점 더 불이 붙어 터지기 직전의 폭탄처럼 팽창하고 있었다.

"흐읏!"

인정은 얄궂게도 그의 상태를 알면서도 허벅지 안쪽을 붓으로 스윽 그었다. 탄탄한 남자의 허벅지가 파르르 떨리는 것과 동시에 그의 페니스가 꿈틀거렸다.

"싫다면서 좋은가 봐? 이세왕도 거짓말 되게 못하는구나."

"이거 반칙이야! 난 적어도 도구는 안 썼다!"

"아, 그래? 그럼 나도 페어플레이할게."

붓을 내던진 인정은 서슴없이 세왕의 배 위로 올라와 앉았다.

"헉. 너 원래 이렇게 대담했어? 무슨 짓 하려고 이래?"

"야한 짓."

평소의 인정이라면 조금 부끄러워할 만도 한데, 사실 세왕이 눈을 가리고 있으니, 인정은 용기가 났다.

그녀는 엉덩이를 뒤로 슬금슬금 다가가 세왕의 그곳에 닿게 했다.

"……!"

보이지 않아도 무엇이 닿았는지는 충분히 느껴졌다.

"왜 놀래? 네가 가르쳐 준 건데."

그리고 인정은 붓 대신 손으로 그를 간질였다. 옆구리, 허벅지, 겨드랑이, 귀까지. 간지러움에 예민한 성감대를 잔인하게 괴롭히자 세왕은 인정을 떨어트릴 것처럼 몸부림쳤다.

"컥! 야. 야! 하지 마! 야 나 진짜 죽어!"

차라리 붓을 쓰는 게 나았다. 그녀의 손길도 그녀의 뜨거운 엉덩이도. 세왕을 미치게 만들고 있었다.

"아까 나더러 뭐라고 했어? 좋아 죽을 거라며? 너도 그런 거지?"

꿈틀거리는 세왕 때문에 인정의 그곳도 그의 살과 더 많이 부딪치고 비벼지고 있었다. 서서히 그녀도 다시 젖어갔다.

"그래. 나도 그래. 좋아 죽겠다. 나 그냥 이렇게 둘 거야?"

"그냥 이렇게 두고 싶다. 내가 본 것 중에 지금이 젤 예쁘네. 우리 세왕이."

인정은 아이를 대하듯이 세왕의 엉덩이를 톡톡 쳐서 세왕을 피식거리게 만들었다.

"내가 좀 예쁘긴 하지."

"쓸데없는 소리 하지 말고, 하고 싶으면 나하고 약속해."

"무슨 약속?"

"이세왕은 평생 나인정의 노예로 살겠습니다."

"미쳤어?"

"그 질문 내가 너한테 했었지?"

"와! 나보다 더 독하네. 어떻게 그런 조건을 달 수 있어?"

"어허! 아직 참을 만한가 보네?"

인정은 세왕의 가운데에서 엉덩이를 들어 올리고 꼿꼿하게 솟아오른 페니스를 자신의 다리 사이로 찔러 넣으며 앉았다. 천천히 뿌리까지 삼켜 질을 꼭 조이며 그의 것을 물었다.

"흐…… 음!"

"어때? 좋아 죽겠지?"

"그래. 좋다! 숨 막히게 좋다!"

"더 좋게 해줄게. 빨리 그러겠다고 해. 응?"

"할게! 노예든 주인이든 다 한다!"

세왕은 자포자기한 것처럼 소리를 빽 질렀다. 그러더니 돌연 스스로 손을 풀고 인정을 껴안더니 그대로 바닥으로 눕혔다.

"악! 뭐야! 어떻게 풀었어!"

"손목만 묶는다고 못 풀겠냐? 손가락으로 풀었다!"

아플까 봐 너무 느슨하게 묶은 게 패착이었다.

"아깝다. 더 괴롭힐 수 있었는데……."

세왕은 입술을 삐죽거리는 그녀를 내려다보며 싱긋 웃었다. 그리고 내밀어진 아랫입술을 살짝 깨물 듯이 입을 맞췄다.

"이런 건 나한테 맡겨. 주인 노릇 하고 싶은 거잖아. 넌 그냥 즐겨."

그제야 인정은 비로소 자신이 정복한 남자를 향해 야살스럽게 웃으며 말했다.

"해봐. 아까보다 잘하나 보게."

모욕감에 가까운 빈정거림에 세왕은 쿡 웃으며 사나운 눈빛으로 돌변했다. 인정은 저를 잡아먹을 것 같은 그 눈빛에 흥분하고 있었다. 누구에게나 젠틀하고, 이성적인 남자. 그를 짐승처럼 만드는 건 자신뿐이었다. 그가 원하는 건 바로 저, 나인정의 몸뿐이라는 우월감이 그녀를 달아오르게 만들었다.

"우리 오늘 키스도 제대로 못한 거 알아?"

부드러운 목소리. 그리고 다가온 따뜻한 입술. 그녀의 입술을 살살 달래고 미끈하게 들어오는 혀가 치아와 입안을 훑었다. 찌르르 아래까지 전율이 흐르고 그녀의 말랑한 가슴은 세왕의 손에 뭉그러졌다. 꼿꼿이 선 유두가 그의 손바닥을 찔러대고, 꼭 맞물린 두 사람의 아래는 엉킨 혀처럼 빈틈없이 서로를 물었다. 그렇게 하나가 되어 서로를 탐하고 쾌락만을 좇아 움직이기 시작했다.

침대를 짚고 허리를 세운 세왕은 그녀와 아랫배를 맞추며 엉덩이를 밀어 넣었다.

저를 꿰뚫는 강렬한 몸짓에 들썩이던 인정은 고개를 뒤로 젖히며 거친 신음을 내뱉었다.

"하악……. 하웃!"

다리 밑에서 느껴지는 쾌감에 몸부림치던 그녀는 손을 뻗어 그의 머리를 감싸 제 가슴 위로 내렸다.

그러자 가슴에 얼굴을 파묻었던 세왕이 그녀의 쇄골과 목선을 훑으며 올라와 귓불을 깨물었다.

"흐…… 응!"

그녀의 비음을 들으며 또다시 진득하게 입술을 머금는다.

인정은 정신을 잃을 것처럼 머릿속을 휘젓는 희열을 감당하기 벅차서 그의 입술에 매달렸다. 미끄러지듯 가볍게 머금는 입맞춤이 아쉬운 것처럼 연신 고개를 돌려가며 정신없이 그에게 키스를 했다. 그러다가 그의 거친 손길이 자신의 엉덩이를 움켜쥐자 입새로 신음이 터져 나왔다.

"아흑!"

인정은 더 빠르고 깊이 파고드는 남성에 흐느낌에 가까운 신음을 내뱉었다.

어느 순간 세왕은 마지막인 것처럼 그녀의 몸이 부서져라 부딪쳐 왔다. 넘치는 쾌감을 감당하지 못한 이성의 끈이 툭 하고 끊어지며 거대한 전율이 그녀의 몸을 잘근잘근 씹어 삼켰다. 마치 온몸이 투명하게 공기에 녹아드는 기분. 서서히 빠져나가는 희열에 몸이 제멋대로 바르르 떨렸다. 솜털처럼 가벼워진 몸이 천천히 침대 위로 가라앉기 시작했다.

인정은 흔들리는 천장을 희미한 시선으로 바라보며 행복한 얼굴로 긴 한숨을 내뱉었다.

그리고 턱을 아래로 내려 열락으로 얼룩진 그의 얼굴을 보았다. 손을 뻗어 세왕의 뺨을 쓰다듬고 그의 얼굴을 당겨 자잘하고 가벼운 입맞춤을 나누었다.

뜨거운 열기에 바싹 말라 버린 세왕의 입술이 달싹인다.

"고마워."

그리고…… 사랑해.

인정은 그의 들릴 듯 말 듯한 뒷말을 용케 알아듣고 활짝 웃으며 속삭였다.

"나도."

작은 전쟁 같았던 첫날밤이 마침내 평화를 찾았다.

완벽한 종전이라기보다 휴전이라는 말이 더 어울렸다. 두 사람이 싸울 일은 아직도 많이 남아 있었기 때문이다.

THE END

안녕하세요. 크로키입니다.

『고슴도치 딜레마』가 종이책으로 나오게 돼서 무척 기쁘면서도 한편으로는 부끄럽습니다.

늘 새로운 시도를 해보고 싶었기 때문에, 조금 부족한 글이지만 제게는 배움이 있었던 글이었던 것 같습니다.

제 글의 목표는 늘 같았습니다. 글을 읽고 사람들이 웃어주었으면 좋겠다. 이번 글은 그런 웃음은 많이 없습니다만 학창시절 다투던 남학생이나, 요즘 말로 썸을 타던, 조금 애매한 관계의 친구가 있었다면 한 번쯤 추억을 회상하면서 읽으셨길 바랍니다. 저 역시 이 글 쓰면서 잊고 있었던 중고등학교 시절이 떠올라서 괜히 부끄럽기도 하고 그립기도 했습니다.

여러분 모두 큰 웃음은 아니지만 흐뭇하게 책을 덮어주셨으면 합니다.

마지막으로 집필을 돕고 응원해 주신 〈그녀의 서재〉 작가님들과 애써주신 〈예원〉 여러분들께 감사인사 전합니다.

그리고 이 글 읽어주신 독자님들 모두 감사드리고 행복하시길 바랄게요.